REZENSIONEN

„[Jan Moran] ist eine fesselnde Stimme, die man im Auge behalten sollte." *Booklist*

„Romantik-Fans werden von diesem Pageturner mit seiner liebenswerten Heldin begeistert sein! " *Library Journal*

„Dieser Roman berührt das Herz. Man wünscht sich, dass er nie endet." *Book Queen Reviews*

„Eine hinreißend erzählte Geschichte über zwei starke, bemerkenswerte Frauen." *Luxury Reading*

„Einen Toast auf diesen atemberaubend schönen Roman – Familiengeheimnisse und Romantik pur!" *One Book At A Time*

„Jan Moran ist die neue Königin der epischen Liebesgeschichten." *USA Today*-Bestsellerautorin Rebecca Forster

„Liebe, Schicksal und zweite Chancen vor der prächtigen Kulisse des Comer Sees. Ein wunderbarer Roman."
— Kristy Woodson Harvey über *Sterne über dem Comer See*

„So sinnlich und atmosphärisch, dass man beim Lesen das Gefühl hat, mitten im Napa Valley und in Italien zu sein." The Booktrail über *Die Zeit der Traubenblüte*

„Ein wunderbarer Roman um Wein, Liebe und Wiedergutmachung. Jan Moran ist ein Fest für die Sinne gelungen." Hook Of A Book

„Jedes von Jan Morans Büchern ist fesselnd und spiegelt ihre Liebe zum geschriebenen Wort sowie ihre unersättliche Neugierde wider." Andrea S.

„Ich liebe es, dass die Heldinnen in Jans Geschichten mutige, intelligente Geschäftsfrauen sind. Und im Zentrum aller ihrer Bücher steht eine starke, eng verbundene Familie." B.J.T.

BÜCHER VON JAN MORAN

DEUTSCH

Rückkehr ins Coral Cottage

Neuanfang im Coral Cottage

Weihnachten im Coral Cottage

Hochzeit im Coral Cottage

Sommerfest im Coral Cottage

Die Chocolatière

Die Zeit der Traubenblüte

Im Sturm der Jahre

Sterne über dem Comer See

ENGLISCH
Summer Beach Series

Seabreeze Inn

Seabreeze Summer

Seabreeze Sunset

Seabreeze Christmas

Seabreeze Wedding

Seabreeze Book Club

Seabreeze Shores

Seabreeze Reunion

Seabreeze Honeymoon

Seabreeze Gala

Seabreeze Library

Coral Cottage

Coral Cafe

Coral Holiday

Coral Weddings

Coral Celebration

Coral Memories

Beach View Lane

Sunshine Avenue

Orange Blossom Way

The Love, California Series

Flawless

Beauty Mark

Runway

Essence

Style

Sparkle

20th-Century Historical

Hepburn's Necklace

The Chocolatier

The Winemakers: A Novel of Wine and Secrets

The Perfumer: Scent of Triumph

Life is a Cabernet

HOCHZEIT IM
Coral Cottage

JAN
MORAN

HOCHZEIT IM CORAL COTTAGE

CORAL COTTAGE DEUTSCH
BUCH 4

JAN MORAN

Übersetzt von
IVONNE SENN

SUNNY PALMS
PRESS

Library of Congress Cataloging-in-Publication-Daten
Moran, Jan.
/ by Jan Moran

ISBN 978-1-64778-241-2 (ebook)
ISBN 978-1-64778-243-6 (Taschenbuch)
ISBN 978-1-64778-183-5 (Gebundenesbuch)

Herausgegeben von Sunny Palms Press. Umschlaggestaltung von Sleepy
Fox Studio. Copyright Titelbilder: DepositPhotos.

Sunny Palms Press
9663 Santa Monica Blvd STE 1158
Beverly Hills, CA 90210 USA
www.sunnypalmspress.com
www.JanMoran.com

Für alle meine den Strand liebenden Leserinnen und Leser

Mein tiefster Dank geht an Ivonne Senn für ihre Akribie bei der Übersetzung dieses Romans. Es ist ein wahres Vergnügen, mit dir an diesem und den anderen Büchern der Reihe zusammenzuarbeiten. Ich freue mich, dass ich die Geschichte mit meinen Leserinnen und Lesern auf Deutsch teilen kann.

1

*M*arina schaute aus dem Fenster ihres Coral Cafés und sah einen gelben Foodtruck auf den Parkplatz fahren. Auf der Seite war ein Logo eines u-bootförmigen Sandwiches aufgeklebt, darunter die Worte „Yellow Submarines". Aufgeregt legte sie schnell letzte Hand an ein Tablett mit Kanapees für die Hochzeit einer Freundin und stellte es beiseite. Dann zog sie ihre befleckte Kochjacke aus und eilte auf den Truck zu.

Eine durchtrainierte Frau stieg aus, um sie zu begrüßen. Sie trug Jeans und ein T-Shirt in der gleichen Farbe wie ihr Truck.

Marina schirmte ihre Augen mit der Hand gegen die Sommersonne ab, die vom Meer reflektierte. „Danke, dass du den Truck zum Anschauen vorbeigebracht hast."

Die Frau stellte sich als Judith vor. Ihre dunkelblauen Augen bildeten einen starken Kontrast zu ihren dunklen, mit silbernen Strähnen durchzogenen Haaren, und sie strahlte eine fröhliche Energie aus. „Kein Problem. Ich war auf dem Weg zu einem Event, auf dem ich heute Abend das Catering übernehme." Sie öffnete die hintere Tür. „Schau dich gerne um."

Marina betrat die mobile Küche und versuchte, sich vorzustellen, wie es wäre, ihr Coral Café um einen Foodtruck zu erweitern. Da ihr Café bisher ziemlich erfolgreich war, verspürte sie den Wunsch, darauf aufzubauen. Wobei ein Foodtruck definitiv ein finanzielles Risiko darstellte.

Doch es war ein Risiko, das sie eingehen musste, um sich hier in Summer Beach mit seinen saisonalen Schwankungen eine Zukunft zu sichern. Mit einem Foodtruck könnte man überall sein. Wenn es am Strand, wo sich ihr Café befand, eine Woche regnete, würde sie nicht ein Viertel ihrer monatlichen Einnahmen einbüßen müssen. Sie könnte in sonnigere Gefilde im Inland fahren.

Während Marina die Arbeitsflächen und Geräte inspizierte, erklärte Judith ihr die verschiedenen Besonderheiten, die viele von Marinas Wünschen abdeckten. Der Truck hatte ein breites Fenster, durch das sie die Kunden bedienen könnte, eine gute Belüftung und Arbeitsflächen aus Edelstahl. Ihre Aufregung wuchs, als sie den Grill, die Fritteuse, den Kühlschrank, den Tiefkühlschrank und die Spüle begutachtete.

Sie war beeindruckt, bemühte sich aber, es sich nicht anmerken zu lassen. Nach den älteren Foodtrucks, die sie bisher gesehen hatte, wirkte dieser beinahe zu gut, um wahr zu sein.

„Das sieht alles makellos aus. Du scheinst dich gut darum gekümmert zu haben."

Judith nahm das Kompliment mit einem Lächeln an. „Das liegt daran, dass Bessie – so nenne ich sie – sich gut um mich gekümmert hat. Ich habe sie direkt nach meiner Scheidung gekauft. Damals war es Jahre her, dass ich gearbeitet hatte, und niemand war scharf darauf, eine Fünfzigjährige anzustellen. Und das Einzige, was ich richtig gut konnte, war, Sandwiches zu machen."

Marina war nur unwesentlich jünger, aber sie hatte eine Karriere als Nachrichtensprecherin in San Francisco gehabt. Dennoch, nachdem sie ihren Job vor nicht allzu langer Zeit verloren hatte, waren nur wenige Angebote für sie eingetrudelt. Vor allem nach ihrem öffentlichen Zusammenbruch vor laufender Kamera. Aber das lag alles in der Vergangenheit.

Sie fuhr mit der Hand über den Pizzaofen, in dem sie ihre beliebten Meeresfrüchte-Pizzas zubereiten konnte. Dieser Foodtruck könnte Teil der strahlenden Zukunft sein, die sie plante. „Warum verkaufst du sie dann?", fragte sie.

„Ich ziehe um."

„Und du kannst Bessie nicht mitnehmen?"

„Nicht nach Neuseeland." Judith grinste. „Wir hatten eine tolle Zeit, aber ich werde heiraten. Die Hoffnung stirbt zuletzt, richtig? Er ist ein Koch aus Neuseeland, und wir werden ein Restaurant in Queensland kaufen, deshalb muss Bessie hierbleiben. Ich habe nie davon geträumt, noch mal zu heiraten, aber andererseits dachte ich auch nie, dass ich mal geschieden sein würde. Das Leben hielt einige Überraschungen für mich bereit, aber ich bin glücklich, wie alles gekommen ist."

„Das verstehe ich." Marinas Leben hatte sich ebenfalls auf dramatische Weise verändert.

Sie stieg aus und ging einmal um den Truck herum. Er hatte Solarpaneele auf dem Dach und eine Markise, die über dem Bedienfenster ausgefahren werden konnte. Marina stellte sich das Fahrzeug in dem lebhaften Korallenton ihres Cafés vor.

Judith folgte ihr nach draußen und strich mit der Hand über den glänzenden Lack. „Dieser Truck und ich haben viel durchgemacht. Er hat mich sogar zu meinem neuen Ehemann geführt."

„Wie das?"

Ein zärtlicher Ausdruck legte sich über Judiths Gesicht. „Ich stand auf dem Parkplatz vor einem Baseballspiel, bei dem sein Enkel mitgemacht hat. Harold hat ein Meatball-Sandwich mit Extrasoße bestellt. Er meinte, es wäre das beste Sandwich, das er je gegessen hätte. Ich habe ihm verraten, dass das Rezept für die Meatballs von meiner Großmutter stammt. Und dann haben wir Rezepte und Kochtechniken ausgetauscht und ein paar Monaten später waren wir schon dabei, unsere Hochzeit zu planen. In meiner ersten Ehe habe ich viel Zeit damit verbracht, mich vor dem Tod meiner Schwiegereltern um sie und um meine Eltern zu kümmern. Jetzt bekomme ich eine zweite Chance mit einem tollen Mann und seinen Kindern. Ich liebe sie alle." Sie tätschelte den Kotflügel. „Bessie ist eine Glücksbringerin."

„Das werde ich mir merken." Marina lächelte. „Etwas Glück kann ich immer gebrauchen."

„Ich hatte mehrere Interessenten. Alles Paare", sagte Judith und fügte nach einer kleinen Pause an: „Bist du verheiratet?"

„Verwitwet", kam Marinas automatische Antwort nach über zwei Jahrzehnten. „Aber ich habe jemanden sehr Besonderes kennengelernt." Allein bei dem Gedanken an Jack beschleunigte sich ihr Herzschlag.

Ein Lächeln breitete sich auf Judiths Gesicht aus. „Ich hoffe, dass es bei euch auch hält. Würdet ihr den Truck gemeinsam bewirtschaften?"

Marina lachte leise. „Was die Zubereitung von Essen angeht, ist er nicht sonderlich talentiert. Aber sein Appetit macht das wieder wett. Ich hingegen genieße es, Leute zu bekochen." Sie probierte alle ihre neuen Gerichte an Jack und seinem Sohn Leo aus, der für einen Elfjährigen einen erstaunlich feinen Gaumen hatte. „Gut zubereitetes Essen ist meine Art, Liebe zu zeigen."

„Ja, das geht mir genauso", stimmte Judith zu.

Marina checkte noch schnell die Karosserie und die Systeme und fragte sich, was Jack wohl hiervon halten würde. In den letzten Monaten hatten sie zu einer angenehmen Routine gefunden. Doch obwohl er oft von ihrer gemeinsamen Zukunft sprach, hatte er noch keine festen Absichten erklärt. Aber das hatte sie auch nicht.

Vor Kurzem hatte Marinas Großmutter die Frage in den Raum gestellt, ob Jack sie wohl als selbstverständlich betrachtete. Und obwohl Marina das nicht glaubte, war der Gedanke in ihr hängen geblieben. Sie liebte Jack, aber möglicherweise war sie zu entgegenkommend. Doch Marina war keine Frau, die darauf wartete, dass ein Mann eine Entscheidung traf. Sie hatte immer selbst für sich und ihre Zwillinge gesorgt.

Das hier war ein neues Kapitel in ihrem Leben und sie war entschlossen, es aktiv anzugehen und ihre Marke, das Coral Café, auszuweiten.

„Was meinst du?", fragte Judith.

„Er ist schön, aber ich muss ihn in einer Werkstatt checken lassen. Und ich müsste ihn lackieren oder mit Folie bekleben, damit er zum Branding meines Cafés passt." Bei dem Gedanken an eine weitere große Ausgabe schmerzte ihr der Kopf. „Ist der Preis verhandelbar?"

„Ich könnte ein wenig runtergehen."

„Das würde helfen." Marina hatte ihre Finanzprognosen sorgfältig ausgearbeitet, und die Bank hatte ihr
einen Kredit gewährt, den sie glaubte, relativ schnell
abzahlen zu können. Sie hatte auch ausführliche Recherchen betrieben, dennoch war das hier ein großer Schritt
für sie.

Ihr Café lag am Strand und wurde von den Touristen
gerne besucht, deshalb dachte sie über andere Orte nach,
an denen sie ihre Speisen anbieten könnte. Zum Beispiel
vor dem Amphitheater, das ihre Schwester Kai und deren
Verlobter Axe leiteten. Sie lieferte dafür bereits vorbereitete
Picknickboxen und wusste, dass sie darauf aufbauen
könnte. Vor lauter neuen Möglichkeiten schwirrte ihr förmlich der Kopf.

„Wie lief dein Sandwich-Business?", fragte sie.

„Ziemlich gut. Ich habe die üblichen Mittagsmenüs in
der Nähe von Bürogebäuden angeboten, aber das echte
Geld liegt in Veranstaltungen – Partys, Hochzeiten, Bar
Mitzwas."

Die standen, neben anderen Ideen, auch auf Marinas
Liste. „Hast du viele Hochzeiten bedient?"

„Überraschenderweise ja. Viele Leute wollen ihren
Gästen etwas Besonderes bieten, und ein Foodtruck ist eine
gute Option. Vor allem für kleine, lockere Feiern wie
Strandhochzeiten. Allerdings wollen sie meist etwas hoch-
wertigeres Essen – vermutlich eher in die Richtung dessen,
was du anbietest."

Das stimmte. Marina hatte mit einer Hochzeitsplanerin
in Summer Beach gesprochen, die daran interessiert war,
sie zu buchen. Eine Küche auf Rädern zu haben, würde
ihre Optionen erweitern, und da sie gerade dabei war, eine

Köchin anzulernen, läge das auch im Rahmen des Möglichen.

Zum Glück lief das Café den Sommer über gut. Nun wollte sie daran arbeiten, ihr Geschäft in der Nebensaison profitabel zu machen.

„Ich hatte ein paar Interessenten, die noch nie in der Gastronomie gearbeitet haben", erklärte Judith. „Ihnen habe ich geraten, sich erst einmal einen Job in diesem Bereich zu suchen. Ich würde den Truck nur ungern an jemanden verkaufen, der nicht weiß, was er damit anstellen soll. Nachdem ich ein paar Erfahrungen gesammelt hatte, habe ich ihn genau nach meinen Wünschen ausstatten lassen."

„Ja, es ist nicht zu übersehen, dass die Ausstattung wohlüberlegt ist."

„Was hast du vor, aus dem Truck zu servieren?"

„Hauptsächlich südkalifornische Strandküche." Marina zählte ein paar der beliebtesten Gerichte von ihrer Karte auf. „Gegrilltes Schaschlik, Veggie-Burger, Protein- und Obstsmoothies. Meine Spezialität sind Crabcakes und Meeresfrüchtepizza. Dazu Salate, Käseplatten und Miniburger, die ich mit Süßkartoffel-Pommes-frites und Aioli serviere."

Judit wirkte beeindruckt. „Das würde am Strand und zu besonderen Veranstaltungen alles gut ankommen. Es gibt hier in der Gegend einige Kunstmessen und Weinfestivals, auf denen du arbeiten könntest."

„Das sind gute Ideen." Dank des milden Wetters in Südkalifornien gab es in den umliegenden Gemeinden das ganze Jahr über viele Veranstaltungen.

„Ich bin neugierig." Judith nickte zu den Tischen auf

der Terrasse des Cafés. „Warum bleibst du nicht einfach bei deinem Café?"

Darüber hatte Marina viel nachgedacht. „Die Idee, ohne weitere Baukosten zu expandieren, spricht mich an. Ich habe Zwillinge, und ich will etwas Geld für sie zur Seite legen. Und für meine Rente, wobei ich hoffe, dass die noch in weiter Ferne liegt."

Der Foodtruck könnte eine neue Einkommensquelle sein, die ihr sehr zupasskäme, da ihre Tochter Heather noch auf dem College war.

Judith blinzelte in die Sonne und schien eine Entscheidung abzuwägen. „Wenn ich den Foodtruck nicht vor meiner Abreise verkauft bekomme, habe ich vor, ihn über einen Business-Broker anbieten zu lassen. Aber da du ein Café hast und weißt, was du tust, glaube ich, dass das mit dir gut passen könnte. Also, wenn du es ernst meinst."

„Das meine ich. Aber ich verfüge nur über begrenztes Budget." Es war ein wenig furchteinflößend, aber Marina vertraute drauf, ihre Hausaufgaben gemacht zu haben.

Judith malte mit der Schuhspitze in den Sand und dachte nach. „Wenn du den Truck willst, kann ich den Preis um die Kommission senken, die ich einem Broker bezahlen müsste. Das wäre ein hervorragender Deal. Ich will, dass der Truck in gute Hände kommt. Er hat mir sehr viel bedeutet."

„Das merke ich." Marina lächelte sie dankbar an. „Und der Preisnachlass würde mir sehr helfen."

Judith sah den Foodtruck mit wehmütiger Miene an. „Bessie hat mir die Freiheit geschenkt, mein eigenes Unternehmen zu haben. Sie wird mir fehlen."

So ging es Marina mit ihrem Café auch. „Ich kann dir Fotos schicken, um dir zu zeigen, wie es ihr geht."

Ein Lächeln ließ Judiths Gesicht erstrahlen. „Wirklich? Ich würde gerne wissen, dass Bessie einer anderen Frau hilft. Sie war so gut zu mir."

Judith nannte einen Preis, den Marina mehr als fair fand. Und auch wenn ihr Magen sich vor Übelkeit, Aufregung und Beklommenheit zusammenzog, beschloss sie, den Sprung zu wagen.

Sie streckte die Hand aus, um den Deal zu besiegeln. „Ich habe jemanden, der Bessie sofort einer Inspektion unterziehen kann, und wenn da alles in Ordnung ist, nehme ich sie."

„Sie sollen mich anrufen." Judith ergriff ihre Hand. „Wir haben einen Deal." Nachdem sie alle nötigen Informationen ausgetauscht hatten, fuhr sie davon.

Auch wenn Marina vor Aufregung hätte platzen können, eilte sie in die Küche, um das restliche Essen für die Hochzeit einzupacken – zu der sie als Jacks Begleitung gehen würde, deshalb musste sie noch duschen und sich umziehen. Heute war ein besonderer Abend für ihn. Die Mutter seines Sohnes, Vanessa, würde heiraten.

Durch das offene Fenster hörte sie ihre jüngste Schwester Kai in der Dusche im ersten Stock des Strandhauses ihrer Großmutter singen. Sobald Kai aufhörte, wäre die Dusche für Marina frei. Das fröhliche Lied ließ sie lächeln. Ihre Schwester war professionelle Sängerin mit einer bezaubernden Stimme. Und auch wenn Marina gerne vor Freude gesungen hätte, wusste sie, dass niemand ihre Versuche würde hören wollen.

Während sie arbeitete, versuchte sie, ihre Aufregung zu zügeln, denn noch hatte der Foodtruck die Inspektion nicht überstanden.

Sie hörte einen Wagen vorfahren und sah, dass ihr

Sohn Ethan gerade auf den Parkplatz einbog. Er fuhr einen SUV, der Platz für all die Golfausrüstungen hatte, die er immer mit sich herumkutschierte. Er war ein schlaksiger junger Mann mit dunkelblonden Haaren und graublauen Augen.

Neben ihm saß seine Zwillingsschwester Heather, deren Augen ähnlich und einfach umwerfend waren. Die langen Haare hatte sie zu einem Pferdeschwanz zusammengebunden.

Die beiden hatten eingewilligt, am Abend auf der Hochzeit zu helfen, die im Seabreeze Inn am Strand stattfinden würde – und das Essen zur Location zu fahren, denn Marinas Mini-Cooper war für solche Cateringveranstaltungen nicht gerade das richtige Auto.

„Perfektes Timing!", rief sie den beiden zu, als sie ihnen entgegenging. Sie konnte es kaum erwarten, ihre Neuigkeiten bezüglich des Foodtrucks zu teilen.

Später am Abend saß Marina neben Jack im Garten des Seabreeze Inn, einem wunderschönen, stattlichen alten Strandhaus. Eine sanfte Brise ließ die Blätter der die Terrasse umstehenden Palmen rascheln, auf der sich die Gäste für die Trauung von Vanessa Rodriguez und Dr. Noah Hess zum Sonnenuntergang versammelt hatten.

Alle Gäste nahmen nun ihre Plätze ein. Marinas Großmutter, die unvergleichliche Ginger Delavie, saß neben ihr. Sie unterhielten sich mit Ivy Bay, der Besitzerin des Inns, die eine alte Sommerfreundin von Marina war. Als Teenager hatten sie sich kennengelernt und ihre Freundschaft wieder aufleben lassen, nachdem Marina nach Summer Beach zurückgekehrt war.

Ivy beugte sich vor. „Ich konnte nicht widerstehen, einen Blick auf deine Appetithäppchen in der Küche zu werfen. Sie sehen köstlich aus, vor allem die Crabcakes und der Shrimps-Cocktail. Ich musste auch ein Mini-Fladenbrot mit Prosciutto probieren. Das war superlecker."

„Danke", sagte Marina, und sie war wirklich dankbar. „Ich liebe dein Kleid. Das steht dir fabelhaft." Das Neckholderkleid hatte einen langen, mit Blumen bedruckten Rock und war an der Taille geschnürt.

Ivy raschelte mit dem Rock. „Das ist eines der alten Kleider meiner Mutter, die sie von ihrer Hochzeitsreise in Paris mitgebracht hat. Ich habe es schon immer geliebt, und sie hat mir erlaubt, es ändern zu lassen, damit es mir passt."

Ginger nickte zustimmend. „Carlotta hatte schon immer einen ausgezeichneten Geschmack. Es sieht aus wie eines von Christian Diors Entwürfen."

„Das ist es auch!", rief Ivy erfreut aus.

Während Ginger und Ivy sich weiter unterhielten, schaute Marina sich um und genoss die bezaubernde Szenerie. Das hier war eine echte Strandhochzeit, und alle Frauen trugen leichte Sommerkleider.

Ginger sah in dem pfirsichfarbenen Etuikleid, das die Strähnen in ihren immer noch rötlichen Haaren betonte, sehr elegant aus. Dazu trug sie eine mehrreihige Perlenkette, wie Jackie Kennedy sie getragen haben könnte. Die Kette war ein Geschenk von Bertrand zum zehnten Hochzeitstag gewesen, wie Marina wusste. Sie selbst hatte sich für ein graublaues Kleid mit cremefarbenen Lilien darauf entschieden.

Jack, der auf der anderen Seite neben ihr saß, trug ein

am Kragen offenes Hemd und Leinenhosen – so wie die meisten Männer hier. Er griff nach ihrer Hand.

„Ich bin froh, dass Vanessa jemanden gefunden hat, der sie wirklich liebt." Seine Stimme war rau vor Emotionen. „Nach allem, was sie durchgemacht hat, hat sie das mehr als verdient."

Marina freute sich ebenfalls aufrichtig für Vanessa. Dr. Noah Hess war ein weltbekannter medizinischer Forscher aus der Schweiz und Teil des Ärzteteams, das Vanessa behandelt hatte. In dieser Zeit hatten sie sich ineinander verliebt. Nur wenige hatten geglaubt, dass Vanessa je wieder gesund würde, doch Dr. Noah hatte eine neue Therapie entdeckt, auf die Vanessa sehr gut reagiert hatte, sodass sie sich nun in Remission befand. Für immer, wie Marina hoffte, denn Leo brauchte seine Mutter.

„Manchmal braucht es nicht mehr, als den richtigen Menschen zu treffen." Marina drückte seine Hand.

Jack zog eine Augenbraue in die Höhe und nickte nachdenklich. „Ging es dir so mit Stan?"

Marina hatte Jack gemeint, antwortete aber trotzdem. „Wir waren sehr verliebt, und er war außerdem mein bester Freund. Ich habe mir immer gewünscht, dass Heather und Ethan ihren Vater hätten kennenlernen können."

Stan war in Afghanistan gefallen, bevor die Zwillinge auf die Welt gekommen waren. Marina war so damit beschäftigt gewesen, sich um die beiden zu kümmern und nebenbei zu arbeiten, dass sie kaum Zeit gehabt hatte, um an irgendetwas anderes zu denken.

Nun schaute sie nach hinten, um zu sehen, ob ihre Kinder sich für die Zeremonie zu ihnen gesellt hatten.

Das hatten sie. Heather und Ethan saßen mit ihren Freunden in der letzten Reihe. Sie hatten das Arrangieren der Appetithäppchen sehr professionell gemacht. Wann immer sie Zeit hatten, halfen sie Marina bei Veranstaltungen, auch wenn Ethan sich hauptsächlich auf sein Golfspiel konzentrierte. Heather hatte gerade Semesterferien, doch schon bald würde sich ihr Leben nach Abschluss des Studiums ändern.

Die Musik setzte ein, und Marina drehte sich wieder um.

Leo begleitete seine Mutter nach vorne, wo der Pastor stand. Dabei strahlte er, als Vanessa sich bei ihm unterhakte. Er war ordentlich gewachsen und nur noch wenige Zentimeter kleiner als seine Mutter.

Marina hörte, wie Jack schwer schluckte. „Er sieht so erwachsen aus."

„Und Vanessa ist einfach wunderschön."

Die Braut trug ein transparentes Seidenkleid in einem weichen Buttercremeton. Die Haare waren nachgewachsen, und so trug Vanessa nun ein glitzerndes Band, das die kurzen, dunklen Haare aus dem Gesicht hielt. Marina hatte sie noch nie so glücklich gesehen.

Jack und Vanessa waren einst Kollegen gewesen. Während eines gefährlichen Auftrags, bei dem sie beide um ihr Leben fürchteten, hatten sie einander Trost gespendet, während die Kugeln über ihre Köpfe gesaust waren.

Das ist ein ganzes Leben her, hatte Vanessa einst gesagt. Es war nur eine Nacht gewesen, und sie hatte Jack nie erzählt, dass sie ein Kind gezeugt hatten. Nach jener Nacht war sie einfach abgereist, und auch wenn sie für eine Weile in Kontakt geblieben waren, hatte sie Leo ihm gegenüber nie erwähnt.

Erst als bei Vanessa eine lebensbedrohliche Krankheit diagnostiziert wurde, hatte sie Kontakt zu Jack aufgenommen, damit er seinen Sohn kennenlernen konnte. Vanessa war sehr pragmatisch; wenn sie nicht überleben sollte, würde Leo seinen Vater brauchen.

Jack war geschockt und entsetzt gewesen, dass sie es ihm nie erzählt hatte. Vanessa hatte ihm erklärt, dass sie nie vorgehabt hatte, ihn oder jemand anderen zu heiraten. Und außerdem hätten ihre Eltern Jack sowieso nicht akzeptiert.

Nun waren Vanessas Eltern beide verstorben. Marina bewunderte, wie Jack sich der Herausforderung sofort gestellt hatte. Obwohl er noch lernen musste, ein Vater zu sein, liebte er Leo von ganzem Herzen.

Es hatte eine Zeit gegeben, in der Marina befürchtete, dass Vanessa möglicherweise in Jack verliebt sei. Und so, wie sie Jack kannte, hätte er es als seine Pflicht angesehen, sie um Leos Willen zu heiraten. Doch Vanessa hatte nichts davon wissen wollen. Sie hatte schon immer einen eigenen Kopf gehabt und war der Ehe gegenüber ablehnend eingestellt gewesen.

Bis sie Dr. Noah kennenlernte.

Der schlanke, bebrillte Mann strahlte seine förmlich von innen heraus leuchtende Braut an, als sie auf ihn zuging. Leo reichte ihre Hand an den Mann, der sein Stiefvater werden würde, bevor er neben Jack Platz nahm.

„Wie habe ich das gemacht, Dad?", flüsterte er.

„Super. Ich bin sehr stolz auf dich, mein Sohn." Jack legte einen Arm um Leo und zog ihn an sich.

Als sie die beiden beobachtete, schwoll Marinas Herz vor Liebe an. Sie verstand sich gut mit Leo, aber sie glaubte, dass der Junge ein wenig Zeit bräuchte, um sich an seinen neuen Stiefvater zu gewöhnen. Dr. Noah war ein gütiger, brillanter Mann, und Marina freute sich für sie alle.

Die Trauung begann. Vanessa und Dr. Noah tauschten

ihre Gelübde aus, die Marina mit ihrer Ernsthaftigkeit berührten. Aus dem Augenwinkel sah sie, dass Jack schniefte und sich über die Augen wischte. Ihm lag immer noch viel an Vanessa, und er schätzte sie als Freundin und Mutter seines Kindes. Marina war froh, dass die Situation sich für alle zum Besten gewandt hatte.

Jacks Hand war warm, und sie verschränkte die Finger mit seinen und genoss die Verbindung. Sie fragte sich, ob sie wohl auch bald dran wären.

In letzter Zeit hatte Jack sich anders benommen. Ab und zu hatte er ihre gemeinsame Zukunft angesprochen, doch immer auf sehr lockere Art.

Ginger warf erst Marina, dann Jack und Leo einen Blick zu. Marina wusste, dass ihre Großmutter alles um sich herum wahrnahm und analysierte, und schätzte ihre Meinung. Sie wusste auch, dass Ginger nur Bewunderung für Jack empfand. Er illustrierte die Kinderbücher, die sie im Laufe der Jahre geschrieben hatte. Dennoch hatte Ginger hohe Standards.

Jack mochte ein hochtalentierter investigativer Reporter gewesen sein, doch er hatte zugegeben, nie lange an einem Ort oder bei einer Frau geblieben zu sein. Zumindest bis er nach Summer Beach gezogen war, um sich um Leo zu kümmern.

Der Pastor sprach nun und erklärte Vanessa und Dr. Noah zu Mann und Frau. Als Vanessa ihren neuen Ehemann küsste, fing Leo an zu klatschen. Alle lachten und fielen mit ein. Leo sprang auf und rannte zu den beiden nach vorne. Alle drei fassten sich an den Händen, um den Gang hinunterzugehen. Leo strahlte.

„Das ist mein Junge", sagte Jack lachend. „Er stiehlt mal wieder allen die Show, genau wie beim Weihnachtstheater."

Marina lachte ebenfalls. Leo war ihr sehr ans Herz gewachsen. Bei dem Weihnachtsstück in der Muschel – wie das Amphitheater liebevoll genannt wurde - im letzten Jahr hatte er die Rolle des Tiny Tim gespielt und ein natürliches Talent fürs Schauspielen gezeigt. Ihre Schwester Kai hatte bei dem Stück Regie geführt. Durch diese Erfahrung hatten sich auch Vanessa und Kai angefreundet.

„Das hätte ich nicht besser planen können", sagte Kai. „Ich glaube, der Fotograf hat das Bild eingefangen."

Jack grinste. „Ich bin mir sicher, dass Vanessa sich darüber freuen wird."

Während alle dem glücklichen Paar gratulierten, entschuldigte Marina sich, um nach dem Essen zu sehen. Sie vertraute Heather und Ethan, wollte aber um Vanessas Willen sichergehen, dass alles glattlief.

Nachdem die Fotos vom Brautpaar und Leo gemacht wurden, verteilten sich die Gäste auf der Terrasse und genossen einen Cocktail. Marina suchte sich ihren Weg durch Familie und Freunde zur Küche. Dort sprach sie mit Ivys Schwester Shelly und deren Nichte Poppy. Zu dritt sorgten sie dafür, dass alle glücklich und zufrieden waren.

Marina sah einige der anderen Gäste des Inns, darunter Gilda, die mit ihrer Chihuahuahündin Pixie dauerhaft hier wohnte. Pixie war als Kleptomanin bekannt. Die beiden kamen oft zum Mittagessen ins Coral Café, und gerade erst kürzlich hatte Pixie sich mit dem Schuh einer Frau davon gemacht, die ihn während des Essens unter dem Tisch ausgezogen hatte.

Marina blieb kurz stehen, um sich mit Gilda zu unterhalten. Sie hatte Pixie in einem rosafarbenen Rucksack bei sich, der die gleiche Farbe hatte wie die Strähnen in Gildas Haaren. „Gehst du noch aus?"

„Wir machen einen Spaziergang, um uns inspirieren zu lassen. Es ist so ein schöner Abend, und Pixie war heute abgesehen von ihrer Therapiesitzung noch nicht draußen."

Pixie japste, wie um Gilda zu schelten.

„Armes Baby." Marina kraulte die Hündin hinter den Ohren. „Wie läuft es mit dem Schreiben?", fragte sie Gilda.

„Ich habe einen Artikel für *Dog Lover Monthly* fertiggestellt. Die Redakteurin möchte außerdem ein paar zu Herzen gehende Geschichten. Fiktion ist zwar eigentlich nicht mein Fachgebiet, aber es bringt bestimmt Spaß, es mal auszuprobieren. Vielleicht arbeite ich Scout in eine der Geschichten ein."

Scout war Jacks liebenswürdiger junger Labrador, dessen Enthusiasmus fürs Leben genauso übergroß war wie seine Pfoten. „Das würde Jack und Leo gefallen. Wenn du das machst, überrasch sie damit. Ich weiß, du schreibst gerne hier im Inn, aber du kannst deinen Laptop jederzeit mit ins Café bringen."

Gilda lächelte. „Ein Tapetenwechsel könnte der Muse helfen. Danke." Sie nickte in Richtung des Salons, in dem ein attraktiver Mann saß und ein Buch las. „Hast du den neuen Kinderarzt gesehen?"

Marina folgte ihrem Blick. Groß, lange Beine, ein wie gemeißeltes Kinn. Ihr fiel auf, dass auch andere Frauen immer wieder in seine Richtung schauten.

Gilda fuhr fort: „Bennet hilft ihm, ein Haus zu finden. Er übernimmt Dr. Dedes Praxis, wenn sie in Rente geht. Und er ist Single." Sie stieß Marina mit dem Ellbogen an.

„Er könnte was für dich sein", sagte Marina.

„Ich bin doch kein Cougar." Gilda seufzte. „Auch wenn ich mir manchmal wünschte, ich wäre es. Tja, aber es spricht zum Glück nichts dagegen, ab und zu einen schönen Anblick zu genießen."

Marina lachte und ging weiter. Ein paar Minuten später kehrte sie auf die Terrasse zurück, zufrieden, dass Heather, Ethan und die anderen für diesen Abend angeheuerten Kellnerinnen und Kellner ihre Arbeit perfekt erledigten.

Nachdem die Appetithäppchen serviert worden waren, versammelten sich alle an den Tischen auf dem großen Innenhof des Inns. Es war nicht die größte oder ausgefallenste Hochzeit, aber es war eine intime Gruppe guter Freunde, die sich aufrichtig für das Paar freuten. Während die untergehende Sonne goldene Strahlen über die Szene warf, dachte Marina, dass sie noch nie eine hübschere Strandhochzeit erlebt hatte.

Leo saß mit seiner Mutter und ihrem neuen Ehemann zusammen. An ihrem Tisch waren außerdem Vanessas gute Freunde Denise und John Davis samt ihrer Tochter Samantha, die Leos beste Freundin war. Sie waren für Leo wie Familie, weil sie als Nachbarn aufgewachsen waren, und Vanessa und Denise standen einander so nahe wie Schwestern. Als Vanessa nach Summer Beach gezogen war, war die Familie ihr gefolgt, und John hatte hier eine Tech-Consulting-Firma gegründet.

Der erste Gang, eine kalte Avocado-Gazpacho, wurde serviert. Kai saß bei Ginger. Jack und Axe, der breitschultrige Bauunternehmer, der das Amphitheater gebaut hatte, unterhielten sich an einem anderen Tisch mit Bürgermeister Bennett. Marina sah, wie Kai auf sie zeigte.

Axe hatte einen wundervollen Bariton. Im Laufe des letzten Jahres hatten er und Kai gemeinsam an dem „Theater unter den Sternen" gearbeitet, das als willkommene Ergänzung in Summer Beach angenommen worden war. Die beiden hatten eine symbiotische geschäftliche Beziehung und waren außerdem schwer verliebt. Mir ihrem Hintergrund als Musicaldarstellerin war Kai begierig darauf, zu schreiben und Regie zu führen. Marina hatte in der Weihnachtsaufführung im letzten Jahr auch eine kleine Rolle gehabt. Doch sie zog es vor, hinter den Kulissen zu arbeiten und die Picknickboxen zur Verfügung zu stellen. Und bald einen Foodtruck, wie sie hoffte.

Als sie sich setzte, wandte sie sich an Kate. „Wie läuft die neue Produktion? Ihr probt beinahe jeden Abend bis in die Nacht hinein. Ist alles bereit für die Premiere diese Woche?"

Kai strahlte. „Natürlich. Und es wird spektakulär."

Ihre Schwester und Axe hatten ein neues Musical geschrieben: *Belles on the Beach.* Marina hatte Kai einige neue Lieder summen gehört und sich gefragt, ob die wohl aus dem Musical stammten. „Ich wünschte, du würdest uns bei den Proben zuschauen lassen." Offenbar waren alle Schauspieler zu höchster Geheimhaltung verpflichtet worden.

„Auf keinen Fall." Kais Augen funkelten vergnügt. „Es soll eine Überraschung werden. Aber ich kann dir verraten, dass es ein Wohlfühlstück ist."

„Als ich heute von meinem Mittagsschläfchen aufge-wacht bin, stand ein Foodtruck vor dem Café", sagte Ginger und wandte sich an Marina. „Knallgelb und schwer zu übersehen. War das eine Freundin von dir?"

„Es sollte ebenfalls eine Überraschung sein", antwortete Marina lächelnd. „Diese Küche auf Rädern könnte bald Teil des Coral Cafés sein. Wenn die Inspektion gut verläuft, werde ich den Truck kaufen. Ich habe mich schon eine

Weile umgesehen, und die Besitzerin macht mir einen sehr guten Preis."

„Was für eine hervorragende Idee." Ginger strahlte. „Oh, wo wir damit überall hinfahren können. Was für einen Spaß wir haben werden."

Marina liebte es, dass Ginger auch in ihrem Alter immer noch offen für Abenteuer war. „Es ist zwar eine Schande, aber die Yellow-Submarine-Lackierung muss weg. Der Truck muss in den Farben und mit dem Logo des Coral Cafés lackiert werden."

„Vielleicht könnte Jack dabei helfen", schlug Ginger vor. „Er ist so talentiert."

„Ich weiß, dass du sein größter Fan bist, aber ich habe einen erfahrenen Grafikdesigner, der das übernehmen kann", sagte Marina leichthin. Sie traf ihre Businessent-scheidungen lieber selbst.

„Wo wir gerade von Überraschungen sprechen – ich habe auch eine für dich." Kai lehnte sich zu Marina und senkte die Stimme. „Ich sollte dir das eigentlich nicht sagen, aber in der Stadt machen Gerüchte über dich und Jack die Runde."

„Was für Gerüchte? Dass wir insgeheim ein Baby bekommen haben?", fragte Marina nur halb im Scherz. Klatsch und Tratsch waren in Summer Beach ein beliebter Zeitvertreib.

Kai winkte ab. „Das alberne Gerücht hat nie jemand geglaubt. Aber mal ernsthaft, ich habe Jack im Ort einkaufen gesehen. Er hat mich gebeten, nichts zu sagen, und daran habe ich mich gehalten, aber ich war nicht die Einzige, falls du weißt, was ich meine."

„Warum sollte es eine große Sache sein, dass Jack einkaufen war?"

„Es geht darum, *was* er gekauft hat." Diskret tippte Kai auf den Ringfinger von Marinas linker Hand. Auf ihrem eigenen saß der Verlobungsring, den Axe ihr geschenkt hatte. Kai liebte ungewöhnlichen Schmuck, deshalb war es ein antiker Rubinring, den sie vorhatte, mit unterschiedlichen schmalen, mit verschiedenen Edelsteinen besetzten Eheringen zu tragen, je nachdem, wonach ihr der Sinn stand.

Bei dem Gedanken, den Kai da gerade geäußert hatte, setzte Marinas Herz einen Schlag aus, und doch war sie nicht sicher, ob sie und Jack schon so weit waren. Außerdem war sie überrascht, dass ihre Schwester das Thema ansprach. „Das will ich im Moment nicht hören", sagte sie.

„Ich wollte dir die Überraschung nicht verderben, aber ich dachte, dass du früher oder später sowieso davon hörst, deshalb konnte es genauso gut von mir sein." Kai zog die Nase kraus. „Bitte sei nicht böse auf mich."

Marina legte eine Hand auf den Unterarm ihrer Schwester und schluckte ihre vorsichtige Vorfreude herunter. „Bist du sicher?"

„Ich war da. Und du weißt, was es bedeutet, wenn ein Mann einkaufen geht." Sie sah sie gezielt an. „Frauen machen das aus Spaß. Selbst wenn wir nichts kaufen, gönnen wir uns einen Lunch oder einen Kaffee. Aber für Männer ist einzukaufen eine Mission. Sie haben vor, ihre Kreditkarte auf den Tresen zu knallen und ihre Beute mit nach Hause zu nehmen." Kai hüpfte auf ihrem Stuhl auf und ab. „Bist du nicht wenigstens ein bisschen aufgeregt?"

Das war Marina, aber nicht so, wie Kai dachte. „Ich bin nicht wie du. Es wäre nicht mein erstes Mal."

„Man kann doch trotzdem aufgeregt sein."

„Das bin ich. Wirklich." Marina hatte eine erwachsenere Sicht auf die Dinge als Kai. Sie war älter, aber sie hatte außerdem mehr durchgemacht als ihre Schwester. „Ich sorge mich mehr darum, dieses Mal die richtige Entscheidung zu treffen."

Kai zog eine Augenbraue in die Höhe. Sie würde das Thema nicht ruhen lassen. „Hast du nicht erwähnt, dass Jack eine Reservierung im *Beaches* gemacht hat?"

Sobald ihre Schwester den Satz ausgesprochen hatte, tauchte ein Bild vor Marinas innerem Auge auf. Hatte er deshalb sicherstellen wollen, dass sie an dem Tag auch wirklich Zeit hatte? Er hatte auf lässige Art nachgefragt, aber das dreimal. Das war sehr untypisch für ihn.

„Ja, vor einigen Wochen schon", gab Marina zu. „Im Sommer ist es schwer, einen Tisch zu kriegen."

„Das ist es!", rief Kai triumphierend und reckte die Faust in die Luft.

„*Yeesy Louisey*, nicht so laut", beruhigte Marina sie mit einem alten Ausdruck, den sie früher bei den Zwillingen verwendet hatte, weil sie vor ihnen nicht hatte fluchen wollen.

Kai senkte ihre Stimme zu einem Flüstern. „Ich wette, er wird dir dort die Frage stellen. Immerhin ist es das romantischste Restaurant in Summer Beach."

Diese Vorstellung ließ Marina ein paar Mal blinzeln. Jack hatte ausdrücklich gesagt, dass er einen der besten Tische mit Blick aufs Meer bei Sonnenuntergang reserviert hatte. Jetzt wurde ihr klar, dass er dafür hatte nachschauen müssen, um welche Zeit die Sonne an diesem Tag untergehen würde. Während Jack durchaus ein Auge fürs Detail hatte, reservierte er das doch meistens für seine Arbeit. In seinem normalen

Alltag hingegen musste er häufig eher Schadensbegrenzung betreiben, was sie beide oft zum Lachen brachte. Wenn er ein Lehrer wäre, wäre er der buchstäbliche verwirrte Professor. Allerdings ein sehr gut aussehender. Jacks dichtes, welliges Haar und die tiefblauen Augen, die vor Intellekt nur so strahlten, hatten sie zuerst in seinen Bann gezogen – wenn auch etwas unwillig. Und seine Joggingrunden am Strand mit Bennet sorgten definitiv dafür, dass sein attraktiver Körper noch attraktiver wurde.

Ein Anflug von Aufregung erfasste sie. Hatte Jack beschlossen, ihr einen Antrag zu machen? Und wichtiger noch: War sie bereit für diesen Schritt? Sie würden vorher über einiges reden müssen. Marina atmete aus, um ihre Nerven zu beruhigen.

„Und? Was denkst du? Wäre es nicht toll, wenn wir beide heiraten würden?" Kai hörte nicht auf, sie mit Fragen zu bombardieren.

Marina musste lachen. „Du befindest dich vielleicht noch in der Flitterwochenphase deiner Beziehung, aber ich kenne die anderen Seiten einer Ehe. Nicht, dass eine Heirat es nicht wert ist – aber mir wurden die Augen bereits geöffnet." Dennoch sehnte sie sich danach, wieder eine so tiefe Verbindung zu spüren.

Kai warf sich die rotblonden Haare über die Schulter und fuhr fort: „Ach, komm schon. Das ist es so was von wert. Freu dich doch ein wenig – für mich? Ich musste mich so zusammenreißen, um es dir nicht zu erzählen. Aber Darla hat im Java Beach davon gesprochen, und du weißt, was das heißt. Ich finde, du und Jack passt perfekt zusammen."

Ginger beobachtete ihre Enkeltöchter mit einem

verträumten Lächeln und nippte schweigend an ihrem Wein.

„Perfekt?" Marina breitete die Hände aus. „So etwas gibt es nicht. Aber in dieser Phase meines Lebens muss eine Beziehung so gut sein, wie sie es zwischen zwei mit Fehlern behafteten Menschen nur sein kann. Perfekt ist überbewertet und viel zu anstrengend."

Da sprach ihre logische Seite aus ihr. Sie erinnerte sich mit Zuneigung daran, wie sie und Stan über ihre albernen Missgeschicke gelacht hatten. Und mit Jack gab es auch immer viel zu lachen.

Der Gedanke an eine Heirat faszinierte sie immer mehr, und Marina schaute zu Jack hinüber, dessen Profil von den über der Terrasse gespannten Lichtern in einen weichen Schimmer gehüllt wurde. Obwohl sie sich bemühte, praktisch zu denken, ließ allein sein Anblick ihr Herz wie das eines Teenagers hüpfen.

Sie hatte angefangen, Jack zu lieben, aber war er ein Mann für die Ewigkeit? Und war das ein Risiko, das sie gewillt war, einzugehen?

Mit einem leisen Seufzer richtete sie ihre Aufmerksamkeit wieder auf den Tisch.

Ginger starrte Marina und Kai an. Ein kleines Lächeln umspielte ihre Mundwinkel. „Ich hatte so ein Gefühl, was dich und Jack angeht. Immerhin scheinen Sommerhochzeiten in der Luft zu liegen. Selbst wenn wir keine genauen Daten wissen."

Damit meinte ihre Großmutter vor allem Kai, die beschlossen hatte, ihre Hochzeit auf diesen Sommer vorzuverlegen. Kai mochte vielleicht Jacks Geheimnis ausgeplaudert haben, aber sie wollte nicht sagen, warum sie und Axe ihre Hochzeit, die im nächsten Frühjahr hatte stattfinden sollen, vorgezogen hatten. Sie hatte nur gesagt, dass sie lieber eine Sommerhochzeit hätten. Marina fragte sich, ob das der Wahrheit entsprach.

Sie lachte leise auf. „Vielleicht lädt Jack mich nur zu einem schicken Abendessen ein, um das letzte Fiasko wiedergutzumachen."

Sie und Jack gingen nur selten aus, weil Marina meistens kochte. Jack und Leo kamen in ihr Café, oder Jack bat sie, nach Feierabend bei ihm zu Hause zu kochen, obwohl sie dann oft müde war. Ehrlich gesagt würde sie gerne eine warme Mahlzeit serviert bekommen, nachdem sie den ganzen Tag andere Leute bewirtet hatte.

Doch Marina wusste, dass sich etwas in ihrer Beziehung verändert hatte. Heute hatte er ihre Hand während der Trauung so fest umklammert, und er hatte Tränen in den Augen gehabt.

Hatte er an ihre gemeinsame Zukunft gedacht?

Sie holte tief Luft und sah Kai und Ginger grinsend an. Vielleicht würde es wirklich passieren.

2

*J*ack lief die Zeit davon. Nach Vanessas Hochzeit in der letzten Woche hatte er erkannt, dass er eine Entscheidung bezüglich des Rings treffen musste. Sollte Marina den, den er auswählte, nicht mögen, könnten sie ihn ja immer noch tauschen. Aber er hatte inzwischen genügend leere Versprechungen und Anspielungen auf ihre Zukunft gemacht. Dieses Mal meinte er es ernst. Nun musste er nur noch dafür sorgen, dass sie es erfuhr.

Mit einem verstohlenen Blick hinter sich, der eines Spions würdig war, betrat er einen weiteren Juwelier im Ort. Unzählige Delfinketten, Seestern-Ohrringe und Armbänder mit Strandmotiven baumelten an den Aufstellern und füllten die Schaukästen. Aber das waren alles Sachen, die man seiner Freundin schenkte, nicht jedoch der Frau, die man vorhatte, zu heiraten. Wenn sie ihn denn wollte.

Er atmete nervös aus und steckte sich eine der extra starken Pfefferminzpastillen in den Mund, die er in rauen

Mengen kaufte, seitdem er aufgehört hatte zu rauchen. Sie halfen ihm, seine Nerven zu beruhigen, wann immer er drohte, in alte Gewohnheiten zurückzufallen. Sein erster Chef war Kettenraucher gewesen, und Jack hatte sich in Nächten mit drängenden Deadlines davon anstecken lassen.

Kurz schloss er die Augen und konzentrierte sich auf den scharfen Geschmack in seinem Mund und das Leben, das er sich mit Marina und Leo vorstellte.

Zu sehen, wie Vanessa und Dr. Noah sich einander versprochen hatten, war so wunderschön und berührend gewesen. Ihre Ehe bedeutete Leo sehr viel. Immerhin hatte Dr. Noahs medizinische Entdeckung das Leben seiner Mutter gerettet.

Jack wusste, dass sein Sohn Marina auch sehr liebte.

Das hier durfte er nicht vermasseln.

Als er sich umdrehte, erblickt er einen Schaukasten mit Ehe- und Verlobungsringen. Er stützte sich am Rand ab und ließ den Blick über das Angebot schweifen, wobei er sich bemühte, lässig zu wirken. Doch das Herz hämmerte wie verrückt in seiner Brust.

Die Ladenbesitzerin kam auf ihn zu. „Kann ich Ihnen helfen?"

Die große Frau hatte einen eleganten Surferlook. Von ihren Ohren baumelten silberne Palmenanhänger, die sich in dem Muster auf ihrem Kleid wiederholten.

„Diese Auslage hier wirkt interessant."

Ein wissendes Lächeln legte sie um ihre Mundwinkel. „Ich kann Ihnen gerne alles zeigen."

Jack ließ seinen Blick noch einmal über die Ringe gleiten, doch keiner stach für ihn heraus. Denn keiner war so einzigartig wie Marina. Bei dem Gedanken an sie zog sich sein Brustkorb auf die inzwischen so vertraute Weise zusammen.

Er erinnerte sich daran, wie sein Vater, als Jack noch ein junger Mann gewesen war, ihm die Hand auf die Brust gelegt und gesagt hatte, dass er nicht wisse, wie man die Liebe beschreiben könne, aber wüsste, dass sie real sei, weil er sie jedes Mal, wenn er seine Frau anschaute, genau hier spürte.

Jack rieb sich mit der Hand übers Brustbein. Dieses Gefühl hatte er jetzt – und jedes Mal, wenn er Marina sah.

In einem der Regale in Gingers Coral Cottage hatte er ihr Hochzeitsfoto gesehen. Darauf trug Marina einen schmalen Ring und ein schlicht gemustertes Kleid. Das Einzige, das verriet, dass es sich um ein Hochzeitsfoto handelte, waren der große Brautstrauß und der gut aussehende Mann, der in Uniform neben ihr stand.

Jack war überwältigt gewesen von ihrer Jugend und Schönheit, auch wenn Marina in seinen Augen jetzt noch schöner war. Sie war erwachsen, weltgewandt und intelligent. Was eine mächtige Kombination war. Doch vor allem liebte er sie für das, was in ihrem Herzen war, für die Art, wie sie sich um ihre Familie und Freunde kümmerte. Und um ihn und Leo.

Er lächelte. Selbst Scout war hingerissen.

Die Frau schloss den Glaskasten auf. „Ich zeige Ihnen die beliebtesten Ringe."

Nach einem weiteren schnellen Blick auf die Auslage, entschied Jack, dass sich darin nichts befand, das für Marina ausgefallen genug war. Er verzog den Mund. „Das sind hübsche Ringe, aber ich suche nach etwas Besonderem. Einzigartigem."

Die Frau nickte. „So wie sie, richtig?"

Jacks Wangen wurden warm. „Ich schätze, das haben Sie schon öfter gehört."

„Vielleicht haben wir das Passende für Sie. Wir haben sehr gute Beziehungen zu einer ausgezeichneten Goldschmiedin, die oft nach Summer Beach kommt. Elena Eaton hat eine wunderschöne Kollektion, und sie nimmt auch Sonderaufträge an. Ihre Boutique am Robertson Boulevard in Los Angeles ist ein wahres Schmuckkästchen, und viele Hollywoodstars tragen ihren Schmuck. Einige ihrer Arbeiten waren sogar letzten Monat in der *Vogue*." Die Frau nahm ein Fotoalbum aus dem Regal hinter sich und begann, darin zu blättern.

Das klang interessant. Jack beugte sich vor, um die Fotos von glitzernden Ringen und Armbändern mit Edelsteinen in allen Farben des Regenbogens zu betrachten. „Wow, das sind viele Edelsteine."

„Diamanten in ungewöhnlichen Farben sind ihre Spezialität."

„Macht sie auch, äh …"

Die Frau schien seine Gedanken zu lesen, denn sie blätterte weiter nach hinten, wo sich Fotos von etwas schlichteren Designs befanden. Die Steine waren immer noch relativ groß und überstiegen, weil er sich nun um Leo kümmern musste, vermutlich sein Budget.

Außerdem sparte er für ein wichtiges Ziel. Die Illustrationen für Gingers Bücher hatten ihm einen moderaten Vorschuss eingebracht. In seinem gemieteten Strandhaus vermietete er das alte Künstleratelier über der Garage wochenweise, hauptsächlich an Surfer und junge Leute, die ein paar Tage Strandurlaub machen wollten. Außerdem schrieb er Artikel für ein Magazin an der Ostküste. Er hatte vor, Marina im *Beaches* von seinem Ziel zu erzählen. Und noch viel mehr.

Er schüttelte den Kopf. „Die sind hübsch, aber nicht ganz das Richtige."

„Wie gesagt, sie fertig auch Kundenwünsche an. Wie viel Zeit haben Sie?"

„Ich bin mir nicht sicher. Nicht viel, hoffe ich."

„Elena Eaton hat eine Warteliste von ungefähr sechs Monaten."

„Sechs Monate?", wiederholte er. Aber sie war talentiert. Eine wahre Künstlerin.

„Mindestens. Viele Leute planen ihre Hochzeit weit im Voraus."

Jack fuhr sich mit der Hand durchs Haar und grinste verlegen. „Das war noch nie mein Ding. Aber die Schmuckstücke sind wirklich unglaublich. Danke, dass Sie mir die gezeigt haben. Was für eine Verbindung hat die Künstlerin mit Summer Beach?"

„Ihre Familie lebt hier. Sie gehört zu den Bays."

Jack nickte gedankenverloren. „Ist eine davon zufällig Ivy Bay vom Seabreeze Inn?"

„Richtig. Das ist ihre Tante. Kennen Sie sie?"

„Ich habe in der Vergangenheit dort gewohnt." Jack grinste erneut. Summer Beach war ein kleiner Ort, und er wollte nicht, dass jemand mitbekam, dass er auf der Suche nach einem Ring war. Ivy war eine alte Freundin von Marina. Es schien, dass jeder im Ort Marina oder Ivy kannte – oder sogar beide. Letzte Woche war er in einem Juweliergeschäft Kai über den Weg gelaufen, aber er hatte ihr das Versprechen abgenommen, nichts zu verraten, und er vertraute darauf, dass sie ihr Wort hielt.

„Kann ich Ihnen sonst noch etwas zeigen?"

„Heute nicht, vielen Dank."

Nach einem weiteren kurzen Blick verließ Jack den Laden und machte sich auf den Weg zum Coral Café. Es war beinahe Mittagszeit.

Vielleicht hätte er mit dem Ringkauf früher anfangen sollen. Womöglich letztes Jahr zu Weihnachten, so wie Axe. Aber damals hatte er Marina nicht wirklich einen Antrag gemacht.

Oder doch? Er erinnerte sich, dass er nach einer der Vorstellung in der Muschel – *Ein Weihnachtsmärchen … am Strand* - zu Marina gesagt hatte: *Frohe Weihnachten, Mrs. Cratchit, obwohl ich lieber Mrs. Ventana sagen würde.*

Zählte das als Antrag? Er hatte ihr auch gesagt, dass er ein gemeinsames Leben mit ihr aufbauen wollte – und er hatte vor, dieses Versprechen zu halten. Und nun, wo Kai und Axe ihre Hochzeit vorgezogen hatten, verspürte er den Druck.

Ein Druck, der nicht allein von ihm kam. Er hatte auch in Marina eine Veränderung wahrgenommen. Vor allem nach Vanessas Hochzeit. Eine Frau wie sie konnte beinahe jeden Mann haben, den sie wollte, auch wenn sie das selbst nicht glaubte. Wenn er wirklich sein Leben mit ihr verbringen wollte, musste er seine Absichten deutlich machen.

Denn wenn er es nicht täte, würde es ein anderer tun. Jetzt, wo er nicht länger einem Beruf nachging, bei dem die Gefahr bestand, die Frau an seiner Seite vorzeitig zur Witwe zu machen, konnte er ein Versprechen geben und es halten. In der Vergangenheit war er immer gegangen, bevor er seiner jeweiligen Freundin allzu sehr das Herz brechen konnte, um ihr die möglicherweise zerstörende Trauer zu ersparen.

Er beschleunigte seine Schritte. Marina war nicht einfach irgendeine Frau. Sie war alles für ihn geworden. Bis jetzt hatte Jack nicht gewusst, wie sehr er jemanden lieben konnte. Was ihm das Gefühl gab, zugleich verletzlich und übermenschlich zu sein. Das ergab zwar keinen Sinn, aber an ihrer Seite fühlte er sich stärker, obwohl sie ihn, wenn sie wollte, mit einem Wort in die Knie zwingen konnte.

Heute würde sie natürlich arbeiten, denn das Strandrestaurant war um diese Zeit im Jahr immer gut besucht, doch allein in ihrer Nähe zu sein machte ihn glücklich.

Nach dem Mittagessen würde Vanessa Leo vorbeibringen, und sie würden zusammen an den Strand gehen – ein Unternehmen, dessen sein Sohn niemals müde wurde. Später würden sie zum Abendessen erneut im Café vorbeischauen. Leo hatte seine Meinung über Jacks mangelnde Kochkünste bereits kundgetan. Bei dem Gedanken musste er lachen. Doch Leo hatte auch sein Herz geöffnet.

Als Jack darüber nachdachte, wie ehrgeizig und verhärtet er einst gewesen war, wurde ihm klar, wie einsam er gewesen war. In diesem neuen Leben erkannte er sich manchmal gar nicht mehr, aber es gefiel ihm. Und er wollte nicht, dass es jemals endete.

Doch eine Entscheidung wie diese mit Marina brauchte mehr Mut, als er gedacht hatte. Dennoch fühlte er sich dafür bereit. Vor ein paar Wochen hatte er für diesen Anlass einen Tisch im *Beaches* reserviert. Er wollte, dass dieses Date etwas Besonderes war, denn das hatte Marina verdient.

Auf dem Weg zum Café fiel sein Blick auf das Schild des *Antique Times*, des kleinen Antiquitätenladens. Er wusste, dass dort auch Secondhand-Schmuck angeboten wurde.

Ihm kam ein Gedanke. Würde Marina ein Vintage-Ring gefallen?

Dann kam ihm eine weitere Idee. Er griff in die Hosentasche und holt sein Handy heraus. Noch hatte er seine Schwester nicht erzählt, wie ernst es ihm mit Marina war. Liz hatte sich mal beschwert, dass sie bei den ganzen Frauen, die in seinem Leben ein und aus gingen, den Überblick verlor.

Seine Schwester ging nach dem ersten Klingeln ran.

„Hey Fremder, wie geht es dir?"

„Super. Vermisst du mich?" Sie hatten eine entspannte Beziehung, obwohl sie nicht oft miteinander sprachen. Liz war meistens mit ihren Kindern beschäftigt, und Jack war jahrelang ständig in anderen Zeitzonen unterwegs gewesen.

Sie lachte. „Ich habe keine Zeit, dich zu vermissen. Aber ich tue es trotzdem."

Sie unterhielten sich, während Jack vom Ort in Richtung Coral Café wanderte. „Ryder und du, ihr solltet die Kinder diesen Sommer hier zum Strand bringen."

Wieder lachte Liz. „Ist das eine Einladung?"

„Das ist es. Ich habe den restaurierten VW-Bus, in dem die Kids schlafen könnten. Der ist innen sehr hübsch und hat sogar eine kleine Küchenecke. Sie hätten sicher Spaß, in der Einfahrt zu campen und von dort zum Strand zu gehen. Ihr werdet sie vermutlich nicht oft zu Gesicht bekommen."

„Ah, du versuchst nur, es mir schönzureden."

„Ich weiß eben, wie man das Herz einer überarbeiteten Mutter erreicht." Er lachte mit ihr zusammen. „Aber mal ernsthaft, es wäre toll, euch alle zu sehen. Ich weiß, es ist leichter, wenn ich euch besuche, aber ich glaube, es wird in diesem Sommer einen wichtigen Anlass geben. Und ich muss dich um einen Gefallen bitten."

Schnell erzählte er ihr, was er vorhatte.

Liz hörte zu. „Es klingt, als wäre Marina etwas ganz Besonderes. Ich glaube nicht, dass ich dich je so über eine Frau habe reden hören."

„Ich schätze, ich bin endlich erwachsen geworden. Früher war ich ziemlich oberflächlich, oder?"

„So würde ich es nicht ausdrücken. Du hast viel geleistet und erreicht. Ich bin immer stolz auf dich gewesen und auf das, was du gemacht hast. Nicht viele Leute gewinnen einen Pulitzerpreis, zumindest nicht in meiner Welt. Aber du bist auch immer mein kleiner Bruder gewesen. Ich wünschte nur, Mom und Dad wären noch da, um diese Neuigkeiten mitzuerleben."

„Ich auch." Jack vermisste seine Eltern immer noch. Sie waren viel zu jung aus einem Leben voller harter Arbeit gegangen, wobei sie die Landwirtschaft geliebt hatten. Genau wie Liz und ihr Ehemann. „Ihr könntet dann auch Leo kennenlernen. Er hat schon nach seinen Cousins gefragt."

Nachdem sie sich noch eine Weile über dies und das unterhalten hatten, fragte Liz: „Ich mache mich sofort unter Moms Sachen auf die Suche und spreche mit Ryder. Wir haben Nachbarn, die sich um die Rinder kümmern können, während wir weg sind."

„Das wäre super." In diesem Moment erreichte Jack das Café.

Nachdem er aufgelegt hatte, schlenderte er auf die Terrasse und erblickte Heather, Marinas Tochter. Sie war eine jüngere Version ihrer Mutter, obwohl Jack glaubte, dass ihre grau-blauen Augen von ihrem Vater stammten.

Die glänzenden, dunkelblonden Haare hatte sie im Nacken zu einem Dutt zusammengebunden, und zu ihrem Tanktop und der Caprihose trug sie eine korallenfarbene Schürze mit dem Coral-Café-Logo.

Die war neu. Jack bewunderte, wie gut Marina im Branding ihres Unternehmens war.

Er zog sich einen Stuhl an seinem üblichen Tisch auf der großen Terrasse heran, von wo aus er Marina in der Küche beobachten konnte. Einheimische und Touristen saßen an den runden Tischen im Schatten der korallenfarbenen Sonnenschirme, und die Stimmung war so hell wie der Sonnenschein.

„Hey Jack." Heather schob das Reserviert-Schild auf dem Tisch beiseite und schenkte ihm ein breites Lächeln. „Was darf es heute sein?"

„Ich weiß nicht. Welcher Tag ist heute?" Seit er freiberuflich tätig war, verlor er ab und zu den Überblick über die Tage – außer, wenn er Leo hatte. Und Marina wechselte gewisse Speisen auf ihrer Karte für die Einheimischen.

Heather lachte. „Heute ist *New England Clam Chowder*-Tag."

„Dann nehme ich die und einen Salat."

„Ist das alles?"

„Ich spare mir meinen Appetit fürs Abendessen auf." Leo war im Moment bei Samantha, aber er würde später zu ihm kommen.

Heather war ein gutes Mädchen – *junge Frau*, korrigiert er sich. Sie studierte in San Diego, und er verstand sich gut mit ihr, wobei er bei ihrem Bruder Ethan immer noch leichte Vorbehalte spürte. Nicht, dass er je etwas in der Richtung gesagt hätte, und im Großen und Ganzen verstanden sie sich gut, aber Jack nahm an, dass Ethan seine Mutter beschützen wollte, wie es ein junger Mann tun sollte.

Heather stellte ihm ein Glas Wasser hin. „Okay, einmal Clam Chowder mit Salat. Kommt sofort. Heute Abend haben wir Leos Lieblingseis mit extra großen Schokoladenstücken."

„Das ist auch meine Lieblingssorte." Marina stellte das Eis für ihr Café selbst her. Es war dekadent, aber solange Jack morgens mit dem Bürgermeister am Strand laufen ging, durfte er sich diese kleine Sünde erlauben.

Eine große Gruppe Touristen betrat die Terrasse, und Jack nickte in ihre Richtung. „Kümmere dich um die. Ich gebe meine Bestellung direkt bei der Köchin auf – und verspreche, dass sich das nicht auf dein Trinkgeld auswirken wird."

Heather atmete hörbar aus. „Danke. Heute haben wir echt viel zu tun. Seitdem wir heute früh eröffnet haben, hatten wir keine Atempause."

Nachdem Heather gegangen war, um sich um die Neuankömmlinge zu kümmern, schaute Jack sich um. Es waren mehr Touristen als Einheimische da, deshalb sah er nicht allzu viele vertraute Gesichter. Alle schienen Spaß zu haben. Er stand auf und ging zur Küche, die einst das Gästehaus gewesen war, in dem er nach seiner Ankunft in Summer Beach für einige Zeit gewohnt hatte. Während der Renovierung hatte Marina Türen installieren lassen, die sich weit öffnen ließen und ihr so erlaubten, aus der Küche heraus beobachten zu können, was auf der Terrasse vor sich ging.

Als sie ihn kommen sah, erhellte ein Lächeln ihr Gesicht. „Du bist heute spät dran."

„Ich musste ein paar Besorgungen erledigen." Er lehnte

sich an den Tisch, der vor der Küche stand, und bewunderte sie. Sie trug eine Kochjacke mit Blumenmuster und bewegte sich schnell und gezielt. Der junge Mann hinter der Arbeitsplatte war ein tätowierter Surfer namens Cruise, der sich um die Süßkartoffel-Pommes-frites kümmerte, die köstlich dufteten.

„Heather kümmert sich gerade um eine große Gruppe Gäste, deshalb habe ich ihr gesagt, dass ich meine Bestellung direkt bei dir aufgebe."

Sie gab ein paar Crabcakes auf einen Teller und deutete zur Seite. „Ich habe deinen Clam Chowder schon bereitstehen."

„Du hast meine Gedanken gelesen. Dazu hätte ich gerne einen Salat und ein paar der Süßkartoffel-Pommesfrites." Er hielt inne und wünschte, er könnte ihr helfen, aber Kochen hatte noch nie zu seinen Talenten gehört, außer, wenn es sich um einen Grill handelte. Außerdem konnte er Gemüse züchten, aber was in der Küche passierte, war ihm zum Großteil ein Rätsel. In seiner Kindheit hatten seine Mutter und seine Schwester gekocht, während er und sein Vater sich um die Farm gekümmert hatten.

Dennoch wünschte Jack sich, er könnte ihr etwas von der Last abnehmen. Er wusste nicht, wie sie es schaffte, den ganzen Tag auf den Beinen zu sein, aber sie schien ihre Arbeit zu lieben. „Kann ich Tische abräumen oder so? Ich bin auch gut im Abwaschen."

Marina lachte. „Wir sagen Bescheid, wenn wir dich brauchen. Willst du deine Suppe jetzt haben?"

„Ich warte noch. Bis später."

Jack verließ die Küche und ging auf die Toiletten hinter dem Gebäude zu. Eine geflüsterte Unterhaltung drang an sein Ohr. Sein alter Instinkt für Nachrichten setzte ein, und er hielt an, bevor er um die Ecke bog.

„Das hier ist ein totales Kaff. Die Art von Ort, in das die Regierung Leute zum Verschwinden schickt."

Jack hielt den Atem an. Das war vermutlich jemand, der einen lahmen Witz machte. Die Stimme des Sprechers und seine Worte wirkten nicht ganz echt. Ihm persönlich gefiel die kleine Gemeinde. Es war eine willkommene Abwechslung von New York und Chicago – und einigen anderen fremden Ländern, in denen er buchstäblich in der Schusslinie gestanden hatte.

„Auf keinen Fall ist er im Zeugenschutzprogramm. Ich sage dir, er benutzt seinen echten Namen."

Trotz seiner Zweifel regte sich Jacks Neugierde.

„Oder er arbeitet an einer Story. Das muss was Großes sein, so viel Mühe, wie er sich gibt, um sich anzupassen. Ein Kind, ein Hund."

Ein Schauder überlief ihn. Viele Leute im Ort hatten Kinder und Hunde. Aber wie viele von ihnen schrieben Artikel? Wobei … er kannte immer noch nicht alle, die hier lebten.

„Ich glaube nicht, dass es sein Kind ist. In seiner Bio wird es nicht erwähnt, und außerdem ist der Junge schon älter."

Ihm brach der kalte Schweiß aus. Der Kerl klang jung, und es könnte sein, dass er von Leo sprach. Jack musste sehen, wer das war. Konnte er das Risiko eingehen? Er schlich näher an die Ecke heran.

„Ja, ja. Ich habe das im Griff. Bis später."

Jack sprang vor, doch der Typ bog gerade auf der anderen Seite des Gebäudes um die Ecke. *Jeans, braunes*

Haar, dunkles Hemd. In diesem Moment ging die Tür zu den Toiletten auf. Beinahe wäre er damit zusammengestoßen.

„Oh, hey Jack", begrüßte Jen ihn fröhlich. Ihr und ihrem Mann gehörte die Eisenwarenhandlung im Ort. „Was schleichst du hier so herum wie James Bond?" Sie trat vor ihn.

Jack bedeutete ihr mit einer Geste, die Stimme zu senken. Dann ging er um sie herum und ließ sie mit offenem Mund stehen.

Als er die andere Seite des Gebäudes erreichte, schaute er sich um.

Da war niemand.

Er wirbelte herum. *Wo ist er hin?*

Er schaute zur Küche. Marina arbeitete immer noch in Lichtgeschwindigkeit.

„Hey", sagte er im Näherkommen. „Ich habe gerade einen Freund verpasst. Hast du jemanden hier entlangkommen sehen?"

Marina schüttelte den Kopf. „Heather hat deine Bestellung."

Jack starrte Cruise an. Der konnte es nicht gewesen sein. Er war die ganze Zeit hier an der Fritteuse gewesen. Er trug zwar auch Jeans und ein dunkles T-Shirt, aber darüber eine Schürze.

Jack drehte sich zur Terrasse um und suchte in der Menge nach anderen Männern in Jeans. Eins, zwei, drei … es waren ziemlich viele. Einige waren im Aufbruch begriffen. Schnell wirbelte Jack herum, aber vorne war auch niemand. Der Mann war ein wahrer Houdini.

Heather stellte gerade sein Essen auf den Tisch. „Guten Appetit."

„Hast du einen Mann in Jeans und dunklem Hemd, vermutlich ein T-Shirt, vorbeikommen sehen?"

„Nein, ist mir nicht aufgefallen. Ein Freund von dir?"

„Ich bin mir nicht sicher. Wenn du ihn siehst, sagst du mir Bescheid?"

Heather wischte sich mit der Hand über die Stirn und warf einen Blick über ihre Schulter. „Ich habe ziemlich viel zu tun, aber sollte ich so jemanden sehen, schicke ich ihn zu dir." Damit eilte sie an einen anderen Tisch.

Jack setzte sich und starrte sein Essen an. Hatte er die Unterhaltung richtig gehört?

Frustriert stand er wieder auf und ging erneut zu den Toiletten, konnte jedoch nichts Ungewöhnliches entdecken. Nachdem er an seinen Tisch zurückgekehrt war, aß er schnell auf und ließ ein großzügiges Trinkgeld für Heather zurück.

Innerhalb einer Minute hatte sich seine Laune drastisch verschlechtert. Auf dem Weg nach Hause schaute er sich immer wieder um, sah aber nichts, was seine Aufmerksamkeit erregte. Die Sonne schimmerte auf den Wellen, Menschen lachten und spielten Volleyball am Strand, und Boote fuhren aus dem Hafen.

Er stieg die Treppe zu seinem Haus hinauf und öffnete die Tür. Er ging einmal durch alle Räume, öffnete dann die Hintertür und stieß einen Pfiff aus. Sofort kam Scout in seinem schlenkernden Gang auf ihn zugelaufen, den er vermutlich einer Verletzung zu verdanken hatte, die er sich zugezogen haben musste, bevor Jack ihn adoptiert hatte. Jack ging in die Hocke und kraulte den Labrador hinter den Ohren. „Hast du was gesehen, Kumpel?"

Scout drehte den Kopf hin und her und wedelte mit dem Schwanz.

„Nein? Das ist gut. Du sagst mir, wenn du was siehst, oder?"

Dann schnappte Jack sich einen Stock und warf ihn quer durch den Garten. Scout raste hinterher und verfehlte nur beinahe die tief hängenden Zweige der Orangen- und Zitronenbäume. Die hatte Jack eigentlich vor der Blüte beschneiden wollen, aber jetzt hingen sie schon voller Früchte, und es wäre eine Schande, sie abzuschneiden. Scout würde sich damit abfinden müssen. Was ihm sicher nicht schwerfiele, denn er liebt es, mit den Früchten zu spielen. Alberner Hund.

Jack kehrte ins Haus zurück und ging in sein Büro, das sich neben seinem Schlafzimmer befand. Der einstige Wintergarten war perfekt zum Anfertigen der Illustrationen für Gingers Kinderbuchreihe. Er setzte sich an seinen Zeichentisch und starrte aus dem Fenster. Ihm blieb noch ein wenig Zeit, bevor Leo käme.

Die Szenerie draußen war so unverdächtig, wie sie nur sein konnte. Immerhin war das hier Summer Beach. Bis auf den Vorfall mit der Yacht letztes Jahr passierte hier nicht viel. Und das war eine einmalige Sache gewesen, die sicher nichts mit dem zu tun hatte, was er im Café mitangehört hatte.

Er nahm einen Stift und machte sich an die Arbeit. Als er mit der Zeichnung fertig war, klopfte es auch schon an der Tür, und er hörte Leo über die vordere Veranda stapfen, begierig darauf, zum Strand zu kommen. Und beinahe war Jack damit fertig, sich einzureden, dass das, was er gehört hatte, nichts war, um das er sich Sorgen machen musste.

Wie gesagt, das hier war Summer Beach.

3

*M*arina liebte den frühen Morgen am Strand, aber heute schossen noch vor Sonnenaufgang Gedanken wie Kometen durch ihren Kopf. Während sie im Halbdunkeln im Bett lag und überlegte, ob sie aufstehen oder versuchen sollte, weiterzuschlafen, rieb sie sich über den Ringfinger und fragte sich, ob Jack das, was sie vermutete, wirklich durchziehen würde. Ihr Date war heute Abend.

Die halbe Nacht hatte sie sich hin und her geworfen und darüber nachgedacht, was Kai ihr auf der Hochzeit anvertraut hatte. Ihre Gefühle waren wie ein Pendel zwischen nervöser Aufregung und achtsamer Beklommenheit hin und her geschwungen.

Sie entschied sich fürs Aufstehen und dachte an die geschäftige Woche, die vor ihr lag. *Potenziell lebensveränderndes Date, Kais Brautschauer, der Kauf eines Foodtrucks, Premierenabend in der Muschel.* Hatte sie was vergessen?

O ja. Für den Marktstand zu backen, den Brooke auf dem Bauernmarkt leitete.

Schnell wühlte sie in ihrem Kleiderschrank, der mit verblassten Sommerkleidern, Jeans und T-Shirts gefüllt war – und viel zu vielen konservativen Kostümen aus ihrer Zeit als Nachrichtensprecherin. Schließlich entschied sie sich für ein kurzes schwarzes Kleid, das für heute Abend genügen musste, auch wenn es nicht mehr sonderlich schmeichelnd saß. Ein Café zu besitzen war gefährlich für den Hüftumfang. Sie hängte es beiseite.

Dann zog sie sich ein T-Shirt, eine Jogginghose und einen Hoodie an, wobei sie an Kais Brautparty dachte, die auf diese Woche vorgezogen worden war. Ihre Theaterfreunde aus New York und Los Angeles würden bald eintreffen, dazu die Freunde aus Summer Beach.

Marina hatte eingekauft und alles für die kommende Woche vorbereitet. In der Küche war viel zu tun, und sie musste ihren Kopf klären, bevor sie mit ihrer Arbeit beginnen konnte.

Vorsichtig, um weder Kai noch Ginger oder Heather zu wecken, schlich sie auf Zehenspitzen die Treppe hinunter, wobei sie die Bretter auf der Treppe vermied, die am lautesten knarrten. Ganz langsam öffnete sie die quietschende Haustür. Die kühle Meeresluft strich ihr übers Gesicht. Nachdem ihre Eltern bei einem Autounfall ums Leben gekommen waren, als Marina achtzehn war, war sie oft an den Strand geflüchtet, hatte den Sonnenaufgang beobachtet und an die beiden gedacht. Selbst an ihren schlimmsten Tagen hatte die scharfe Brise vom Meer geholfen, ihren Geist zu beruhigen.

Obwohl sie nun am Beginn einer strahlenden Zukunft stand, war sie nervös. Sie blinzelte im Wind, als sie sich in Richtung des Seabreeze Inn aufmachte. Ihre Freundin Ivy wäre schon dabei, das Frühstück für die Frühaufsteher zuzubereiten. Vielleicht könnten sie später reden. Marina brauchte den Rat einer guten Freundin – oder von Ginger, die der weiseste Mensch war, den sie kannte.

Marina zog den Reißverschluss ihres Hoodies zu. Heute könnte sich ihr Leben für immer verändern.

Seit dem letzten Weihnachten hatten sie und Jack einander beinahe jeden Tag gesehen, doch heute Abend wäre es anders. Sie traute sich kaum, sich vorzustellen, was er sagen würde, obwohl Jack in letzter Zeit immer wieder Anspielungen auf ihre Zukunft gemacht hatte – nur um das Thema dann wieder wochenlang zu vermeiden.

Die Gedanken daran ließen sie nervös mit einem losen Faden in der Tasche ihres Hoodies spielen, bis sie merkte, dass sie ein Loch verursacht hatte.

Marina stieß den Atem aus. Sie musste sich in den Griff kriegen. Das, was womöglich vor ihr lag, war in jedem Alter ein großer Schritt. Sie war seit über zwanzig Jahren verwitwet, und Jack war nie verheiratet gewesen. Es war nur natürlich, bei der Aussicht, ihr gemeinsames Leben offiziell zu machen, nervös zu sein.

Oder?

Immer noch mit dem Faden spielend machte sie das Loch größer und steckte ihren kleinen Finger hindurch. Dann trat sie mit dem Fuß ein Stück Treibholz zurück ins Meer.

Ja, sie konnte den heutigen Abend kaum erwarten. Jedes Mal, wenn sie an Jack dachte, überkam sie ein Gefühl der Zugehörigkeit, das mit einer kribbelnden Wärme einherging, die sie nicht wirklich beschreiben konnte. Es war ein Gefühl, das sie seit ihrem ersten Ehemann nicht mehr erlebt hatte.

Sie sehnte sich nach einem Neuanfang mit Jack. Er

mochte nicht perfekt sein – genauso wenig wie sie - aber sie hatten so viel gemeinsam, angefangen bei ihrem Interesse für aktuelle Berichterstattung, wobei sie beide diesen Beruf für Summer Beach hinter sich gelassen hatten. Und sie beide beteten Leo an. Jack verstand sich auch gut mit Marinas Kindern. Er erfüllte alle ihre Kriterien, doch mehr noch, ihre Beziehung fühlte sich einfach richtig an.

Marina machte einen Bogen um ein paar tieffliegende Möwen, die am Strand landeten.

„Passt auf, wo ihr hinfliegt, Dummerchen."

Sie schüttelte den Kopf. Jetzt sprach sie schon mit Vögeln. Sie hatte von Menschen gehört, sie sich von der Gesellschaft zurückzogen und die Kameradschaft von Tieren bevorzugten. Nach einer langen Schicht im Café kam ihr diese Vorstellung manchmal schrecklich ansprechend vor.

War sie wirklich bereit für eine allumfassende Beziehung?

Noch etwas, das Kai gesagt hatte, zerrte an ihren Nerven. *Wenn du Jack heiratest, wird sich dein Leben irgendwann wieder ändern. Auf keinen Fall kann ein Mann wie er für immer in Summer Beach glücklich sein.*

Hatte Kai in Jack einen Durst gesehen, der ihr entging?

Andererseits waren sie nicht verlobt. Nicht offiziell zumindest. Doch das war es, was Marina wollte, obwohl es altmodisch klang – vor allem in ihrem Alter. Sie wollte wissen, wo sie mit ihm stand, damit sie ihre gemeinsame Zukunft planen konnte.

Sie liebt Jack, und sie wusste, wonach ihr Herz sich sehnte, aber wenn sie ehrlich mit sich war, musste sie sich die Frage stellen, ob sie bereit war für die Verantwortung für einen etwas unorganisierten Ehemann und seinen Sohn sowie einen tollpatschigen Hund.

Vor nicht einmal zwei Jahren waren alle Teile ihres Lebens ausgeschüttet worden wie ein Puzzle. Die Teile passten inzwischen besser zueinander, aber das Bild war noch dabei, sich zu entwickeln. Umwälzungen waren Marina nicht fremd, doch musste sie auch andere Dinge in Erwägung ziehen.

Zweimal in ihrem Leben war das Haus ihrer Großmutter ihre Zuflucht gewesen. Und trotzdem konnte sie nicht für immer dort wohnen, auch wenn ihr Café sich auf demselben Grundstück befand. Sie brauchte ein eigenes Heim.

Ein gemeinsames Heim.

Sie streckte die Arme nach oben und schaute in Richtung der Klippen, die Summer Beach in einer felsigen Umarmung hielten. Sie liebte es hier, aber war dieser Strandort zu sicher? Hatte Kai recht damit, dass dieses neue, ruhige Leben Jack irgendwann langweilig würde? Bei seiner Ankunft in Summer Beach war er als investigativer Journalist auf dem Höhepunkt seiner Karriere gewesen. Und bis zu Kais scharfsinniger Beobachtung war sie sich der Richtung ihrer Beziehung ziemlich sicher gewesen.

Wie hatte ihr das entgehen können?

Sie blies sich ein paar Strähnen aus dem Gesicht. Die Morgendämmerung malte pinkfarbene Streifen an den babyblauen Himmel, und die Sonne tauchte hinter den Klippen auf. Selbst im Sommer blies morgens eine kalte Brise vom Meer in Richtung Strand und erfüllte die Luft mit einem salzigen Geruch, der für immer in ihr Gedächtnis eingebrannt war. Sie hatte einen Großteil ihrer

Kindheit hier im geliebten Coral Cottage ihrer Großmutter verbracht.

Als sie sich den an den Strand rollenden Wellen zuwandte, zog sie sich den Hoodie aus und hüpfte in die Brandung, wie sie es als Kind getan hatte. Nur hatte sie jetzt Erwachsenenthemen, die an ihr nagten.

Gerade als sie in die starke, sich zurückziehende Brandung trat, kam ein gelber Labrador auf sie zugelaufen. Er sprang fröhlich in den seichten Wellen auf und ab, um sie zu begrüßen, wobei ihm die Zunge aus dem Maul hing, was ihn aussehen ließ, als würde er lächeln.

„Hey Scout." Sie lachte über den überschwänglichen Hund, dessen sandige Pfoten Abdrücke auf ihrer weißen Jogginghose hinterließen. „Wo ist dein Kumpel?"

Da hörte sie einen Pfiff hinter sich.

Jack und Bennett kamen am Strand auf sie zugejoggt. Sie wusste, dass der Bürgermeister früh laufen ging, war jedoch überrascht, Jack zu sehen. Er trug ein verblichenes T-Shirt mit der Aufschrift *New York Times*, einer seiner früheren Arbeitgeber. Seine dichten, dunklen Haare standen in alle Richtungen ab, und dunkle Stoppel bedeckten sein Kinn.

Bei seinem Anblick beschleunigte sich Marinas Herzschlag.

„Du bist aber früh auf." Sie begrüßte Jack mit einem schnellen Kuss, während Scout mit seinem vom Meerwasser nassen Schwanz gegen ihre Beine schlug.

„Ich musste ein paar Anrufe an die Ostküste tätigen und habe deshalb beschlossen, mich Bennett anzuschließen." Jack schob ihr eine vom Wind zerzauste Strähne hinters Ohr. „Ich hätte nicht damit gerechnet, dich hier zu treffen."

„Ich konnte nicht schlafen." Sie fragte sich, ob Jack wegen des heutigen Abends genauso aufgeregt war wie sie. Ein wenig nervös senkte sie den Blick – nur um seine muskulösen Beine unter seinen Laufshorts herausschauen zu sehen.

Jack fing ihren Blick auf, grinste und zupfte am Bein seiner Shorts. „Zu kurz?"

„Das interessiert niemanden", merkte Bennett an, der auf der Stelle joggte. „Außer ich würde sie tragen. Das würde ich mir in diesem Ort bis ans Ende aller Zeiten anhören können. Oder im Java Beach."

Marina nickte in Richtung des Coffeeshops, der direkt am Strand lag. „Ich bin auf dem Weg dorthin. Ich wollte nicht das ganze Haus aufwecken."

„Und es ist doch bestimmt auch mal ganz schön, sich bedienen zu lassen." Jack grinste.

Bennett lachte leise. „Das könnte doch der richtige Job für dich sein, Kumpel."

„Hör auf." Jack stieß ihm spielerisch den Ellbogen in die Rippen.

Diese Antwort kam ein wenig zu schnell, dachte Marina. Vielleicht war Jack unsicher. Oder verlegen. Was auch immer es war, die ganze Sache war für sie beide ein großer Schritt.

„Lauft ruhig weiter", bot Marina den beiden an. „Ich habe gerade gesehen, dass Mitch vor dem Java Beach vorgefahren ist."

„Und da kommt auch schon Ginger." Jack zeigte in Richtung des Coral Cottages.

Marina seufzte. „Wie es aussieht, habe ich sie doch aufgeweckt." Sie hatte versucht, sich hinauszuschleichen, aber das Knarren der Holztür schien sie verraten zu haben.

Sie drehte sich um und winkte ihrer Großmutter zu. „Sag ihr, dass ich auf sie warte, falls sie mir bei Mitch auf einen Kaffee Gesellschaft leisten will."

„Mache ich. Wenn nichts dazwischenkommt, komme ich nachher mit Leo zum Lunch vorbei."

„Ich werde da sein."

Das war sie immer. Oft fragte sie sich, ob sie zu verlässlich und verfügbar war. Die über vierzigjährige Freundin, die bei ihrer Großmutter lebte. Wobei sie noch nicht lange wieder in Summer Beach war. Ihre biologische Uhr tickte nicht, im Gegensatz zu Kais. Dennoch wollte sie mehr. Wenn sie sich mit einem Partner ein Leben aufbauen könnte, dann wollte sie damit endlich loslegen.

Das hier war ihre Zeit.

In diesem Moment vibrierte Jacks Handy, und er zog es aus der Tasche. Beim Lesen der Nachricht bildete sich eine steile Falte zwischen seinen Brauen.

„Probleme?"

„Ach, es ist vermutlich nichts", murmelte er und steckte das Handy wieder weg.

Marina fragte sich, was es damit auf sich hatte. Scout umkreiste Jack und schnüffelte an seinen Beinen. Der Hund wirkte ebenfalls neugierig. Sie beugte sich vor, um ihn hinter den Ohren zu kraulen.

„Also dann, bis später." Abwesend gab Jack ihr einen Kuss auf die Wange. Bevor er wieder mit Bennett loslief, ließ er ein Grinsen aufblitzen, aber er schien immer noch abgelenkt zu sein von der Nachricht, die er erhalten hatte.

Und doch klopfte Marinas Herz unter dem flüchtigen Kuss heftig. Wenn Jack nicht der Eine war, war ihr Männerradar ernsthaft kaputt. So hatte sie sich nicht mehr gefühlt, seitdem sie ihren ersten Mann Stan kennengelernt hatte.

Mit einem letzten Japsen in ihre Richtung rannte Scout den Männern hinterher und hatte sie bald überholt.

Heute Abend werden Jack und ich uns mal gründlich unterhalten, beschloss Marina. Das letzte Mal war sie mit einem alten Freund im *Beaches* gewesen. Cole Beaufort. Unglücklicherweise war Scout ins Restaurant gestürmt und hatte ihr Dinnerdate auf spektakuläre Weise gestört.

Heute konnten sie darüber lachen. Jack hatte entschieden, dass sie eine Wiedergutmachung bräuchte, und zwar mit ihm. Sie stieß den Atem aus. Vielleicht war das der einzige Grund für die Einladung.

Als sie den beiden Männern hinterherschaute, winkte sie ihre Großmutter zu und ging in ihre Richtung. Marinas Gedanken kehrte zu Kai und Axe zurück. Während der Zeit, in der sie mit ihrer Theatertruppe auf Tournee gewesen war, hatte Kai versucht, mit Männern auszugehen, aber es hatte sich als schwierig herausgestellt, eine Beziehung zu führen, wenn sie nie lange an einem Ort blieb.

Marina dachte weiter zurück – wo waren die Jahre hin? Sich mit Anfang zwanzig zu verlieben war so anders als jetzt. Nicht, dass sie damals sorgenfrei gewesen wäre. Sie wusste nicht, was nach dem Tod ihrer Eltern aus ihr und ihren beiden jüngeren Schwestern geworden wäre, hätten sie Ginger nicht gehabt. Ihre Großmutter war für sie alle da gewesen. Und für Marina, nachdem Stan gestorben war.

Es hatte Zeiten gegeben, als ihre Kinder noch jünger waren, in denen Marina sich gefragt hatte, ob sie wohl erneut heiraten sollte, um den Zwillingen die Möglichkeit zu geben, mit zwei Eltern aufzuwachsen. Aber zwischen ihrer Trauer um Stan und der Herausforderung, sich um zwei aktive Kinder zu kümmern – was sie ohne Ginger nicht geschafft hätte –, war sie nicht in der mentalen Verfassung gewesen, einen Mann auch nur zu bemerken, geschweige denn, Zeit zu finden, um mit ihm auszugehen und ihn kennenzulernen. Nun ja, abgesehen von einer katastrophalen Ausnahme, die ihr Leben aus der Bahn geworfen hatte. Jetzt, wo Heather und Ethan ihren eigenen Weg in der Welt gingen, war *sie* wieder dran.

Marina hatte Ginger erreicht und umarmte sie zur Begrüßung. „Guten Morgen. Ich hoffe, ich habe dich nicht geweckt?"

„Unsinn. Ich war bereits wach. Ich schätze, dir geht viel durch den Kopf. Willst du darüber reden?"

„Das weißt du doch." Ginger sah die Lösungen immer so klar vor sich. „Wo soll ich anfangen? Beim Foodtruck oder bei Jack?"

„Beides sind wichtige Entscheidungen. Eine kannst du kontrollieren, die andere nicht." Ginger warf ihr einen Blick zu, vermutlich, um ihre Stimmung abzuschätzen. „Erzähl mir zuerst von deinen Plänen für den Foodtruck."

Kurzfristig erleichtert ließ Marina ihre pragmatische Seite die Führung übernehmen. „Ich habe bereits einen Termin für eine Inspektion gemacht. Wenn das Fahrzeug und die Einbauten einwandfrei sind, werde ich mein Konzept bei der Premiere von Kais neuem Stück in der Muschel testen."

„Ich nehme an, du hast dafür einen Businessplan erstellt?"

„Das habe ich. Ein Foodtruck ist auf den ersten Blick ein einfaches Konzept, aber es gibt viele Details, die man beachten muss. Versicherungen, Instandhaltung, Personal und eine vereinfachte Speisekarte. Die Ausgaben und Kosten für die Zutaten habe ich bereits ausgerechnet."

Ginger nickte bedächtig. „Wie willst du die Kunden erreichen?"

„Ich habe recherchiert und einen Kalender mit den Veranstaltungen in und um Summer Beach herum erstellt. Außerdem habe ich eine Webseite und eine App gefunden, wo ich ankündigen kann, wann ich wo mit dem Truck zu finden sein werde. Und ich kann einen Newsletter an meine besten Kunden verschicken."

Ginger sah sie bewundernd an. „Das sind ausgezeichnete Ideen. Aber kennst du irgendjemanden, der einen Foodtruck hat?"

„Ich habe eine Freundin in der Bay Area, die einen Thai-Nudel-Truck betreibt, und sie verdient damit gutes Geld. Sie hat mir ein paar Vorschläge gemacht, an die ich nicht gedacht hatte, und sie hat einen Blick auf meine Finanzprognosen geworfen. Außerdem habe ich meinen Plan mit meiner Buchhalterin und meinem Banker besprochen."

Inzwischen verfügte Marina über ein Team aus Beratern, denen sie vertraute, wobei die letztendliche Entscheidung immer noch bei ihr lag. Doch allein über das Projekt zu sprechen hatte ihr geholfen, ihre Gedanken zu ordnen. Vielleicht hatte Ginger das im Sinn.

„Das klingt, als hättest du einen soliden Plan auf die Beine gestellt." Ginger rieb ihr voller Stolz über die Schulter. „Du hast dich zu einer hervorragenden Geschäftsfrau entwickelt."

„Danke, aber die Idee mit dem Café war eine Friss-oder-stirb-Entscheidung, oder?"

„Trotzdem, du hast dir ein Ziel gesetzt und die Herausforderung angenommen. So traumatisch es auch war, gefeuert zu werden, die Erfahrung hat dir die Tür zu einer ganz neuen Welt geöffnet. Es ist, als hätte das Universum dir einen Stups gegeben, damit du deine wahre Bestimmung findest. Und ich glaube, das hast du getan." Gingers Augen funkelten. „Zumindest für den Moment. Aber das Leben ist ein Buch mit vielen Kapiteln."

„Ich schätze, dieser Rat gilt auch für Beziehungen."

„Natürlich. Einige Beziehungen sind Kurzgeschichten, andere sind Sagas." Ginger tätschelte ihre Hand. „Und nun erzähl mir von Jack."

„Was unsere Geschichte angeht, bin ich mir nicht sicher." Während sie den Strand hinuntergingen und Marina sich ihrer Großmutter gegenüber öffnete, erkannte sie, dass ihre Beziehung mit Jack sich immer noch im Aufbau befand. So aufregend Kais Neuigkeiten auch gewesen waren, sie war sich nicht sicher, was sie tun würde.

4

*E*s klopfte an Jacks Tür, und er drückte sich von
seinem Zeichentisch ab, um nachzusehen. Beim
Aufstehen schmerzten seine Muskeln von der morgendlichen Joggingrunde.

Vorne im Haus schaute er erst einmal aus dem Fenster,
bevor er die Tür öffnete. Das hatte er in Summer Beach
noch nie zuvor getan. Scout tapste hinter ihm her und
musterte ihn neugierig.

Es war Jack nicht gelungen, die Unterhaltung aus dem
Kopf zu kriegen, die er am Café mit angehört hatte. Bei
seinen früheren investigativen Recherchen war er sich
bewusst gewesen, dass er damit sein Leben in Gefahr
bringen könnte. Doch damals hatte er noch keine Familie
gehabt und war nicht sonderlich um seine Sicherheit
besorgt gewesen. Nun jedoch musste er an Leo denken, der
in seinem Zimmer ein Computerspiel spielte.

Als er nun durch einen Spalt in der Jalousie schaute, sah
er den Postwagen wegfahren. *Alles in Ordnung.*

Jack öffnete die Tür und hob das Päckchen auf, das auf

der Veranda lag. Er kam von seiner Schwester in Texas. Liz hatte keine Zeit vergeudet, um das zu finden, worum er sie gebeten hatte, und es ihm zu schicken. Er riss das Päckchen auf, und ein verblasstes rotes Samtkästchen fiel, begleitet von vielen Erinnerungen, heraus.

Seine Großmutter Josephine hatte diesen Ring den Großteil ihres Lebens getragen. Sie war eine stolze, hart arbeitende Frau gewesen, die sich eine Zukunft für ihre Familie und ihre Nachkommen aufgebaut hatte. Marina erinnerte ihn auf viele Arten an sie.

Grandma Josephine war unglaublich klug, praktisch veranlagt und fortschrittlich gewesen. Als junge Frau, die auf einer Farm in Texas aufwuchs, hatte sie von mehr geträumt, obwohl die Möglichkeiten für Frauen damals arg begrenzt waren. Und doch war sie durch schiere Entschlossenheit zur Unternehmerin geworden und hatte feine Kleidung für Damen entworfen. Ihre ersten Stücke hatte sie an das Luxuskaufhaus *Neiman Marcus* verkauft, und sie war mit einem Koffer voller Entwürfe mit dem Zug zu anderen exklusiven Boutiquen in New York, Chicago, Kansas City, San Francisco, Seattle und Los Angeles gereist.

In Dallas hatte sie seinen Großvater, einen Reporter, kennengelernt. Und so hatte Jacks Faszination mit den Nachrichten angefangen, während sein Vater und seine Mutter es vorzogen, die Familienfarm zu bewirtschaften, obwohl dieses Leben hart war.

Die angelaufenen alten Scharniere quietschten, als Jack das Samtkästchen öffnete. Im Inneren steckte ein breiter Platinring, der mit zwei Reihen Diamanten im alteuropäischen Schliff besetzt war. Er war nicht protzig, aber von bester Qualität. Genau die Art Ring, die Marina sogar beim Arbeiten in der Küche tragen konnte, wenn sie wollte.

Der Ring war gerade rechtzeitig für sein Dinner mit ihr angekommen.

Während er die Handwerkskunst bewunderte, vibrierte das Handy in seiner Tasche. Der Name seines ehemaligen Chefs blitzte auf. *Gus Gustafson.* Er hatte schon am Morgen angerufen, aber Jack war nicht rangegangen und hatte vergessen, ihn zurückzurufen. Nun ging er ran.

„Hey Gus. Wie läuft es so?"

„Wir tauschen gerade wehmütige Geschichten über einen unserer prominentesten Flüchtlinge aus. Hat die Sonne dein Gehirn schon frittiert?"

Jack lachte leise. „Nur am Rand. Aber die Meeresbrise ist gut, um die Spinnweben zu vertreiben."

„Was habe ich da gehört, du illustrierst Kinderbücher? Sag mir, dass ich das falsch verstanden habe. Du warst immer ein Nachrichtenmann."

„Die Zeiten ändern sich, Gus."

„Ich kenne dich, Jack. Deshalb rufe ich auch an. Mir ist eine neue Information in die Hände gefallen, von der ich dachte, dass sie dich interessiert."

Er nannte einen Namen aus der Vergangenheit, an den Jack sich nur allzu gut erinnerte. Ein Wirtschaftskrimineller mit Verbindungen zur Mafia. Geldwäsche. Von außen ein charmanter Charakter, aber hinter der Fassade gnadenlos. Jacks investigative Recherchen hatten die Story ans Licht gebracht und zu der Verhaftung des Mannes und seinen Kumpanen geführt.

Jack stand nicht auf seiner Favoritenliste.

Gus fuhr fort: „Gerüchte besagen, dass er gerade wegen guten Betragens vorzeitig entlassen wurde."

Die feinen Härchen in Jacks Nacken richteten sich auf. „Danke für die Info, Gus. Aber ich muss jetzt los."

„Ich habe nie vergessen, was du gesagt hast: ‚Diese Geschichte ist noch nicht vorbei.' Und du hattest die Beweise, um deine Behauptungen zu stützen."

Könnte das etwas mit dem zu tun haben, was er am Café gehört hatte? „Es ist lange her, Gus."

„So lange nun auch wieder nicht." Gus schwieg für einen Moment. „Sag, wie läuft es finanziell für dich?"

Jack zuckte zusammen. Das tat weh. Auch wenn das Leben in Summer Beach günstiger war als in New York, hatte er wegen Leo zusätzliche unerwartete Ausgaben. Er wollte seinem Sohn – und Marina – ein Zuhause bieten. Als er das Strandhaus gemietet hatte, hatte Bennett eine Kaufoption in den Vertrag aufgenommen. Jack sparte, um diese Option wahrnehmen und ein paar Renovierungsarbeiten durchführen lassen zu können. Das war sein Hauptziel.

„Hör mal, Jack. Ich habe das Gefühl, dass du recht hattest, also wie wäre es, wenn du da weitermachst, wo du aufgehört hast? Mit einem zeitnahen Artikel könntest du sofort wieder an die Spitze kommen."

„Ich weiß nicht …" Jack musste zugeben, dass das verlockend klang. Eine wichtige Story, die vielleicht sogar zu einem großen Buchvertrag führen könnte, käme ihm sehr gelegen.

Sie unterhielten sich kurz über Vertragsbedingungen, und Gus war erstaunlich großzügig. Der Deal war beinahe zu gut, um ihn abzulehnen. Doch Jack musste erst darüber nachdenken, welche Auswirkungen das auf Leo und Marina haben könnte. Auf keinen Fall würde er die beiden einer Gefahr aussetzen.

Vielleicht könnte er sich mit einem jüngeren Kollegen zusammentun, der keine Familie hatte, um die er sich sorgen musste. So wie er es einst gewesen war. Einer, der das Risiko nicht scheute.

„Bist du noch da, Jack?"

Jack rieb sich übers Kinn. „Ich muss darüber nachdenken. Kann ich dir nächste Woche Bescheid sagen?"

„Das ist lange hin. Aber für dich mache ich es. Lass mich hören, wie du dich entscheidest." Damit legte Gus auf.

Jack starrte sein Handy an. Er wusste, dass das Angebot nicht lange bestehen würde. Gus würde sich der nächsten Geschichte zuwenden, wenn Jack diese Gelegenheit nicht ergriff. So war das im Journalismus eben. Dass Gus ihn überhaupt angerufen hatte, war schon erstaunlich genug. Jack war normalerweise derjenige, der Artikel vorschlug. Er kam nicht umhin, zu denken, dass hinter diesem Angebot mehr steckte.

Hatte es mit der Unterhaltung zu tun, die er mit angehört hatte?

Seine Gedanken rasten. Er würde seine alten Notizen durchgehen und das Puzzle noch mal neu lösen müssen. Da kam ihm ein Gedanke. Der alte Mann würde keinesfalls eine direkte Drohung aussprechen. Dazu war er schon immer zu strategisch vorgegangen. Wie eine Schlange, die auf den richtigen Moment wartete, um zuzuschlagen.

Der Gedanke ließ Jack erschaudern. Er hatte in Summer Beach ein neues Leben gefunden. Nichts würde ihn davon abhalten, sich um Leo zu kümmern und sein Leben – wenn sie es denn wollte – mit Marina zu verbringen.

In diesem Moment stürmte Leo aus seinem Zimmer. „Hey Dad. Wer war da an der Tür?"

„Nur der Postbote. Hast du Hunger?"

Leo presste sich die Hände auf den Magen. „Du hast mir erst heute Morgen ein riesiges Truthahnsandwich mit Chips und eingelegten Gurken gemacht."

„Soll heißen?"

„Dass ich noch voll bin. Das war kein Frühstück."

„Natürlich war es das. Ich habe früher sogar Pizza zum Frühstück gegessen."

„Das tust du immer noch, Dad."

Er war sich nicht bewusst gewesen, dass Leo das bemerkt hatte. Noch eine schlechte Angewohnheit mehr, die er ablegen musste. „Ich kaufe heute Nachmittag Eier und Cornflakes."

„Kann Samantha rüberkommen? Ihre Mom kann sie in ein paar Minuten vorbeibringen und dann können wir mit Scout an den Strand gehen. Logan will auch mit. Und er hat gefragt, ob ich heute bei ihm übernachten kann."

„Solange seine Eltern damit einverstanden sind." Logan war Bennetts Neffe und wohnte in dem Haus nebenan. Bennetts Schwester und ihr Mann luden Leo oft zum Abendessen zu sich ein.

„Das sind sie." Leo holte ein Strandtuch aus dem Bad.

„Halte dich von der Rückströmung fern."

„Ich bin am Strand aufgewachsen, schon vergessen?"

Das stimmte. Vanessa hatte ein Haus in Santa Monica gehabt, sodass Leo vermutlich mehr über die Gefahren des Meeres wusste als er.

Jack zog seinen Sohn in eine feste Umarmung und hob ihn hoch. „Es hat so lange gedauert, dich zu finden, dass ich nicht riskieren will, dich nun zu verlieren. Außerdem würde deine Mutter mich umbringen, wenn du während ihrer Flitterwochen ertrinkst. Für so was will sie ihre Europareise auf keinen Fall abbrechen."

Leo grinste. „Ich hab dich lieb, Dad."

„Ich dich auch, Leo." Er zerzauste seinem Sohn die Haare, die seinen so ähnlich waren. „Nun geh, ruf Samantha an." Er hielt inne und dachte an Gus und die Unterhaltung, die er im Café gehört hatte. „Und ich komme mit."

„Wir können gut allein gehen."

Jack täuschte Enttäuschung vor. „Hey, kann dein alter Dad nicht mitkommen? Ich bringe auch eine Kühlbox mit Trinkpäckchen mit."

Leo verzog das Gesicht. „Du weißt, dass wir dafür schon ein wenig zu alt sind, oder? Aber du kannst meine Wasserflasche tragen."

„Sicher doch." Jack pfiff nach dem Hund. „Zeit für den Strand, Scout."

Der Labrador sprang schwanzwedelnd auf.

Jack lachte in sich hinein. Er und Leo kamen gut zurecht. Und was war schon falsch daran, eingelegte Gurken zum Frühstück zu essen?

Während er Leo, Samantha und Logan beobachtete, die mit Scout am Strand entlangliefen, rief Jack seinen Freund Bennett an.

„Was gibt's?", fragte der.

„Du klingst, als würdest du laufen."

„Ich bin gerade fertig. Es war der Spendenlauf für die Schule. Ich musste meine Runden beenden."

„Oh, ich hatte ganz vergessen, dass das heute war", sagte Jack. „Ich schätze, ich schulde dir noch Geld dafür."

„Du kannst einen dicken Scheck an die Schule ausstellen. Die sammeln alle Spenden."

„Das mache ich. Hey, wenn du Zeit hast, würde ich gerne mit dir über den Kauf des Strandhauses reden. Ich habe ein paar Ersparnisse. Was muss ich tun? Ich habe noch nie zuvor ein Haus gekauft." Bennett war nicht nur der Bürgermeister von Summer Beach, sondern auch Immobilienmakler. Er hatte das Cottage für Jack gefunden.

„Komm morgen mit mir laufen, dann können wir darüber reden."

„Schon wieder? Du machst wirklich vor gar nichts Halt, um mich im Morgengrauen an den Strand zu kriegen."

Bennett lachte. „Ganz genau."

Jack legte auf und umfasste seine Knie, dabei beobachtete er, wie Leo den Ball für Scout warf. Er war hin und her gerissen zwischen seinem Verlangen, seinem Sohn ein gutes Leben zu ermöglichen und ihn zu beschützen. Das Gleiche galt für Marina. Aber vielleicht könnte er sich mit einem Rechercheur und Co-Autor zusammentun. Er würde mal seine Kontakte durchgehen und gucken, wen er dort fand.

Wenigstens konnte er weiterhin das Studio über der Garage vermieten. Surfern war es egal, ob der Boden und die Wände mit Farbe bespritzt waren; es war, wie in einem Jackson-Pollock-Gemälde zu wohnen. Die Leute fanden es cool.

Das kleine Studio war nichts Besonderes. Jack hatte ein paar Betten sowie einen kleinen Kühlschrank, eine Kaffeemaschine und eine Mikrowelle hineingestellt und einen Tisch und Stühle für den Balkon hinaufgebracht. Außer ein paar gute Wellen brauchten die meisten Urlauber nicht mehr.

Er sah auf die Uhr. Die nächste Gruppe würde am Nachmittag einchecken. Sie waren anstrengend, weil sie ihre Ankunftszeit ständig änderten, und er musste sich beei-

len, um die Zimmer fertigzumachen. Ihre Unentschlossen-
heit hatte ihn so sehr frustriert, dass er ihnen gesagt hatte,
sie sollten anrufen, wenn sie in der Nähe von Summer
Beach wären.

Mit etwas Glück würde er alles hinkriegen. Er schuldete
Gingers Verlag immer noch ein paar geänderte Illustrationen für das nächste Buch in der Serie.

Zwischen Leos Terminen und Bedürfnissen, dem
Putzen des Studios, dem Erstellen der Illustrationen und
der Entwicklung neuer Geschichten war Jack bewusst, dass
ihm ab und zu Fehler unterliefen, aber bald würde sich all
die harte Arbeit auszahlen. Beinahe vermisste er die Tage,
an denen er nur einen einzigen Job und eine einzige Deadline gehabt hatte.

Doch trotz allem, was in seinem Leben passierte, hatte
er nie eine Deadline verpasst. Vor ein paar Tagen war er
gefährlich nahe dran gewesen, aber nur, weil er vergessen
hatte, welcher Tag es war.

Er schirmte die Augen vor der Sonne ab und schaute
sich am Strand um auf der Suche nach etwas, das aus dem
Rahmen fiel. Doch es waren nur die üblichen Touristen
und die Kinder, die Sommerferien hatten. Er sah zu Leo,
Logan und Samantha, die sich ein Wettrennen lieferten
und dabei lachend übereinander stolperten und sich im
nassen Sand wälzten.

Die Kinder und Scout würden alle gebadet werden
müssen. Vielleicht würde er sie einfach mit dem Garten-
schlauch abspritzen. Oder sich einen dieser Aufsätze für
den Hochdruckreiniger kaufen. Er lachte bei dem
Gedanken daran, wie viel Spaß sie damit haben könnten,
wobei er Leos Mutter davon vermutlich nichts erzählen
würde.

Inzwischen konnte er gut nachvollziehen, warum sich die meisten Eltern so überwältigt fühlten. Vielleicht könnte er darüber einen Artikel aus Sicht eines alleinerziehenden Vaters schreiben, auch wenn das nicht gerade Pulitzer-Material wäre. Er würde ihn unter seinem neuen Pseudonym Jack Summers veröffentlichen.

Doch noch immer lag Gus' Angebot schwer auf seiner Seele. Jack würde schnell eine Entscheidung treffen müssen. Wenn er einen Teil seiner alten Karriere zurückhaben wollte – und das gute Geld, das damit einherging – könnte das hier seine letzte Chance sein.

5

*N*ach dem morgendlichen Spaziergang am Strand folgte Marina ihrer Großmutter durchs Java Beach, wo die Nachbarn Ginger begrüßten, als wäre sie ein Promi. Selbst in ihrem Alter hatte sie eine elegante Haltung, ihre Augen funkelten verschmitzt und ihr Lächeln konnte einen Raum erhellen. Marina erinnerte sich, dass ihr Großvater Ginger immer seine diplomatische Geheimwaffe genannt hatte. Mit ihrem scharfen Intellekt, ihrem Charisma und ihrem Charme konnte sie selbst den wortkargsten Gast entwaffnen, aber Dummköpfe oder unhöfliches Benehmen ertrug sie nicht. Das stimmte heute noch genauso wie damals.

Ginger hatte ihre Standards, und die waren so hoch wie der Mount Everest.

„Ms. Ginger, wie geht es Ihnen heute?" Ein älterer Mann in einem zerknitterten Hawaii-Hemd stand auf und tippte sich an seinen abgewetzten Strohhut. Seine Kohorte am Tisch schob schnell ein paar gefaltete Geldscheine zusammen und begrüßte Ginger ebenfalls.

„Charlie, hier wird heute früh doch wohl nicht gewettet? Du weißt, was Chief Clarkson darüber denkt."

„Nein, Ma'am, wir teilen nur die Rechnung fürs Frühstück untereinander auf. Richtig, Freunde?"

„Ja, klar", murmelten sie unsicher im Chor.

Eine Frau mit königsblauem Haar, die ein mit funkelnden Strasssteinen besetztes Sonnenvisier trug, lachte hinter ihnen auf. „Hat Mitch seine Preise erhöht?", fragte sie. „Denn so viel kostet ein Frühstück hier nicht, Charlie."

Charlie presste einen Finger auf seine Lippen und zwinkerte ihr zu. „Du hast nichts gesehen, Darla."

„Zwei Caramel Macchiatos!", rief Mitch aus, der hinter dem mit Fischernetzen und Kokosnüssen geschmückten Tresen stand. Marina ging zu ihm, und er begrüßte sie. „Wie schön, dich zu sehen. Wie laufen die Geschäfte?"

„Besser, jetzt wo ich einen weiteren Koch eingestellt habe." Sie hatte Cruise angeheuert, um ihr mit dem Foodtruck zu helfen und ihr ein wenig mehr Flexibilität zu geben. Cruise war mehr als ein Surfer – er hatte in großen Hotelküchen gearbeitet, aber einen Burn-out erlitten. Bei seinem Bewerbungsgespräch hatte er Marina erzählt, dass er in Summer Beach ein etwas entspannteres Leben suchte.

Marina nahm die beiden Kaffees und leckte sich die übergelaufene Schlagsahne von den Fingern. „Das ist köstlich."

Mitch schob ihr ein paar Servietten zu. „Du wirst für die Hilfe in der Küche dankbar sein. Das war eine der besten Entscheidungen, die ich hier getroffen habe."

„Ja, das glaube ich. Jetzt kann ich während der Woche an ein paar Tagen entspannen und mich um so wichtige Dinge kümmern wie mit dem aktuellen Tratsch auf dem Laufenden zu bleiben."

„Davon gibt es immer genug. In letzter Zeit fragen sich alle, wann die Hochzeit wohl stattfinden wird. Die von Kai meine ich." Er schenkte ihr ein verlegenes Grinsen.

Marina ignorierte die unterschwellige Anspielung.

„Ich schätze, sie können es nicht erwarten." Er wischte den Tresen ab und lächelte. „Ich weiß, wie das ist. Wenn es richtig ist, warum sollte man dann warten?"

Ohne auf eine Antwort zu warten bedeutete Mitch den nächsten Kunden, ihre Bestellung aufzugeben, und Marina trat von der Theke zurück.

Bald wären sie und Jack das Gesprächsthema im Java Beach.

Die Kaffeebecher über ihren Kopf gehoben, suchte sie sich einen Weg durch das Café. Die Hälfte der Leute trugen Shorts und Kaftane über Badeanzügen, und die Einheimischen waren ähnlich lässig gekleidet. Viele, wie Arthur vom *Antique Times* und George vom Eisenwarenhandel nebenan, würden bald zu ihren Läden gehen, um ihre Geschäfte für den Tag zu öffnen.

Marina und Ginger wählten einen Tisch unter einem alten Reiseposter, das den Südpazifik anpries, und die in der Nähe sitzenden Gäste machten ihnen Platz. Die Tische standen so dicht beieinander, dass es beinahe unmöglich war, eine private Unterhaltung zu führen. Zum Glück waren die Gäste am Tisch hinter ihnen gerade im Aufbruch begriffen.

Marina winkte Louise zu, einer kräftigen, grauhaarigen Frau, die im Ort die Reinigung führte. Sie kam oft ins Coral Café, um einen Spinatsalat zu essen.

Ginger wandte sich an Arthur. „Hattest du in letzter Zeit irgendwelche interessanten Neuzugänge im Laden?"

Er fuhr sich mit der Hand über den glattrasierten Schädel. „Eine rechteckige Lalique-Schüssel mit Rosenmuster", antwortete er in seinem englischen Akzent. „Sehr gute Qualität. Die könnte was für eine deiner Enkelinnen sein. Und ich habe gerade ein Paar Gorham-Kerzenhalter auf Kommission hereinbekommen, die einst im *La Brisa del Mar* benutzt wurden. Sterlingsilber mit einer interessanten Metallmischung und über hundert Jahre alt. Feine Kunststücke, meiner Meinung nach."

Ginger hob alarmiert eine Augenbraue. „O je. Verkauft Ivy jetzt schon Stücke aus dem Inn?"

Köpfe wirbelten zu ihnen herum, und Marina berührte warnend Gingers Hand. Auch wenn Ivy beim Umbau des alten Hauses zu einem Inn so einige Herausforderungen zu bewältigen hatte, wollte Marina nicht, dass die Leute glaubten, das Hotel ihrer Freundin befände sich in Schwierigkeiten – vor allem nicht Darla, die nicht nur Ivys Nachbarin war, sondern ihre Nase in alles steckte, was sie nichts anging.

Arthur schüttelte den Kopf. „Die stammen aus der Zeit, bevor Ivy das alte Strandhaus übernommen hat. So weit ich weiß, hat Amelia Erickson sie einer ihrer Freundinnen geschenkt. Der Sohn der Frau hat sie mir gebracht. Sie wären ein schönes Hochzeitsgeschenk."

„Ich komme mal vorbei." Ginger presste sich eine Hand aufs Herz. „Natürlich nicht für mich, aber für jemanden, der sie zu schätzen weiß."

Arthur grinste. „Wäre das Kai oder Marina?"

Wieder fuhr der Geräuschpegel merklich herunter, und Marina spürte, dass sie errötete. Sie trank einen Schluck von ihrem Macchiato und wappnete sich.

Darla flüsterte laut: „Haben du und Jack schon ein Datum festgelegt?"

Ginger räusperte sich. „Darla, ich verspreche dir, dass du zu den Ersten gehörst, die erfahren, ob meine Enkelin Jack ihrer vielen Attribute als würdig empfindet."

Bei diesen Worten verschluckte Marina sich beinahe an ihrem Kaffee. Ginger war immer schnell dabei, zu ihrer Verteidigung zu eilen.

Die Frauen an Darlas Tisch begannen, untereinander über Jack zu reden, und Marina wünschte, sie könnte im Erdboden versinken. Doch stattdessen setzte sie ein angespanntes Lächeln auf. „Ich kann euch hören. Ich sitze direkt neben euch, Ladys."

Eine der Frauen beugte sich vor. „Wir wollen wissen, ob das mit dir und Jack immer noch ernst ist. Denn wenn nicht, würde meine Nichte … autsch!" Sie funkelte Darla an und rieb sich übers Schienbein. „Warum hast du das gemacht?"

„Weil du eine Idiotin aus dir machst", erwiderte Darla. „Komm, gehen wir und lassen die beiden in Ruhe." Dann schaute sie zu Marina und formte stumm das Wort: „Sorry."

Darla mochte etwas rau im Umgang sein, aber unter ihrer harten Schale lag ihr etwas an ihren Mitmenschen. Vor allem Mitch, den Besitzer des Java Beach, hatte sie wie einen Sohn ins Herz geschlossen. Und sie schien gemerkt zu haben, dass ihre Fragen Marina verlegen machten.

Nachdem die Frauen gegangen waren, beugte Ginger sich vor. „Das war ein bisschen unangenehm."

„Das war nicht meine Schuld", sagte Marina.

„Nein, das war es nicht." Ginger neigte den Kopf und tippte sich gedankenverloren ans Kinn. „Ich habe mich letzte Woche mit Jack wegen der Illustrationen für das aktuelle Buch getroffen." Sie zögerte. „Ist dir in letzter Zeit eine Veränderung in seinem Verhalten aufgefallen?"

„Er kann sich ziemlich in seiner Arbeit versenken. Vielleicht ist er aber auch nervös wegen … du weißt schon, was." Marina sah Ginger an. „Oder er ist noch dabei, sich daran zu gewöhnen, Leo bei sich zu haben. Ein Junge in dem Alter kann sehr aktiv sein." Leo war ein neugieriger, wissbegieriger Junge, vermutlich ähnlich, wie Jack einer gewesen war. „Ich frage mich, was Leo wohl darüber denkt …"

Ginger ergriff ihre Hand und drückte sie. „Das wirst du mir alles morgen erzählen."

„Natürlich."

Ginger nickte zufrieden, dann fuhr sie fort: „Hat Kai mit dir über ihre Hochzeitspläne gesprochen?"

„Nicht wirklich. Sie hat mir nur gesagt, dass sie den Termin vorziehen."

„Und hat sie dir gesagt warum?"

„Nein. Aber die beiden scheinen sich ihrer Sache sehr sicher zu sein."

„Dem Himmel sei gedankt." Ginger warf ihr einen gezielten Blick zu.

„Alle Umstände außen vor, wir sollten Kai helfen, die Hochzeit zu feiern, von der sie immer geträumt hat. Ich habe ihr angeboten, zu helfen, aber sie ist sehr geheimniskrämerisch, was ihre Pläne angeht. Abgesehen davon, dass sie sofort ein Brautkleid braucht."

„Ja, Kai treibt sie Sache ernsthaft voran."

„Ihre Freunde haben gerade Theaterpause. Vielleicht hat es was damit zu tun."

„Ja, möglicherweise ist das der Grund für die Eile." Doch Gingers zweifelnde Miene strafte ihre Worte Lügen.

Einen Moment später strahlten ihr Augen auf. „Ich habe ein paar Sachen, von denen ich weiß, dass ihr beide sie euch anschauen wollt. Jede Braut braucht etwas Altes. Und etwas Neues."

„Ich sage Kai Bescheid."

Sie unterhielten sich noch ein wenig über dies und das, bevor sie sich auf den Weg zurück zum Cottage machten, wobei sie dieses Mal durch den Ort gingen. Die Läden waren dabei, zu öffnen, und Touristen in Shorts und Flip-Flops schlenderten bereits über die Straßen. Hochsaison in Summer Beach bedeutete den ganzen Sommer über Menschenmengen, die begierig darauf waren, Geld auszugeben und Erinnerungen zu schaffen. Nachdem sie die ganze Saison hart gearbeitet hatten, schlossen einige der Ladenbesitzer im Winter ihre Geschäfte für einen Monat oder länger, um selbst Urlaub zu machen.

Als sie sich einer Boutique näherten, verlangsamte Ginger ihre Schritte. „Hast du schon etwas, das du zu Kais Hochzeit anziehen willst?"

„Ich habe keine Ahnung, wo die stattfinden wird. So wie ich Kai kenne, könnte sie ein Boot gechartert haben."

Ginger hielt inne und nickte zu einem Schaufenster, in dem ein schickes schwarzes Leinenkleid mit sonnigen gelben und weißen Akzenten ausgestellt war. „Das Kleid würde an dir umwerfend aussehen."

„Für die Hochzeit?" Marina zog eine Augenbraue in die Höhe. „Aber es ist schwarz."

Ginger schüttelte den Kopf „Für dein Date heute Abend mit Jake. Du solltest es anprobieren."

Marina zögerte. Sie liebte den Wasserfallausschnitt, und der Schnitt sah aus, als würde er ihrer Silhouette schmeicheln. „Ich habe bereits ein Kleid rausgehängt. Ich brauche kein neues."

„Vielleicht nicht, aber du hast es dir verdient. Komm, gehen wir rein. Das geht auf mich", fügte sie an.

Ginger ging voran in die Boutique, in der eine Auswahl an Sommerkleidern kunstvoll mit Sandalen und Accessoires arrangiert war. Kerzen mit Mangoduft füllten die Luft mir ihrem süßen Geruch, was Marinas Laune sofort anhob.

Als sie wieder herauskamen, hatte Marina das bezaubernde Leinenkleid in einer Tüte über dem Arm, dazu ein paar hochhackige Sandalen. Ihre Großmutter hatte ihr versprochen, ihr die Kette aus silbergrauen Südseeperlen mit den passenden Ohrringen zu leihen, die Marina schon immer bewundert hatte.

„Das Ensemble sieht an dir einfach fabelhaft aus", sagte Ginger. „Wie etwas, das Audrey Hepburn getragen hätte."

Marina lachte. „Ich bin mir nicht sicher, wie weit ich mit diesen Schuhen laufen kann, bevor ich sie nicht eingelaufen habe."

Ginger zog eine Augenbraue in die Höhe und fragte: „Holt Jack dich heute Abend nicht ab?"

„Er hat mich gebeten, mich dort mit ihm zu treffen." Marina wusste nicht, warum, nahm aber an, dass es etwas mit seinen Plänen zu tun hatte. „Ich bin mir aber sicher, dass er mich nach Hause bringen wird."

„Das hoffe ich doch. Ich muss später noch mal weg, also kann ich dich am *Beaches* absetzen."

Das Angebot nahm Marina dankbar an. „Ich liebe mein neues Outfit, aber du hättest es mir nicht kaufen müssen."

„Unsinn. Ab und zu braucht eine Frau das Gefühl, verwöhnt zu werden. Du tust so viel für andere. Außerdem habe ich ein gutes Gefühl, was den heutigen Abend angeht."

Bei dem Gedanken seufzte Marina. Nun, wo Kais Hochzeitspläne immer mehr an Fahrt aufnahmen, erfüllte die Sehnsucht nach Jack sie immer öfter.

Ginger hielt inne und musterte Marinas Frisur.

„Was ist los?"

„Deine Haare sind so lang geworden. Das sieht hübsch aus, aber warum rufst du nicht in dem neuen Salon an und fragst, ob sie dich heute noch drannehmen können?"

„Du meinst im *Beach Waves*?"

„Ganz genau. Ich habe gehört, dass die Inhaberin eine wahre Magierin ist. Und mach dir keine Gedanken wegen der Kosten. Bitte um einen entspannten, modernen Schnitt, nicht diesen ultra-glatten Stil, den du als Nachrichtensprecherin immer getragen hast. Vielleicht auch ein wenig Farbe. Überrasche Jack mit einem neuen Look. Mein Bertrand hat das immer geliebt."

Wenn Marina in der Küche arbeitete, steckte sie ihre Haare immer mit einer Klammer hoch. Als Nachrichtensprecherin hatte sie einst ein Vermögen für ihre Frisur ausgegeben, aber nach ihrem Umzug nach Summer Beach hatte sie den glatten Look, die roten Fingernägel und die Stilettos ihrer Kamerauniform hinter sich gelassen. Das hatte sich gut angefühlt, aber sie musste zugeben, dass sie nicht mehr so gestylt war wie früher. Doch ein natürlicher Look musste nicht gleich nachlässig bedeuten.

Mit einem Mal war sie bei der Aussicht auf einen Friseurbesuch ganz aufgeregt, und sie umarmte ihre Großmutter. "Ich werde gleich mal nachfragen, ob sie noch einen Termin haben."

. . .

Später am Tag nahm Marina in dem neuen, künstlerisch angehauchten Salon auf dem Stuhl vor einem großen Spiegel Platz. Rosafarbene Divane standen vor türkisfarbenen Wänden, an denen Fotos von Frauen mit wallenden Haaren in verschiedenen Looks hingen.

Sie beugte sich vor und musterte die helleren Strähnen in ihren braunen Haaren. Die meisten stammten von der Sonne, aber ein paar um ihr Gesicht herum waren definitiv weiß. Sie bedachte die frechen Eindringlinge mit finsterem Blick.

„Nein, heute nicht." Sie riss eines der Haare aus. Wie lange könnte sie das noch machen?

Brandy, die Besitzerin des Salons, trat von hinten auf sie zu und berührte ihre Hand. „Warte mal. Ich kann mich darum kümmern, wenn du willst. Aber Silber ist gerade *der* Trend. Was hättest du heute gerne?"

„Ich wünsche mir einen natürlichen Strandlook", sagte Marina und hob den Blick, um die verschiedenen Fotos an den Wänden zu mustern. „Aber ich bin mir nicht sicher, was ich damit meine." Sie zeigte auf das Poster einer schlanken Frau mit langen, welligen Haaren. „Wie wäre es damit? Ich nehme dann auch gleich den dazu passenden Körper."

Brandy schüttelte lächelnd den Kopf. „Du bist schön, wie du bist. Aber ich kann dir ein paar Strähnen machen und einen Glanz, der deine Augen und deine Haut betont. Die Technik nennt sich Balayage. Was bedeutet, leichte Akzente ins Haar zu malen." Brandy ging einmal um den Stuhl herum und inspizierte Marinas Haar. „Der Stil ist subtil, aber sexy und würde an dir fabelhaft aussehen."

„Das ist genau das, was ich brauche." Aufregung stieg in ihr auf. „So machen wir's."

Marina vertraute darauf, sich in den talentierten Händen einer Künstlerin zu befinden. Die jüngere Frau, deren Haare in einem perfekten Ombré-Look wie goldener Cognac schimmerten, hatte sich mit dem *Beach Waves* auf trendige Strandfrisuren spezialisiert. Ihre Hände wurden von einem feinen Henna-Muster geschmückt, und sie trug eine seidene Palazzohose zu mit Perlen bestickten Slippern und einem Tanktop.

Brandy hatte ihr erzählt, dass sie kürzlich aus Malibu hierhergezogen war, um den Glanz des Promistrands gegen den langsameren Rhythmus von Summer Beach einzutauschen.

Während Brandy arbeitete, schloss Marina die Augen und stellte sich vor, wie erfreut Jack wäre, wenn er sie sähe. Sie konnte es kaum erwarten, ihn mit ihrem neuen Look zu überraschen. Gingers Bemerkung schoss ihr durch den Kopf.

Es kam nicht oft vor, dass Marina sich verwöhnen ließ, deshalb entspannte sie sich und genoss jede Sekunde. Sie hatte das Gefühl, dass der heutige Abend einen Wendepunkt in ihrer Beziehung bedeutet. Das spürte sie bis in ihre Zehen, mit denen sie voller Vorfreude wackelte. Ihre Zukunft breitete sich strahlend vor ihr aus.

Heute wäre ein Abend, an den sie sich immer erinnern würde.

päter am Abend betrat Marina das *Beaches*. Sie fühlte sich selbstbewusst in ihrem neuen schwarzen Kleid, das ihr perfekt passte. Mit der Hand strich sie über den weichen Stoff an ihrer Hüfte. Auch wenn sie keine Bikinifigur mehr hatte, der Schnitt verbarg ihre kleinen Makel und ließ sie umwerfend aussehen. Das konnte sie sagen, weil Ginger es behauptet hatte, und ihre Großmutter log niemals. Außer, wenn sie die Geschichten aus ihrer Vergangenheit ein wenig ausschmückte. Aber das lief unter künstlerischer Freiheit, wie Ginger behaupten würde.

In einem Spiegel erhaschte Marina einen Blick auf ihr Profil. Ihre von der Sonne ausgetrockneten Haare waren verschwunden. Brandy hatte goldene und kastanienfarbene Akzente gesetzt, was Marinas Selbstbewusstsein einen weiteren Schub gegeben hatte.

Sie reckte das Kinn und berührte Gingers silbergraue Kette aus Südseeperlen. Sie hatte sogar ihr feinstes Parfüm auf die Handgelenke aufgetragen.

Heute war ihr Abend. Endlich lief mal alles zu ihren Gunsten.

Als Russell, der Oberkellner, sie am Eingang begrüßte, zog er die Augenbrauen hoch und trat einen Schritt zurück, um sie zu bewundern.

„Oh, là, là! Wer hätte gedacht, dass sich unter der Kochjacke und den praktischen Schuhen so viel Fabelhaftigkeit verbirgt."

Marina lachte und machte einen kleinen Knicks. „Meinst du, es wird Jack gefallen?"

„Wenn nicht, wirst du keine Probleme damit haben, einen Ersatz zu finden."

Russell kam an seinen freien Tag oft zum Mittagessen ins Coral Café. Nach Scouts katastrophalem Auftritt im *Beaches* hatte Jack sich sehr bemüht, den Schaden wiedergutzumachen, und seitdem waren sie gut befreundet.

Falls Marina wegen ihres neuen Looks ein wenig unsicher gewesen war, so vertrieb Russell dieses Gefühl mit seinem bestätigenden Lächeln. Nicht, dass sie seine Zustimmung brauchte, aber es war schön, so bewundert zu werden, als wäre sie wieder zwanzig.

Russell tippte auf sein Reservierungsbuch. „Ich habe Jacks Bitte gesehen, deshalb habe ich den besten Tisch für euch reserviert. Der Sonnenuntergang sollte heute umwerfend werden." Er schaute auf die Uhr. „Und das Timing ist perfekt."

Er zeigte auf einen Tisch in der Nähe des Fensters, unter dem die Wellen an die Felsen brandeten und Gischt aufsprühen ließen. „Möchtest du dich schon mal setzen?"

„Ich warte auf Jack."

„Dann nimm an der Bar Platz. Wir haben ein paar interessante Gäste, mit denen du dich unterhalten kannst."

Russell ging voran. Im Gehen nickte Marina ein paar Leuten zu, die sie kannte. Insbesondere ein Mann kam ihr bekannt vor, aber sie konnte ihn nicht einordnen. Anhand der lächelnden Gesichter und der Blicke, die ihr zugeworfen wurden, wusste sie, dass sie Eindruck machte.

An der Bar aus poliertem Holz blieb Russell stehen. Ein paar Meter entfernt spielte ein Mann auf dem Klavier, und auf den Regalen hinter der Bar glänzten die Flaschen im dämmrigen Licht.

„Wir haben gerade eine neue Flasche Champagner geöffnet – einen sehr guten. Ich sage Chef Marguerite, dass du hier bist."

„Das klingt wundervoll. Danke. Seit dem Kochfestival letzten Sommer sehne ich mich an ihrem Essen."

„Die Veranstaltung hat uns viele neue Gäste eingebracht. Hast du vor, das zu wiederholen?"

„Im nächsten Jahr. Es war viel Arbeit, und mit der Eröffnung des Cafés und der Sommerhektik hatte ich dieses Jahr keine Zeit."

Ganz zu schweigen von dem neuen Foodtruck. Er hatte die Inspektion überstanden, und Marina hatte Judith eine Anzahlung überwiesen. Sobald sie Zeit hatte, würde sie ihn lackieren lassen, was ein paar Tage dauern würde. Was bedeutete, der neue Look wäre zu Kais Premierenabend in der Muschel noch nicht fertig, aber irgendwie würde sie schon einen Weg finden, das aktuelle Logo zu verdecken.

Das Amphitheater wäre ein guter Testlauf, denn die Gäste würden dort auch ihre vorbestellten Picknickboxen abholen. Dazu hatte Marina eine kleine Speisekarte ausgearbeitet. Sie konnte es kaum erwarten.

„Ich freue mich, dass dein Café so gut läuft." Russell zog einen Barhocker für sie hervor. „Da heute Abend Flut

ist, werdet ihr ein paar spektakuläre Wellen sehen." Er
wandte sich an den Barkeeper. „Ein Glas unseres besonderen Champagners von Chef Marguerite für Chef
Marina."

Sie dankte Russell, bevor er wieder zum Eingang ging,
um ein weiteres Paar zu begrüßen, das gerade hereingekommen war.

Der Barkeeper schenkte ihr ein Glas ein, und als
Marina den ersten Schluck trank, prickelten die goldenen
Bläschen an ihren Lippen. Sie sah zu, wie die Sonne immer
weiter in Richtung des violetten Horizonts sank, während
die Wellen unablässig gegen die Felsen schlugen. Das hier
war der dramatischste Ausblick, den man in einem Restaurant in Summer Beach finden konnte.

Jack sollte jede Minute hier sein.

Marina schaut sich im Restaurant um. Der Sonnenuntergang tauchte den Speisesaal bereits in einen rosigen
Schimmer. Rosafarbene Tischdecken und kleine Sträuße
aus korallen- und pinkfarbenen Blumen zierten die Tische.
Lässig, aber gleichzeitig gut gekleidete Pärchen saßen bei
Wein und dem besten Essen von Summer Beach beisam-
men. Ein leises Klirren ertönte von einem in der Nähe
stehenden Tisch, als ein Paar miteinander anstieß, und aus
der Küche drangen die köstlichsten Aromen.

Das hier war Marinas Version des Himmels. Sie warf
sich die Haare über die nackte Schulter und stützte das
Kinn in die Hand. Während die Minuten vergingen, genoss
sie einfach das Privileg, ein Gast zu sein und die Kellner
dabei zu beobachten, wie sie die kunstvoll arrangierten
Gerichte von Chef Marguerite zu den Gästen trugen.

Ein paar Minuten später kam eine korpulente Frau in
einer weißen Kochjacke aus der Küche. Die Haare hatte sie

zurückgebunden, und sie trug die gleichen praktischen Schuhe, die Marina in ihrer Küche anhatte.

„Ich freue mich, dich heute bei uns begrüßen zu dürfen", sagte Chef Marguerite. „Und ich liebe deine Frisur. Hast du das hier im Ort machen lassen?"

„Ja, bei Brandy von *Beach Waves.*"

„Sollte ich je aus dieser Küche rauskommen, muss ich einen Termin bei ihr machen." Die Frauen lachten, und Marguerite sagte: „Du siehst aus, als hättest du dich für einen besonderen Anlass zurechtgemacht."

„Es ist immer ein besonderer Anlass, wenn du für mich kochst", wich Marina der Frage geschickt aus. „Ich träume schon seit Monaten von deinen Shrimp Provençal."

Marguerite lachte leise. „Und mir läuft beim Gedanken an deine Meeresfrüchte-Pizza, mit der du den *Geschmack von Summer Beach* gewonnen hast, das Wasser im Mund zusammen."

Sie unterhielten sich noch ein wenig, verglichen Gerichte, die sie in anderen Restaurants genossen hatten. Marguerite erwähnte, wie gut ihr Kais Show in der Muschel gefallen hatte, und Marina erzählte ihr, dass Kai und Axe die Hochzeit vorgezogen hatten. Sie wusste nicht, wie Kai das neue Sommerstück managen wollte, dass sie gemeinsam mit Axe plante.

„Die beiden passen toll zusammen. Kommt gerne für das Abendessen vor der Hochzeit zu uns ins Beaches."

„Kai ist noch dabei, alles zu planen, aber ich werde es im Hinterkopf behalten. Das hier wäre ein bezaubernder Ort für ein Essen im Kreis der Familie."

„Und natürlich gäbe es für dich einen Kolleginnenrabatt." Marguerite entschuldigte sich, um in die Küche zurückzukehren.

Marina nippte an ihrem Champagner und plauderte mit dem Barkeeper und den anderen Gästen an der Bar. Der attraktive Mann, der ihr so seltsam bekannt vorkam, schien an ihr interessiert zu sein, und auch wenn sie ihn nicht ermutigte, schmeichelte seine Aufmerksamkeit ihr doch.

Schließlich beugte er sich über den Barhocker, der zwischen ihnen stand, und sagte: „Ich bin Jay, und ich bin gerade erst nach Summer Beach gezogen. Ich habe gehört, das hier ist eines der besten Restaurants im Ort."

Marina konnte nicht widerstehen: „Zusammen mit dem Coral Café."

Er schnippte mit den Fingern. „Das war das andere, von dem die Leute mir erzählt haben."

Jay, der einen durchtrainierten Körper und schon ein paar graue Strähnen hatte, schien ungefähr in Marinas Alter zu sein. Sie unterhielten sich ein paar Minuten, und sie fragte ihn, was ihn nach Summer Beach gebracht hatte.

„Ich bin Kinderarzt", erklärte Jay. „Ich habe hier eine kleine Praxis gekauft. Kennen Sie Dr. Singh?"

Marina nickte. Jetzt erinnerte sie sich wieder. Gilda hatte sie auf Vanessas Hochzeit im Seabreeze Inn auf den Mann aufmerksam gemacht. „Alle hier kennen sie als Dr. Dede. Sie kommt oft zum Mittagessen in mein Restaurant – das Coral Café. Ich habe gehört, dass sie sich bald zur Ruhe setzt, also müssen Sie der Nachfolger sein."

„Der bin ich." Jay lachte leise.

„Und ist sie wirklich Ihre Tante?"

Er nickte. „Ich schätze, Neuigkeiten verbreiten sich hier schnell."

„Vor allem, wenn man ein gut aussehender, alleinstehender Arzt ist." Sobald die Worte ihren Mund verlassen hatten, wünschte Marina, sie könnte sie zurücknehmen.

Jay legte den Kopf schief und lachte. „Ich gebe zwei von drei Punkten zu."

„Oh, tut mir leid." Marinas Wangen wurden warm. „Ich hatte gehört, dass Sie nicht verheiratet sind."

Seine tiefen, dunklen Augen funkelten. „Das ist richtig."

Und er ist bescheiden, dachte sie. Er erkundigte sich nach ihrem Café und schien aufrichtig interessiert zu sein, denn er fragte, wie sie angefangen hatte und was ihre beliebtesten Gerichte waren. „Ich hoffe, dass Sie mal vorbeischauen", sagte sie. „Das Café liegt nicht weit von Ihrer Praxis entfernt."

„Ich werde vorbeikommen, sobald ich kann."

Während sie sich unterhielten, glitt die Sonne unter den Horizont, und Marina hatte das Gefühl, als würde ihr Herz es ihr gleichtun. Immer wieder warf sie einen Blick zur Tür, und während einer kleinen Pause in ihrer Unterhaltung schaute sie auf die Uhr.

Jack hatte den spektakulären Sonnenuntergang verpasst, den er für sie geplant hatte. Sie betete, dass ihm oder Leo nichts zugestoßen war.

Russell näherte sich Jay und seinen Begleitern. „Ihr Tisch ist bereit", verkündete er.

„Es war mir eine Freude, mich mit Ihnen zu unterhalten", sagte Jay, der die anderen vorgehen ließ. „Sind Sie sicher, dass Ihr Freund noch kommt? Denn wenn nicht, sind Sie herzlich eingeladen, sich zu uns zu gesellen."

„Danke, aber ich bin mir sicher, dass er jeden Moment hier sein wird."

Er zögerte. „Ich hoffe, das ist nicht zu aufdringlich, aber

Sie sehen heute Abend bezaubernd aus. Und es war schön, Sie kennenzulernen."

Marina legte den Kopf schief und dankte ihm. Wärme breitete sich in ihrer Brust aus. Jay war ein netter Neuzugang für Summer Beach.

Während sie weiter an ihrem Champagner nippte, schickte sie Jack eine Textnachricht. Irgendetwas musste ihn aufgehalten haben. Er antwortete nicht – vielleicht war er gerade im Auto. Jack verspätete sich oft. Aber er wird jede Minute hier sein, redete sie sich ein.

Die Frau, die auf der anderen Seite neben ihr saß, fing eine Unterhaltung an, was half, die Zeit zu vertreiben. Marina sah, dass an Jays Tisch bereits das Essen serviert wurde, doch von Jack war immer noch nichts zu sehen.

Ihre Besorgnis wuchs. Irgendetwas stimmte hier nicht.

Als die Frau und ihr Ehemann an ihren Tisch geleitet wurden, holte Marina erneut ihr Handy heraus und tippte eine weitere Nachricht ein.

Ich bin hier.

Sie wartete.

Dieses Mal antwortete er.

Ich sehe dich nicht.

Sie drehte sich um und suchte nach ihm.

Ich bin an der Bar.

???

Mit diesen Nachrichten würde sie nirgendwo hinkommen. Seufzend wählte sie seine Nummer. „Hey Honey."

„Die Tür ist offen. Komm rein." Jack klang gehetzt.

„Nein, ich bin im …"

„Hör mal, ich kann gerade nicht reden. Kann ich dich später anrufen?"

„Was? Jack, ich bin im …"

„Sorry, ich kann wirklich nicht. Ich erkläre es dir nachher."

Klick.

Verblüfft starrte Marina ihr Handy an. Was war das? Vielleicht war etwas mit Leo. Ihr Herz raste vor Sorge.

Sie wählte erneut seine Nummer.

„Was?", antwortete er scharf.

„Ist Leo verletzt?" Die Worte sprudelten aus ihr heraus, bevor er erneut auflegen konnte.

„Was? Nein, ich bin mir sicher, dass es ihm gut geht. Er übernachtet bei Logan. Hör mal …"

„Geht es *dir* gut?"

„Ja, ja", wies er ihre Besorgnis ab.

„Was ist dann los?"

„Ich kann nicht reden. Ich muss los."

„Ich bin im *Beaches*", sagte sie schnell. Das war alles so verwirrend und total untypisch für Jack.

Jack stieß einen Fluch aus. „Was für ein Tag ist heute?"

„Du weißt, was für ein Tag heute ist. Ich warte." Sie stieß frustriert den Atem aus. „Sie halten den Tisch für uns frei, aber nicht mehr lange."

„Nein, ich kann nicht. Nicht heute Abend. Es tut mir leid. Du musst ohne mich zu Abend essen." Er hielt inne. „Hör mal, wir müssen reden."

„Damit hast du recht." Wütend legte Marina auf.

Dann blinzelte sie gegen die heißen Tränen an, die ihr in die Augen stiegen, und führte ihr Glas zitternd vor Wut, Sorge und Enttäuschung an die Lippen. Was war nur mit Jack los?

Sie nickt Russell zu, der sofort zu ihr kam. Er hatte bereits ein paar Mal nach ihr geschaut. Sie wusste, dass sie seinen Reservierungsplan durcheinanderbrachte.

„Ich habe gerade mit Jack gesprochen." Sie schüttelte den Kopf. „Er kommt nicht."

Russells Miene fiel in sich zusammen. „Ich hoffe, es geht ihm gut?"

„Er ist … Ich weiß es nicht. Einfach Jack", stieß sie peinlich berührt aus.

„Das tut mir so leid für dich. Ein andermal."

Marina nickte stumm. Zufrieden mit ihrem neuen Look hatte sie hier gesessen, ihren Champagner getrunken und sich auf die Unterhaltung an diesem Abend gefreut. Und nun das. Wie konnte er es wagen, ihr zu sagen, sie solle allein essen?

Ein lebensverändernder Abend. Ja, das war er wirklich. Eine heiße Welle der Verärgerung stieg in ihr auf. Wie hatte er das nur vergessen können? Sie hatten mehrmals über den heutigen Abend gesprochen. Er wollte die Katastrophe wiedergutmachen, die Scout verursacht hatte – nicht, dass es die Schuld des Hundes gewesen wäre. Das hatte Jack ganz allein zu verantworten.

Einem Hund einen Taco mit extra scharfer Soße zu geben? Mit brennender Schnauze war Scout ihr ins Restaurant nachgelaufen, nachdem er sie mit Cole hatte hineingehen sehen. Marina kniff die Augen zu und erinnert sich daran, wie der arme Scout bei ihr Schutz gesucht hatte – und Wasser und Umarmungen.

Und nun hatte Jack wieder einmal einen Abend ruiniert, der wunderschön hätte sein sollen. Und damit vielleicht auch den Rest ihres Lebens.

Schlimmer noch, es klang, als steckte er mitten in einer

Story – sie erkannte den gestressten Ton in seiner Stimme aus ihren Jahren beim Fernsehen. Aber was konnte wichtiger sein? Egal. Was immer es war, es war ihm wichtiger als sie. Er wohnte nur wenige Minuten entfernt. Er hätte sich immer noch umziehen und zu ihr kommen können. Sie biss sich auf die Unterlippe, um die Tränen zurückzuhalten.

In diesem Moment drang Jays tiefe Stimme an ihr Ohr. „Ich weiß, dass wir uns gerade erst kennengelernt haben, aber kann ich irgendetwas für Sie tun? Sie sehen aus, als hätten Sie gerade unschöne Nachrichten erhalten."

Marina wünschte, sie könnte sich in Luft auflösen. „Ich muss gehen. Mein … Freund …" Sie hielt inne. Was genau war Jack jetzt für sie?

Sie fummelte mit ihrer Handtasche und ließ die Haare übers Gesicht fallen, um ihre Beschämung zu verbergen. Hatte sie heute von Jack zu viel erwartet? Kai musste sich geirrt haben, denn der Mann konnte sich eindeutig nicht festlegen.

Jay sah sie aus seinen umwerfenden dunklen Augen an, die in Güte getaucht zu sein schienen. Das hier war ein Mann, der sein Leben der Heilung von Kindern verschrieben hatte.

„Kann ich Sie vielleicht nach Hause fahren?"

Marina schüttelte den Kopf und glitt von ihrem Barhocker. „Sie sind zum Essen hier. Und ich wohne direkt am Strand."

Er runzelte die Stirn. „Ist das weit?"

„Nein, nur ein kleiner Spaziergang." Sie schob sich die Haare aus dem Gesicht und zwang sich zu einem Lächeln. „Ich komme klar. Ich bin nur verärgert über mein Date."

„Das war ein großer Fehler von ihm." Jays Blick glitt zu Marinas Füßen. „In solch bezaubernden Schuhen sollten

Sie nicht gehen müssen. Mein Wagen steht direkt vor dem Restaurant. Ich verspreche, dass ich Sie sicher zu Hause abliefere."

Als sie zögerte, fügte er an: „Entspannen Sie sich. Mütter vertrauen mir."

Trotz ihres Leids lächelte Marina. „Sie wissen aber schon, wie abgedroschen das klingt?"

„Tja, dann ist es vermutlich gut, dass mein Ausflug als Stand-up-Comedian auf dem College nicht funktioniert hat."

Ein Held mit einem Sinn für Humor. Sie brachte ein weiteres schwaches Lächeln zustande.

Als Jay seinen Freunden zum Abschied winkte und ihr die Tür aufhielt, spürte Marina alle Augen auf sich. Diese Neuigkeit würde sicher schnell die Runde im Ort machen. *Das geschieht Jack nur recht,* dachte sie und reckte das Kinn unter einer neuen Welle wütender Enttäuschung.

Wie konnte er ihr das antun – und noch dazu ohne eine vernünftige Erklärung?

7

*E*ine Minute!", rief Jack mit Blick zu Bennett und blieb, die Hände auf die Oberschenkel gestützt, am Strand stehen. Einen Moment später fiel er auf die Knie, als ihn etwas überkam, das er nicht benennen konnte. Die helle Morgensonne brannte in seinen Augen, und sein Brustkorb fühlte sich an wie in einem Schraubstock.

Vielleicht lag es daran, dass er es nicht gewohnt war, an zwei Tagen hintereinander laufen zu gehen, aber er hatte an diesem Morgen irgendetwas tun müssen. Nachdem Marina ihn am Vorabend angerufen hatte, hatte er ein paar Tequila-Shots hinuntergestürzt, wütend darüber, dass er zugelassen hatte, dass die Situation ihm an die Nerven ging.

Denn ansonsten hätte er ihr Date niemals vergessen. Es hatte ihm alles bedeutet, und er trat sich für seine Vergesslichkeit selbst in den Hintern. Er hatte gedacht, es wäre am nächsten Tag – weil er wieder einmal vergessen hatte, welcher Tag es war.

Bennett verlangsamte seine Schritte und drehte sich zu

ihm um. „Hey, du siehst nicht gut aus. Brauchst du Hilfe, Kumpel?" Er kam zu ihm zurück.

Jack hob abwehrend eine Hand. „Ich glaube, ich kann die Runde nicht fortsetzen."

Um ehrlich zu sein, wollte er einfach nur eine Zigarette, obwohl es über ein Jahr her war, dass er mit dem Rauchen aufgehört hatte. Doch sein Stresslevel war außer Kontrolle.

Die Hände in die Hüften gestützt, blieb Bennett neben ihm stehen. „Hast du dich heute Morgen schon schlecht gefühlt?"

„Ich glaube nicht, dass ich krank bin. Nur etwas außer Form."

„In letzter Zeit hast du deine Zeiten verbessert und dabei ziemlich gut ausgesehen." Bennett zögerte. „Liegt dir was auf der Seele?"

„Immer", gestand Jack, ohne das weiter auszuführen.

Er war niemand, der sich anderen Menschen anvertraute. Bennett hingegen war sehr gut mit Mitch und ein paar anderen aus dem Ort befreundet. Er war ein guter Bürgermeister, weil ihm tatsächlich etwas an der Lebensqualität in Summer Beach lag.

Während der Jahre, in denen Jack ungeheuerliche Verbrechen aufgedeckt hatte, hatte er das ganze Spektrum menschlicher Gefühle gesehen – von Leuten, denen ihre Mitmenschen vollkommen egal waren, bis zu denen, die sich zu viel um andere sorgten. Bennett schien ein gutes Mittelmaß gefunden zu haben. Jack konnte nur seinem Instinkt vertrauen, der ihm normalerweise gute Dienste leistete.

Bennett kniete sich neben ihn, als fürchte er, Jack könnte zusammenbrechen. „Hat es was mit Leo zu tun?"

Jack hätte lügen und einfach nicken können, doch stattdessen schüttelte er den Kopf. „Er ist ein toller Junge."

„Dann geht es um Marina?"

„Ich kann mich auch sehr glücklich schätzen, sie zu haben." Jack fuhr sich mit der Hand durch die vom morgendlichen Tau feuchten Haare. *Falls sie mich noch will.* Bennett schaute sich um. Sie waren allein, dennoch senkte er die Stimme. „Hast du Zweifel?"

„Nicht, was Marina angeht. Wobei ich natürlich nicht für sie sprechen kann, denn eindeutig fehlt ihr ein gesundes Urteilsvermögen. Sie könnte jeden Mann haben."

Letztes Jahr zur Weihnachtszeit hatte ein alter Freund von Marinas Ehemann Summer Beach besucht. *Cole.* Er war ein Ex-Marine, und Jack hatte Schwierigkeiten gehabt, mit ihm mitzuhalten. Er war besorgt gewesen. Sogar eifersüchtig. Und er schätzte, dass es noch viele Männer wie Cole gab.

„Du hast ziemlich viel um die Ohren." Bennett dehnte sich. „Sich daran zu gewöhnen, Vater zu sein, war bestimmt nicht leicht. Ich hatte auch mal gedacht, ein Kind zu haben. Das war ein ziemlich ernüchterndes Gefühl."

„Leo ist das Beste, das mir je passiert ist." Jack wusste, dass Bennett seine Frau und sein ungeborenes Kind während der Schwangerschaft durch eine seltene Krankheit verloren hatte. Vielleicht war er deshalb so empathisch.

Nun sah ihn sein Freund auf eine mitfühlende Weise an, die Jack von seinen hart gesottenen Freunden aus seinem ehemaligen Beruf nicht kannte. Er massierte sich die Schläfen. „Ich glaube, ich habe das, was man einen beruflichen Interessenskonflikt nennt."

Bennett lehnte sich zurück. „Willst du darüber reden?"

„Ich fürchte, das ist vertraulich." *Ein Jahr raus aus dem*

Geschäft und er wurde weich. „Ich sollte nach Hause zurückgehen."

Bennett stand auf und reichte Jack die Hand, um ihn auf die Füße zu ziehen. „Ruh dich ein wenig aus. Ich gucke mir noch mal die Klauseln im Mietvertrag an, nach denen du gefragt hast."

Bevor Jack noch etwas Weiteres sagen konnte, setzte Bennett seine Joggingrunde fort. Jack atmete einmal tief ein, um sicherzugehen, dass er nicht drohte, zu sterben, bevor er nach Hause ging.

Obwohl er vielleicht lieber sterben würde, als Marina gegenüberzutreten. Er musste sie heute anrufen. Und er musste das mit dem gestrigen Abend auf irgendeine Weise wiedergutmachen.

Sein Haus lag nur einen halben Block vom Strand entfernt, doch der Weg zurück kam ihm endlos vor. Er überlegte, ob Marina sich in dem Strandhaus wohlfühlen würde.

In San Francisco hatte sie in einer hübschen Wohnung gewohnt, und das Cottage ihrer Großmutter war geräumig und in bestem Zustand. Auch wenn sein Haus eher klein war, war es ein Palast im Vergleich zu dem Schuhkarton, in dem er in New York gewohnt hatte.

Wenn Jack länger auf Reisen gewesen war oder ineinander übergehende Aufträge gehabt hatte, hatte er seine wenigen Habseligkeiten oft bei einem Freund auf Long Island zurückgelassen. Der alte VW-Bus, den er gekauft hatte, um nach Kalifornien zu fahren, hatte perfekt zu seinen Bedürfnissen gepasst. Als kleine Verbeugung vor Cervantes und Steinbeck hatte er ihn Rosinante genannt. Er würde vermutlich immer noch in dem Camper wohnen, wenn Leo nicht wäre.

Wobei, sehr wahrscheinlich wäre er dann zurück in New York und auf der Jagd nach der nächsten Story. Und er hätte Marina niemals kennengelernt.

Endlich kam er an seinem Haus an und trat ein. Das Cottage hatte einem Künstler gehört und wurde von Wandgemälden mit Strandszenen dominiert. Einige mochten es als zu flippig empfinden, aber er mochte die Gemälde. Vier weiße Wände würden ihn in den Wahnsinn treiben.

In Summer Beach zu sein war eine Herausforderung, auch wenn er es liebte, Teil der Gemeinschaft zu sein. Das erinnerte ihn an die Kleinstadt, in der er aufgewachsen war – nur mit Strand und tollen Sonnenuntergängen.

Der Sonnenuntergang. Erneut geißelte er sich. Wie hatte er das nur vergessen können?

Er kannte die Antwort. Sein Leben war außer Kontrolle geraten.

Jack gab eine Kaffeekapsel in die Maschine und wartete drauf, dass der Kaffee durchfloss. Dabei kaute er auf der Innenseite seiner Wange, anstatt zu den Notfallzigaretten zu greifen, die er versteckt hatte. Dennoch glitt sein Blick zu dem obersten Küchenschrank. Da drinnen lag sein geheimer Vorrat in einem Tontopf, den Leos Mutter ihm gegeben hatte, den er jedoch nie benutzte.

Nun kaute er auf seiner Unterlippe, widerstand aber immer noch. Die Pfefferminzpastillen, nach denen er förmlich süchtig war, passten nicht gut zum Kaffee.

Sobald die Kaffeemaschine aufhörte, zu blubbern, schnappte er sich seine Tasse und ging in den Wintergarten, in dem sich sein Büro befand. Eine halb fertige Illustration für Gingers neuestes Kinderbuch lag auf dem Zeichentisch. Doch zu illustrieren, kam ihm kaum wie Arbeit vor – das Zeichnen war schon seit Jahren ein Hobby von ihm gewesen. Er hoffte immer noch, eines Tages Gingers eigene Geschichte aus ihr herauszukriegen, aber das würde erst passieren, wenn sie so weit war.

Ginger Delavie. Codeknackerin, Mathematikerin, verwitwete Diplomatengattin und mit vielen Menschen in hohen Positionen befreundet. Es war schwer, sich vorzustellen, welche Geheimnisse Ginger hütete. Vermutlich würde sie viele davon mit ins Grab nehmen – was hoffentlich noch in weiter Ferne lag. Eines Tages würde sie vielleicht zulassen, dass er ihre Geschichte aufschrieb – falls er das in seinem vollen Terminkalender noch irgendwo unterbringen konnte.

Wenn er und Marina heirateten, was wäre Ginger dann für ihn? Seine Schwiegeroma?

Das wäre nett, dachte er und musterte die Illustration der drei kleinen Mädchen. Gingers Geschichten basierten auf den Märchen, die sie ihren Enkeltöchtern Marina, Kai und Brooke erzählt hatte. Und alle drei spielten in den Abenteuern die Hauptrollen.

Das hier war jetzt sein Leben, und er musste einen Weg finden, damit seinen Lebensunterhalt zu verdienen. Das erste von Gingers Büchern war gerade erst veröffentlicht worden. Und auch wenn die Vorschüsse gut gewesen waren, hatte Jack feststellen müssen, dass er von dem Geld allein nicht leben konnte.

Doch er konnte Leo nicht aus Summer Beach in ein Hochhaus nach New York verpflanzen, so wie es andere Eltern taten. Das war deren Entscheidung, die er nicht kritisierte, doch Jack selbst war auf einer Farm aufgewachsen, und das Herumstromern in der Natur hatte ihm geholfen, geerdet zu bleiben. Genau das wollte er auch für Leo.

Selbst wenn er dafür mehrere nicht ganz so gut bezahlte Jobs jonglieren musste.

Die batteriebetriebene Uhr in der Ecke tickte in der Stille vor sich hin, verspottete ihn, während er sich fragte, ob es wohl zu früh wäre, um Marina anzurufen.

Vor diesem Anruf graute ihm, aber je länger er ihn aufschob, desto schlimmer würde er sich fühlen.

Noch einmal ließ er seinen Blick über die Zeichnung gleiten – eines der Kinder könnte einen etwas überraschteren Gesichtsausdruck gebrauchen und er wollte einen Hund in die Szene einbauen –, wurde aber vom Vibrieren seines Handys aus seinen Überlegungen gerissen. Es war eine Nachricht auf einer sicheren App, die er zum Austausch mit anderen Journalisten benutzte.

Kannst du reden?

Das war Dane, einer seiner ehemaligen Kollegen aus New York, der sich auf ihr Telefonat vom gestrigen Abend hin zurückmeldete – mit ihm hatte er gesprochen, als Marina angerufen hatte. Nach dem Gespräch mit Gus hatte Jack Kontakt zu Dane aufgenommen, um mehr über den Mann zu erfahren, der gerade aus dem Gefängnis entlassen worden war.

Jack rollte die Schultern. *Los geht's.* Vor langer Zeit hatte er gehofft, dass die Sache tGehör finden würde. Nun tippte er seufzend eine Antwort ein.

Klar.

Vor Jahren hatte Dane ihm bei der Recherche für eine explosive Geschichte geholfen. Falls jemand Informationen auftreiben konnte, dann er. Jack musste die Punkte miteinander verbinden, um zu sehen, ob er in Summer Beach in Gefahr war.

Er trank einen Schluck Kaffee, da klingelte sein Handy. „Hey, was gibt's?"

„Es geht um deinen Typen." Dane hatte nur wenige Informationen für ihn. „Berichtest du erneut darüber?"

Das konnte Jack weder Leo noch Marina antun. „Nein, Mann, ich habe mich entschieden, dass ich raus bin."

„Du bist nie raus. Nicht nach dem ... du weißt schon, was passiert ist."

Jack tigerte vor den Fenstern auf und ab und sah zu, wie sich Sturmwolken über dem Meer zusammenbrauten. Die Erinnerung an die Unterhaltung, die er am Café mit angehört hatte, verfolgte ihn, und sein Brustkorb zog sich erneut zusammen. „Gehen wir mal davon aus, dass er weiß, wo ich jetzt bin. Wie hat er das herausgefunden?"

Ihm kam ein Gedanke. Dane könnte ihn ködern. Und Jack konnte sich die Schlagzeilen lebhaft vorstellen: *Mafiaboss übt Rache an Journalisten.* Hin und her gerissen zwischen Ungläubigkeit und Wut, platzte es aus ihm heraus. „Warst du es? Ich werde nicht Teil deiner Story sein."

„Ich war das nicht, Kumpel. Du solltest mich besser kennen. Wenn ich es gewesen wäre, würde ich dir jetzt nicht helfen."

„Warum tust du das überhaupt?"

„Weil ich dir immer noch was schuldig bin."

Jack nickte. „Das stimmt."

Dane lachte gepresst auf, und Jack stieß den Atem aus. „Ist das alles?"

„Ich halte dich auf dem Laufenden. Bleib wachsam."

„Immer." Jack legte auf. Das stimmte nicht wirklich; seit

seiner Ankunft in Summer Beach war er ein wenig nachlässig geworden.

Über Kriege zu berichten bedeutete, sich aus der Schusslinie zu halten, aber die investigative Arbeit, die er geleistet hatte, hatte weitreichendere und unheilvollere Konsequenzen. Was er aufgedeckt hatte, hatte illegale Imperien gestürzt und Menschen ins Gefängnis gebracht. Oder Schlimmeres. Doch das war nicht seine Schuld. Schließlich war nicht er es, der die Verbrechen begangen hatte.

Jack fühlte sich mit einem Mal verwundbar und schaute sich im Wintergarten um. Die Fenster ließen ausreichend Sonnenlicht herein.

Und machten ihn zu einem leichten Ziel.

Doch nach allem, was er über den Kerl wusste, würde er nicht so offensichtlich vorgehen. Dennoch packte Jack seine Arbeitsutensilien zusammen und zog an den Küchentisch um. Dann zog er die fröhlichen gelben Gardinen zu. Ihm kam ein Gedanke, und er öffnete die Hintertür und pfiff nach Scout. Leo war zum Glück immer noch bei Logan.

Während er auf Scout wartete, fragte er sich, wie er Marina in so eine Situation bringen konnte. Und das hier mochte nicht das einzige Mal bleiben.

Stirnrunzelnd schaute er aus der Tür. Wo war Scout? Der Hund kam normalerweise immer beim ersten Pfiff. Besorgt schaute Jack sich in dem kleinen Garten um und pfiff erneut. „Hey mein Junge? Wo bist du? Komm her."

Dieses Mal kam Scout auf ihn zugetrottet, und Jack stieß erleichtert den Atem aus. Er scheuchte ihn hinein und belohnte ihn mit einem Leckerchen.

„Neue Routinen, neue Pflichten", sagte Jack zu Scout,

der sich neben dem Tisch auf den Boden legte. „Ab jetzt bist du ein Wachhund." Jack setzte sich und warf einen Blick zu dem Küchenschrank, immer noch entschlossen, dem Drang zu widerstehen, obwohl der heutige Tag ihn heftig auf die Probe stellte.

Nicht jetzt, sagte er sich. Und mit etwas Glück nie wieder. Er öffnete eine neue Packung Pfefferminzpastillen und wandte seine Aufmerksamkeit seiner Arbeit zu.

Es war noch zu früh, um Marina anzurufen.

Während er den Hund in die Zeichnung einfügte, wippte er unter dem Tisch mit den Beinen. Er sorgte sich mehr um Leo und Marina als um sich.

In dem Moment hob Scout den Kopf und bellte in Richtung Fenster.

Mit hämmerndem Herzen wirbelte Jack herum. Durch den schmalen Spalt in den Vorhängen erblickte er einen Vogel, der Scout zu necken schien.

Jack stand auf und nahm ein Leckerchen aus der Dose auf der Arbeitsplatte. „Guter Junge. Aber achte in Zukunft auf größere Feinde, okay?" Er gab dem Hund das Leckerchen, das Scout fröhlich zu Jacks Füßen fraß und dabei überall Krümel verteilte.

Während er den Spalt im Vorhang schloss, fragte Jack sich, wie er Marina von all dem erzählen sollte. Vor allem nach dem letzten Abend. Er hatte alles so genau geplant, aber in der Hektik mit seinen unzuverlässigen Urlaubsgästen, die ständig ihre Ankunftszeiten geändert hatten, und der Sorge über den Mann, der aus dem Gefängnis entlassen worden war, hatte er den Überblick über die Tage verloren.

Er hatte ehrlich gedacht, dass Date wäre heute Abend. Warum hatte Marina gestern Morgen am Strand nichts zu ihm gesagt?

Stumm schalt er sich. Diese Katastrophe konnte er nicht ihr in die Schuhe schieben. Oder sonst jemandem. Nein, hierfür war er ganz allein verantwortlich.

Die Minuten, bis er Marina anrufen konnte, tickten vor sich hin, und Jack dachte über das Angebot nach, das sein ehemaliger Chef ihm unterbreitet hatte. Die Geschichte hatte noch ein paar unvollendete Elemente, doch Jack wusste, dass sie fertigzustellen für ihn mit einem hohen Preis verbunden wäre.

Für den Moment glaubte er, dass dieses Kapitel von jemand anderem geschrieben werden sollte. Die verpasste Gelegenheit entlockte ihm einen Seufzer, doch ein solches Risiko konnte er nicht mehr eingehen.

Mit etwas Glück würde sich die Situation bald von allein lösen. In der Zwischenzeit würde er definitiv seine Pläne mit Marina ändern. Sie war bereits einmal verwitwet, und das würde er ihr nicht noch mal antun. Oder seinem Sohn.

Er starrte sein Handy an. Wenn Dane bestätigte, was er vermutete, könnte er seinen VW-Bus nehmen und sich in den Bergen verstecken, bis die Angelegenheit vorbei wäre. Obwohl er bisher noch nie zurückgewichen war. Das hier war sein Leben, und er war entschlossen, mit Leo in Summer Beach zu bleiben. Doch er wollte nicht, dass irgendetwas zu seinem Sohn oder Marina führte.

Dann erinnerte er sich daran, wie lange Vanessa noch in den Flitterwochen weilen würde. Er legte seinen Bleistift beiseite und fuhr sich mit der Hand über die Augen. Was zum Teufel sollte er nur mit Leo machen?

8

In Marinas Traum klingelte ihr Handy, und es war Jack, der über ihre Naivität lachte. Sie zog sich das Kissen über den Kopf, um den Albtraum auszublenden.

Die ganze Nacht über hatte sie sich in ihrem einsamen Bett hin und her gewälzt, wütend, aber auch immer noch besorgt, was Jack zugestoßen war. Was vermutlich dumm war. Vor allem war sie jedoch sauer auf sich, weil sie mal wieder zugelassen hatte, dass ein Mann sie hinters Licht führte. Zuerst Grady in San Francisco, und nun Jack.

Wie hatte sie sich von seinem Charme, seiner Intelligenz … und Leo und Scout so blenden lassen können? Das bedürftige Trio war wie Katzenminze für eine Frau mittleren Alters, die sie nun mal war, egal, wie gut ihre Haare aussahen oder wie viele neue Kleider sie trug.

Könnte Jack einfach ein weiterer Grady sein? Der Mann, mit dem sie verlobt gewesen war und der sie öffentlich für ein jüngeres Modell hatte fallen lassen? Was zusätzlich ihre Karriere zerstört hatte. Wofür sie ihrer intriganten jüngeren Kollegin danken konnte, doch es war Marinas Fehler gewesen, sich überhaupt mit so einem Typen einzulassen.

In diesem Moment summte ihr Handy – dieses Mal war es kein Traum - und riss sie aus ihren stressvollen Gedanken. Sie drehte sich um und warf einen Blick auf das Display.

Ein Foto blitzte auf.

Jack.

Sie griff nach dem Handy, aber es glitt zu Boden und prallte von dem geknüpften Teppich ab und auf den Parkettboden, wo es weiter fröhlich zirpte. Während sie danach tastete, verhedderte sie sich mit den Beinen in den Laken, sodass sie schließlich aus dem Bett fiel und auf ihrer Hüfte landete.

Kai, deren Schlafzimmer neben dem von Marina lag, hämmerte gegen die Wand. „Nun geh schon ran!"

Marina stieß einen leisen Fluch aus, dann gelang es ihr endlich, das widerspenstige Gerät zu fassen. „Was?"

„Habe ich dich geweckt?"

„Was glaubst du wohl, Einstein?"

Bevor sie fragen konnte, was am Vorabend passiert war – nicht, dass sie das noch sonderlich interessierte – ließ er eine Lawine an Entschuldigungen los.

„Die letzten Tage waren ein wenig wild."

„Ach wirklich?" Nachdem sie auf Lautsprecher gestellt hatte, befreite Marina sich aus den verknoteten Laken, die mit ihr vom Bett gerutscht waren, und lehnte sich in ihrem dünnen Baumwollnachthemd gegen das alte Eisengestell ihres Betts. Das hier würde länger dauern, und sie hatte noch nicht mal einen Kaffee gehabt.

„Leo ist in mein Leben getreten." Jack fuhr fort, zu

erzählen, wie er sich das ganze Wochenende über um seinen Sohn gekümmert hatte.

„Das geht vielen Menschen so. Willkommen im Elterndasein."

Jack hielt inne, vermutlich, um sich eine neue Entschuldigung aus seinem Koffer voller Verteidigungen auszuwählen.

„Und ich hatte mit Gingers Illustrationen so viel um die Ohren. Wenn ich mich da ransetze, verfliegt die Zeit nur so."

„Aha." Das war Nummer zwei. Gab es noch mehr? Sie rieb sich über die Hüfte und zuckte vor Schmerz zusammen.

„Dann war da ein Freund, der dringen mit mir reden musste."

Nummer drei. Jetzt kommen wir der Sache näher, dachte Marina. „Befand sich dieser Freund in unmittelbarer Gefahr?"

„Du verstehst das nicht."

„Ich bemühe mich, aber für mich klingt es, als hättest du unser Date schlicht vergessen."

„Ich schwöre, so war das nicht."

„Jack." Sie zog seinen Namen warnend in die Länge.

„Entweder du hast es vergessen oder nicht." Jetzt klang sie wie Ginger früher.

„Es ist etwas dazwischengekommen. Ein alter Freund von mir hat mich aus der Bahn geworfen."

„Und ich schätze, dieser Freund ist wichtiger als unsere Pläne?"

Noch eine Pause. „Das ist schwer zu erklären."

„Vielleicht solltest du hiermit anfangen: Ist der Freund ein Mann oder eine Frau?"

„Was würde das für einen Unterschied machen?"

„Das meinst du nicht ernst." Marina warf einen Blick auf die Uhr. Sie war jetzt hellwach, und sie hatte einen großen Tag vor sich. Hier vergeudete sie nur ihre Zeit. „Ich will mich nicht mit dir streiten. Wir müssen entscheiden, wie wir weitermachen. Ich habe wichtigere Dinge zu tun."

„Können wir heute Abend einen neuen Versuch starten?"

Marina strich sich die Haare aus dem Gesicht. Sie war außer sich, dass er zugab, von einem alten Freund abgelenkt worden zu sein, aber so tat, als wäre das keine große Sache. Und dann sein Versuch, für heute ein Date zu arrangieren, obwohl er sich daran erinnern sollte, dass heute Abend das Barbecue am Strand für Kai und Axe stattfand.

Doch das würde sie ihm nicht erklären. Danach konnte er ganz allein in seiner kleinen Erinnerungsdatenbank suchen. Sie war es leid, als selbstverständlich angesehen zu werden.

„Jack, ich kann nicht." Damit legte sie auf.

Würde ihre Beziehung so enden?

Sie fuhr sich mit der Hand übers Gesicht und versuchte, den gestrigen Abend in die richtige Perspektive zu rücken. Was wäre gewesen, wenn es sich nicht um so einen wichtigen Abend gehandelt hätte? Den Abend, an dem er vorgehabt hatte, ihr einen Antrag zu machen?

Da durchfuhr es sie wie ein Blitz. Was, wenn sie sich das Szenario nur eingebildet hatte? Wofür sie nicht mal Kai die Schuld geben konnte. Ihre Schwester hatte gesehen, was sie gesehen hatte. Vielleicht war es für Jack wirklich nur ein Abendessen gewesen.

Und kein Antrag.

Vielleicht hatte sie sich nur einer überaktiven Fantasie hingegeben.

Trotzdem hatte er sie sitzenlassen.

Und vielleicht hatte er es wirklich vergessen. Wäre es das wert, die Beziehung darüber zu beenden?

Stöhnend drückte Marina sich vom Boden ab und warf das Laken aufs Bett. Sie konnte nicht mehr darüber nachdenken.

Als sie sich ihren Morgenmantel überzog, fragte sie sich, ob Jack sich an die Pläne für den heutigen Abend erinnern würde.

Obwohl ihr Herz geprellt war, riet ihre logische Seite ihr, ihm noch eine Chance zu geben. Wobei die Stimme dieser Seite sehr, sehr leise war.

Wenn Jack sie noch einmal enttäuschen würde, wüsste sie, dass er für eine echte Beziehung nicht bereit wäre, egal, welche süßen Worte er benutzte.

Ja, dieser Ansatz erschien ihr sinnvoll.

Sie stellte das Handy auf lautlos und warf es ebenfalls aufs Bett. Es war an der Zeit, mit ihrem Leben weiterzumachen. Sie biss die Zähne zusammen, entschlossen, ihren Fokus auf ihre Familie und ihr Unternehmen zu richten.

Es gab genug, womit sie ihre Zeit füllen konnte. Kais Freunde und die Partypläne. Ihr neuer Foodtruck. Die Premiere in der Muschel.

Irgendwelchen romantischen Fantasien über einen heißen, alleinstehenden Vater, einen bezaubernden kleinen Jungen und einen schlaksigen Hund nachzuhängen würde sie nicht weiterbringen.

Aus dem Nebenzimmer hörte sie Kai stöhnen und aufstehen. Sie war bis spät am Abend bei den Proben gewesen, und als sie Marina weinen gehört hatte, war sie hereingekommen, um nach ihr zu sehen. Marina hatte ihr alles erzählt, und Kai hatte sie einfach fest in die Arme genommen.

Marina würde ihre Schwester nach deren Heirat vermissen, auch wenn sie sich beide über den Lärm beschwerten, den die jeweils andere machte. Genau wie damals, als sie noch Kinder gewesen waren.

Marina hämmerte an die Wand. „Zeit, aufzustehen, Miss Faulpelz."

„Geh weg!"

„Musst du nicht zum Flughafen?"

Marina hörte ein weiteres Stöhnen und dann Schritte auf dem Holzfußboden. Kai war auf.

Sie grinste und schaut sich im Zimmer um. Nie hätte sie sich vorstellen können, Mitte vierzig in ihrem alten Kinderzimmer im Haus ihrer Großmutter zu wohnen, aber sie war dankbar für den sicheren Hafen, als ihre Welt implodiert war. Und das Zimmer war gemütlich. Muscheln, die sie als Kind gesammelt hatte, füllten Einmachgläser, die auf dem Bücherregal standen. Und in dem Korb an der Tür befand sich eine Sammlung von Flipflops.

Ihre ausgeblichenen Sommerkleider von vor Jahren hingen in einem antiken Schrank, und die Bordüre aus Codes, die Ginger handgemalt hatte, zierte immer noch den oberen Rand der Wand.

Marina schaute hoch. Für das ungeübte Auge enthielt die Bordüre einfach nur reich verzierte Muster in Marineblau, Türkis und Meeresgrün. Doch es war eine Chiffre und eine geheime Nachricht von Ginger an Marina, die sie hatte entschlüsseln müssen. *Liebe siegt immer. Wahre Liebe währt ewig.* Sie schaute zu einem anderen Teil der Chiffre. *So tief wie das Meer, so weit wie der Himmel, für immer durch die Zeit, so ist meine Liebe für euch.* Jede der Schwestern hatte eine eigene Botschaft erhalten.

Brooke hatte hier oben ebenfalls ein Zimmer, wobei sie vor langer Zeit geheiratet hatte und weggezogen war. Im Moment wohnte Heather darin. Abgesehen von einer kurzen Phase im letzten Jahr, in der Brooke ihren stürmischen Jungs und ihrem Mann eine Lektion erteilt hatte, indem sie vorübergehend ihren Job als Ehefrau und Mutter gekündigt hatte, war sie nie wieder für längere Zeit ins Coral Cottage zurückgekehrt, so wie Marina und Kai. Sie liebte es, Gemüse und Obst anzubauen, und konnte Stunden in ihrem biologisch-dynamischen Garten verbringen. Das war Brookes eigene Welt und ihr Metier. Mit ihren Birkenstocks und Overalls war sie die Erdmutter der drei Schwestern.

Marina reckte ihr Gesicht der durch das Fenster strömenden, morgendlichen Brise entgegen und dachte darüber nach, wie sehr sie dieses Zimmer liebte, das seit ihrer Kindheit ihr Zufluchtsort gewesen war. Doch es war an der Zeit, weiterzuziehen. Mit Jack oder ohne ihn.

Der neue Foodtruck würde eine neue Einkommensquelle für sie eröffnen. Was ihr helfen würde, ein eigenes Zuhause zu finden, wenn sie wollte. Und den Rest von Heathers Studiengebühren zu bezahlen.

Marina wählte ein blau-gestreiftes Sommerkleid aus und ging ins Badezimmer. Gingers Zimmer lag den Flur hinunter und hatte einen überwältigenden Blick auf das Meer. Egal, wo Bertrands Job sie auch hingeführt hatte, sie hatten das Strandhaus behalten und waren immer hierher zurückgekehrt.

Als Marina sich kaltes Wasser in ihr vom Weinen aufgequollenes Gesicht spritzte, dachte sie an Kais Freunde, die bald mit dem Nachtflug von New York ankommen würden. Kai hatte vor, mit ihnen an den Strand zu gehen, weil sie alle begierig darauf waren, ihren Trip mit einem Tag in der Sonne zu beginnen.

Nachdem sie sich angezogen hatte, ging Marina in die Küche. Durch das Fenster sah sie Ginger draußen im Gemüsegarten. Marina ging hinaus und gesellte sich zu ihr.

Ginger schaute erwartungsvoll auf, aber als sie Marinas Miene sah, hielt sie sich zurück und zeigte stattdessen auf eine Tomatenpflanze. „Sind die Tomaten dieses Jahr nicht großartig?"

Sie waren tiefrot und prall. „Die Besten, glaube ich. Deine Anaheim-Chillies sehen auch gut aus."

„Bediene dich gerne an allem, was reif ist", sagte Ginger leichthin. „Ich habe bereits die Zitronen für heute gepflückt."

Marina wusste, dass ihre Großmutter darauf wartete, zu hören, wie ihr Date mit Jack gelaufen war, doch sie war noch nicht so weit, darüber zu sprechen. Deshalb konzentrierte sie sich darauf, grüne Spitzpaprika zu pflücken, die sie gefüllt in ihrem Café servieren wollte, und legte sie in Gingers Korb.

Um weiteres Nachdenken über Jack zu vermeiden, richtete Marina ihre Gedanken auf den vor ihr liegenden Tag. Vermutlich würden Kais Freunde bei ihrer Ankunft hungrig sein.

„Die sehen gut aus."

„Das dachte ich auch", wich Marina dem Versuch ihrer Großmutter, eine Unterhaltung anzufangen, aus. Sie schlenderte zu einer weiter entfernten Pflanze und konzentrierte sich darauf, sich die Zutaten für ihr Rezept ins Gedächtnis zu rufen.

Aber Ginger war nicht schuld an ihren Problemen. Marina pflückte ein paar reife Spitzpaprikas und kehrte zu Ginger zurück. „Die nehme ich für die Chiles Rellenos heute Mittag."

„Und wie wirst du sie zubereiten?" Marina erkannte Gingers geschickten Versuch, die Anspannung zu vertreiben, und sie nahm ihn an, dankbar für einen Moment der Normalität, bevor sie sich in eine Erklärung über Jacks Verhalten stürzen musste.

„Ich werde sie anbraten, die Haut entfernen und sie mit einer leichten Mischung verschiedener mexikanischer Käsesorten füllen. Danach werden sie in ein wenig Mehl mit frischem Oregano gewälzt und durch geschlagenes Eiweiß gezogen. Ein erneutes, kurzes Anbraten in der Pfanne sorgt dafür, dass das Ei stockt, und dann kommen sie in den Ofen, damit der Käse schmilzt."

Ein Lächeln breitete sich auf Gingers Gesicht aus. „Dazu eine frische Salsa, und das Gericht wird die Leute satt machen, ohne dass sie sich voll fühlen. Eine gute Wahl für den Strand."

Nachdem sie vorsichtig einen Marienkäfer auf eine andere Pflanze gesetzt hatte, schnitt Marina ein paar Oreganozweige ab. Als Letztes gab sie ein paar Salatköpfe in den Korb und hängte ihn sich über den Arm.

Auf dem Rückweg zum Cottage brach Marina das Schweigen. „Ich schätze, du würdest gerne hören, wie mein Dinner mit Jack gelaufen ist."

„Nur wenn du darüber reden möchtest."

„Er ist nicht gekommen." Sie gab ihrer Großmutter eine kurze Zusammenfassung.

Ginger zog eine Augenbraue in die Höhe und schaute nachdenklich drein. „Es tut mir leid, dass du das durchmachen musstest. Ich dachte, gestern Abend …" Ihre Stimme verebbte.

Marina wusste, was sie meinte. „Ich auch. Aber wenn wir nicht füreinander bestimmt sind, werde ich es nicht forcieren. Ich habe ein Leben zu leben."

Ginger legte ihr eine Hand auf den Arm. „Oder er hat es wirklich vergessen."

„Das würde bedeuten, dass er nicht das vorhatte, was ich glaubte. Ich habe mir was eingebildet, und obwohl wenn ich enttäuscht bin, weiß ich, dass ich mir das selbst zuzuschreiben habe. Vielleicht wollte er wirklich nur mit mir essen gehen."

Ginger nickte weise. „Wir alle müssen aus vergangenen Fehlern lernen, um zu wachsen. So sehr ich Jack auch mag, ich unterstütze dich. Du wendest die Lektion an, die du von Grady gelernt hast. Das finde ich gut."

„Warum tut es dann trotzdem so weh?"

Ginger berührte ihre Schulter. „Das sind Wachstumsschmerzen, meine Liebe. Wie bist du gestern Abend nach Hause gekommen?"

„Der neue Arzt hat mich gefahren. Er übernimmt Dr. Dedes Praxis."

Ein Lächeln huschte über Gingers Gesicht. „Ah ja, Jay, glaube ich. Sieht er so gut aus, wie alle sagen?"

„Darauf habe ich nicht geachtet." Marina schenkte ihr ein verschwörerisches Grinsen. „Ja, sehr", gab sie dann zu.

„Nun, dann freue ich mich, dass dein fabelhaftes neues Kleid und deine neue Frisur nicht vergeudet waren. Vielleicht waren sie doch eine gute Investition. Ein wenig Konkurrenz hat noch niemandem geschadet."

Ihrer Großmutter gelang es immer, einen positiven Aspekt zu finden. Obwohl ihr Herz weiterhin schmerzte, hakte Marina sich bei Ginger unter und brachte ein Lächeln zustande. „Ja, vielleicht hast du recht."

Später, nachdem sie die Chiles Rellenos für Kai und ihre Freunde zubereitet hatte, die mit Gepäck beladen und lachend ins Cottage gekommen waren – und für ihren Sohn Ethan, der Ginger heute half –, wandte Marina sich den Vorbereitungen für den Rest der Woche zu.

Sie wollte so viel wie möglich erledigen, weil in dieser Woche Kais und Axes neues Stück *Belles on the Beach* Premiere feierte und sie versprochen hatte, Picknickboxen für diejenigen zuzubereiten, die welche vorbestellt hatten, was nicht wenige waren. Die Muschel war wirklich ein Hit.

Die Zutaten für die morgigen Muffins hatte sie schon fertig gemixt. Sie buk sie gerne bei Sonnenaufgang, sodass sie für den Bauernmarkt frisch waren. Die Chocolate-Chip-Kekse, Brownies und Tartes waren ebenfalls fertig.

Am Morgen würde sie alles am Marktstand abliefern, den ihre Schwester Brooke inzwischen leitete. Brooke selbst würde früh da sein, um ihr Biogemüse auszulegen, mit dem sie auch Marinas Café belieferte.

Ginger half oft mit den Vorbereitungen für den Markt, aber da das Cottage heute voller Gäste war, wollte Marina, dass sie die Gesellschaft genoss. Als sie die Gruppe nach dem Mittagessen verlassen hatte, war Ginger gerade dabei, alle mit Geschichten über ihre Reisen um die Welt zu unterhalten, die sie als Diplomatengattin mit Bertrand unternommen hatte. Und über ihre Freundschaft mit Julia Child. Ginger liebte es, ihre Geschichten zu teilen und dabei auszuschmücken.

Vermutlich hatte Kai ihre Liebe zum Geschichtener-
zählen und Schauspielen von ihr geerbt.

Zufrieden, dass sie alle Aufgaben erledigt und für die
kommende Woche gerüstet war, löste Marina die Klammer
aus ihrem Haar und schüttelte es in der Meeresbrise aus,
die durch das Fenster wehte. Nachdem sie ihre befleckte
Kochjacke ausgezogen hatte, zog sie ihr Sommerkleid an
und tauschte ihre festen Schuhe gegen ein Paar flache
Sandalen.

Schnell schaute sie sich in der neuen Küche um, die sie
in dem ehemaligen Gästehaus ihrer Großmutter gebaut
hatten, und machte sich Notizen, welche Zutaten sie für die
Woche noch brauchte.

Bevor sie die Küche hinter sich schloss, blickte sie zu der
von Sonnenschirmen beschatteten Terrasse, die in den
Strand überging, um sicherzustellen, dass hier alles in
Ordnung war. Morgen würde ein hektischer Tag werden,
aber heute Abend hatte sie vor, sich zu entspannen und um
Kais Willen Spaß zu haben.

Mit oder ohne Jack.

Sie hatte ihn nicht an heute Abend erinnert – er war ein
erwachsener Mann, verdammt noch mal. Doch obwohl sie
versuchte, nicht an ihn zu denken, war sie immer noch
enttäuscht über die lahmen Ausreden, die er ihr für sein
Verhalten gestern Abend geliefert hatte.

Sie presste sich die Fingerspitzen gegen ihre pochenden
Schläfen und seufzte.

In Wahrheit lag ihr sehr viel an Jack. Die logische Seite
ihres Gehirns versuchte zwar, die Führung zu übernehmen,
aber ihr Herz hatte einen anderen Plan. Sie hatte in ihrer
Wachsamkeit nachgelassen und sich verliebt. Die Leiden-

schaft, die sie beinahe vergessen hatte, hatte das Glühen in ihrem Herzen erneut entfacht.

Als ihr diese Gedanken durch den Kopf schossen, fiel ihr noch etwas anderes ein: Was, wenn es stimmte, dass es Jack einfach peinlich war, ihr Date vergessen zu haben? Über Nacht Vater eines schon älteren Kindes zu werden war ganz sicher eine Überraschung gewesen, und er war sowieso schon nicht der organisierteste Mensch. Deswegen hatte sie schon manches Mal ein Auge zugedrückt.

Dennoch, wo sollte sie die Grenze ziehen?

In diesem Moment hörte sie Schritte auf sich zukommen.

„Hey Mom. Das riecht hier ganz wunderbar."

Marina schaute auf und lächelte. Ethan sah seinem Vater so ähnlich, dass sie oft dachte, wie stolz Stan auf ihn gewesen wäre.

„Das klingt nach einer Anspielung. Hast du immer noch Hunger?" Die Antwort darauf kannte sie bereits.

Ethan schüttelte grinsend den Kopf. „Zu einem Happen für den Weg würde ich nicht Nein sagen. Es riecht nach Keksen."

„Du hast eine gute Nase. Gehst du schon?"

„Ich habe die von Ginger gewünschten Malerarbeiten beendet und alles weggeräumt, deshalb fahre ich jetzt nach San Diego zurück."

„Ich dachte, du würdest vielleicht zum Abendessen bleiben. Ich weiß doch, wie sehr du ein Barbecue am Strand liebst, und ich suche nach freiwilligen Grillhelfern."

Ethan lachte. „Nicht mit Tante Kais ganzen Freunden, die ihre Brautparty planen. Sie sind cool, aber es ist eine Mädelsfeier, wenn du weißt, was ich meine. Außerdem habe ich morgen eine frühe Abschlagzeit. Es passiert nicht oft, dass ich den Torrey Pines Golf Course spielen kann, und für das Turnier brauche ich alle Übung, die ich kriegen kann."

„Ist schon gut. Deine Hingabe beeindruckt mich." Wenigstens bemühte er sich. Ihr Sohn arbeitete auf eine Karriere als Profigolfer zu. Er hatte zwar aufgrund seiner Dyslexie im ersten Studienjahr Probleme gehabt hatte, verfügte er über ein natürliches Talent für den Sport.

Marina öffnete eine braune Papiertüte. „Wie wäre es mit ein paar Leckereien für unterwegs? Ich habe Muffins, Brot und eine Tarte, die du dir heute zum Abendessen aufwärmen kannst."

Ethans Augen leuchteten auf. „Spinat und Pilze?"

„Ich weiß, deine Lieblingsvariante." Sie gab eine Tarte mit Spinat, Bacon und Champignons in die Tüte, dazu einen Laib Cranberry-Orangen-Brot und eine Handvoll Haferkekse mit Rosinen.

„Wow, danke. Du bist die Beste, Mom." Er legte einen Arm um sie, zog sie an sich und nahm die Tüte in die Hand. „Hat Heather dir von dem möglichen Praktikumsplatz im Herbst erzählt?"

„Nein. Wo denn?"

Er grinste. „Das musst du sie fragen. Sie ist schon ganz aufgeregt."

Als sie ihrem Sohn hinterherschaute, wie er zum Auto ging und wegfuhr, erinnerte sie sich daran, wie viel sie mit ihm und seiner Zwillingsschwester Heather um die Ohren gehabt hatte. Als die beiden San Francisco verlassen hatten, um auf die Duke University auf der anderen Seite des Landes zu gehen, hatte sich ihr Leben in der Stadt verändert. Das war, bevor sie ihren Job und ihren Verlobten am selben Tag verlor. Geschlagen und entmutigt ob ihrer

trüben Zukunftsaussichten war sie am Cottage ihrer Großmutter angekommen.

Doch das war der Anfang eines nagelneuen Lebens
gewesen. Eines Lebens, auf das Marina stolz war.

Heather wäre die Nächste, die gehen würde. Nachdem
Marina ihren Job verlor, hatte sie an die weniger teure
University of California in San Diego gewechselt und
behauptet, dass ihr die sowieso lieber wäre. Noch kellnerte
Heather oft zwischen den Vorlesungen im Café, doch es
würde nicht mehr lange dauern, bis sie ihr Studium abgeschlossen hätte.

Marina fragte sich, wo Heather wohl Arbeit finden
würde. Vermutlich nicht in Summer Beach. Marina würde
sich nach einer anderen Kellnerin umsehen müssen, um sie
zu ersetzen. Bald würden ihre beiden Kinder ihre eigenen
Träume in der großen weiten Welt verfolgen.

Sie hatte sich darauf gefreut, Jack und Leo in ihrem
Leben zu haben. Doch trotz des Lachens und der intellektuellen Verbindung zwischen ihnen störte sie Jacks Mangel
an Verbindlichkeit, selbst wenn sie das zwischen ihnen
wieder gerichtet bekämen.

Marina reckte das Kinn. Sie hatte eigene Träume,
darunter einen korallenfarbenen Foodtruck, der nur auf
neue Abenteuer wartete.

9

*B*evor sie die Küche ihres Cafés verließ, blieb Marina vor dem Spiegel stehen und strich sich ihr blau-weiß-gestreiftes Kleid glatt, legte ein wenig Lipgloss auf und fuhr sich mit den Fingern durch ihre neue Frisur. Mit den Strähnen und den Wellen hatte Brandy fabelhafte Arbeit geleistet.

Trotz ihres Alters fühlte sie sich so gut wie seit Jahren nicht mehr. Sie lächelte ihr Spiegelbild an. Inzwischen tat sie etwas, das sie wirklich liebte, und das zeigte sich auf ihrem Gesicht.

Jack oder nicht.

Mit einem Teller voller Kekse, die sie früher am Tag gebacken hatte, ging sie hinaus. Die sommerlichen Aromen von warmem Sand, Meerwasser und Sonnenmilch wehten zu ihr herüber. Hinter dem Cottage lagen Menschen am Strand in der Sonne, und die Wellen plätscherten leise ans Ufer.

Sie schlenderte über den mit Steinplatten belegten Weg, der das Café und die anliegende Terrasse verband, und ging auf das Cottage zu. Der Sand knirschte unter den Ledersohlen ihrer Sandalen.

Der Geruch nach frischer Farbe hing in der Luft, und Marina hielt inne, um sich die vordere Veranda anzusehen, die Ethan in Korallenrot gestrichen hatte.

Das hat er gut gemacht, dachte sie, erfreut, dass ihr Sohn seine Hilfe angeboten hatte. Seinem Vater hätte das auch gefallen. Als Marine hatte Stan seine Verantwortlichkeiten immer sehr ernst genommen.

Und genau das mochte sie an einem Mann.

Als Marina sich dem Haus näherte, hörte sie Gelächter aus den offenen Fenstern perlen.

Die Freunde ihrer jüngeren Schwester lümmelten sich auf den mit Schonbezügen überzogenen Sofas im Wohnzimmer. Nachdem sie den Tag am Strand verbracht hatten, hatten sie sich hier versammelt, um gemeinsam Pläne für Kais Brautparty zu schmieden. Dabei tranken sie die Sunshine Coolers, die Marina früher am Tag zubereitet hatte – eine Mischung aus Ginger Ale mit Ananassaft, dekoriert mit auf kleine Schirmchen gespießten Obststücken.

Ursprünglich hatten Kais Freundinnen geplant, ihren Urlaub mit der Planung der Brautparty zu vereinen, aber da Kai die Hochzeit vorgezogen hatte, waren sie entschlossen, die Party in dieser Woche stattfinden zu lassen. Marina fragte sich, wie sie das anstellen wollten. Sie selbst stellte das Essen und ihr Café zur Verfügung, aber für den Rest waren die anderen zuständig.

Sie ging hinein und hob den Teller an. „Wer hat Lust auf Haferkekse mit Rosinen?"

„Marina macht die besten Kekse der Welt", verkündete Kai und nahm ihr den Teller ab, um ihn herumgehen zu lassen. „Danke. Die Cooler gehen auch ziemlich gut weg."

Kai und ihre Freundinnen waren im ganzen Zimmer verteilt. Die meisten trugen noch ihre Strandkleidung. Zu der kleinen Gruppe gehörten sowohl ein paar Einheimische aus Summer Beach, als auch alte Freunde aus ihrer Theaterzeit. Ein Haufen Brautmagazine und Bücher lag ausgebreitet vor ihnen, und sie waren konzentriert bei der Arbeit.

Während Marina sich ihren Weg durch das fröhliche Chaos suchte, fragte sie: „Kann ich noch jemandem nachschenken?"

„Du solltest vermutlich besser einfach den Krug herbringen", antwortete Kai. „Und Billie hat Prosecco für die nächste Runde mitgebracht."

Billie hielt eine Flasche hoch und gab sie Marina. Die junge Frau mit den kupferroten Haaren war eine von Kais Freundinnen aus New York. Gemeinsam hatten sie ihr Talent in Off-Broadway-Produktionen geschult.

Marina hatte viele von Kais Freunden kennengelernt, als ihre Musicalkompanie in San Francisco gespielt hatte. Im Laufe der Jahre hatte sie alles von *Cats* und *Oklahoma!* bis zu *Chicago* und *Mama Mia* gesehen. Sie waren talentiert, voller Energie und schnell dabei, zu lachen und die Menge zu unterhalten.

Ähnlich wie Kai waren sie unbeschwert und genossen es, im Scheinwerferlicht zu stehen.

„Ich habe auch eine Playlist erstellt." Grinsend tippte Billie auf ihr Handy.

„Leg los." Kai schnippte mit den Fingern zu der Popmusik, die kurz darauf durch den Raum hallte. „Lasst die Party beginnen."

Jen, die mit ihrem Mann den örtlichen Eisenwarenladen führte, blätterte in einem Hochglanzmagazin. „Was für ein Motto wollen wir nehmen?"

Marina raffte den Rock ihres Kleides zusammen und setzte sich auf die Armlehne des Sofas neben ihre Schwester, die immer noch ihren scharlachroten Bikini unter einem Kaftan im Leopardenprint trug. „Warum überrascht ihr sie nicht?"

Kai schob sich die Sonnenbrille in die Locken. „Das alles hier ist für mich eine Überraschung. Ich danke euch allen so sehr", fügte sie mit einer leichten Verbeugung an.

„Ich konnte dich doch nicht ohne eine richtige Brautparty heiraten lassen", sagte Jen und umfasste ihr Knie. Dann warf sie sich die langen braunen Haare über die Schulter. „Immerhin hast du mir auch eine ausgerichtet."

Marina lächelte, froh darüber, dass Jen die Führung übernahm. Jen und George waren alte Freunde von Kai, und ihr Laden lag direkt neben dem Java Beach. Sie hatten sich vor Jahren kennengelernt, als Marina und ihre Schwestern die Sommer bei ihrer Großmutter in Summer Beach verbracht hatten.

Jen arbeitet beinahe jeden Tag im *Nailed It*, wo sie Heimwerkern mit Rat und Tat zur Seite stand. Ihr Vater hatte das Geschäft gegründet, und Jen, die quasi in dem Laden aufgewachsen war, hatte ihn nach seinem Tod übernommen. Wenn jemand wusste, wie man ein Projekt durchzog, dann sie.

Leilani, die in einem blumigen Kaftan im Schneidersitz auf der Erde saß, die Haare zu einem Dutt hochgebunden, sagte: „Ich liefere die Blumen und Pflanzen." Sie und ihr Ehemann Roy Miyake führten das Gartencenter *Hidden Garden*, in dem Ginger alle ihre Pflanzen und das Gemüse für ihren Garten kaufte. „Wir könnten ein tropisches

Thema nehmen, mit Orchideen und Hibiskus. Oder wir bleiben traditionell mit Rosen und Lilien. Aber wenn ihr Schnittblumen bevorzugt, sollten wir mit Imani vom *Blossoms* reden."

Während die anderen sich über Dekorationen und Einladungen unterhielten, schaute Marina sich in dem Strandhaus um. Mexikanische Talavera-Töpfe flankierten den Kamin. Für die weißen Schonbezüge der Sofas, die Ginger jedes Jahr bleichte, hatte sie frische blaue Kissen gekauft. Mit dem abgelaufenen Holzfußboden und den Erinnerungen an Gingers Reisen um die Welt war das hier für Marina immer ein willkommenes Zuhause gewesen. Sie würde Kais plötzliche Gesangsausbrüche und schwesterlichen Faxen vermissen, aber das hier hatte für sie beide immer nur eine vorübergehende Lösung sein sollen.

Danke, Ginger, dachte sie. Auch wenn ihre Großmutter behauptete, es zu lieben, dass sie beide hier waren, wollte Marina ihre Gastfreundschaft nicht überstrapazieren.

Sie war froh, dass Kai in Summer Beach bleiben würde. Wenn sie den grauenvollen Dimitri geheiratet hätte, der versucht hatte, sie mit einem Diamanten von der Größe einer Weintraube zu bezirzen, würde sie in New York leben, gefangen unter seinem autoritären Pantoffel.

Marina war erleichtert, dass sie den Kerl los waren.

Nach all den Jahren hatte Kai endlich die richtige Wahl getroffen. Nicht, dass Marina bessere Erfolge vorzuweisen hätte. Abgesehen natürlich von Stan.

Jens Stimme riss Marina aus ihren Gedanken. „Und wann schmeißen wir eine Brautparty oder einen Junggesellinnenabschied für dich, Marina? Das Java Beach summt nur so vor Gerede über dich und Jack."

Das war eine unschuldige Frage, und Marina wusste,

dass Jen es nur gut meinte, dennoch stockte ihr der Atem. Weil ihr die Worte fehlten, zuckte sie lediglich mit den Schultern.

Kai schaltete sich schnell ein. Ihr perlendes Lachen überdeckte Marinas Herzschmerz. „Hey, ist heute nicht mein Tag?" Sie legte eine Hand auf Marinas Knie und lenkte die Unterhaltung auf andere Themen, indem sie auf ein Magazin tippte und die Nase rümpfte. „Dieses ganze süße Brautzeug ist nicht wirklich mein Ding. Lassen wir uns etwas anderes einfallen. Etwas, das lustig und anders ist."

Während Jen, Leilani und Billie Vorschläge machten, atmete Marina erleichtert aus und stieß Kai mit der Schulter an. Als sie noch Kinder gewesen waren, hatte ihre jüngste Schwester ziemlich nervig sein können, aber Marina hatte Kai immer beschützt. Und nun, wo sie älter waren, taten sie das gegenseitig.

Marina flüsterte. „Danke. Ich hab dich lieb."

Kai zwinkerte ihr zu. „Ich dich auch, Kleine."

Während die anderen sich unterhielten, dachte Marina an den Klatsch, der bald in der Stadt die Runde machen würde. Dass Jack sie am Vorabend im *Beaches* versetzt hatte, wäre sicher ein heißes Thema. Und dann war sie mit dem heißen neuen Arzt weggefahren. Das war einfach zu gut, um es zu ignorieren. Um das Java Beach würde sie eine Weile einen großen Bogen machen müssen.

Marina massierte sich den Nacken, um die Spannung zu lösen, die sich dort festgesetzt hatte.

Wenn sie ehrlich mit sich war, hätte sie erkennen müssen, dass die Beziehung mit Jack nie sonderlich glatt gelaufen war. Er war in diesem Drama entgegen seiner Persönlichkeit besetzt worden. Da sie selbst im Nachrichtengeschäft gearbeitet hatte, verstand sie, was einen vagabundierenden inves-tigativen Journalisten wie Jack antrieb. Die Aufregung, in eine neue Geschichte einzutauchen. Das Adrenalin in bedrohli-chen Situationen. Könnte er dem wirklich den Rücken kehren? Oder besser gefragt: Konnte er sich das leisten? Auf keinen Fall konnte sie das von ihm verlangen. Aus einem Tiger machte man keine zahme Hauskatze. Entschlossen, diese Woche den Fokus auf ihre Familie zu legen, richtete sie ihre Aufmerksamkeit wieder auf die Gruppe. Immerhin war das hier Kais besondere Zeit, und sie wollte für ihre Schwester da sein.

„Wie wäre es mit einem Strandthema?", schlug Leilani vor. „Dafür haben wir ausreichend Deko."

„Oder ein Broadway-Motto", warf Billie ein. „Oder beides. Wir könnten Grasröcke tragen und *South Pacific* spielen."

„Ein Beatles-Thema wäre lustig", überlegte Jen laut. „George und ich haben in New York *Beatlemania* gesehen, und Axe hat auf unserer Hochzeit ‚Yesterday' gesunden. Wow, er hat eine so großartige Stimme."

„Das sind alles fabelhafte Ideen!", rief Kai erfreut.

Billies Augen strahlten auf. „Wie wäre es mit den größten Liebesgeschichten des Broadways?"

„*Das Phantom der Oper.*" Kai warf ihre rotblonden Haare zurück und strich sich theatralisch mit der Hand über die Stirn. „Ich liebe jeden einzelnen Song des Musicals, auch wenn es viel zu oft gespielt wurde."

„Oder ‚Helpless' aus *Hamilton*." Billie wurde immer aufgeregter.

Die anderen fielen mit weiteren Vorschlägen ein, während Jen sich Notizen machte.

Auch Marina kam langsam in Stimmung. „Wie wäre es mit ‚Suddenly Seymour' aus *Der kleine Horrorladen*?"

Die Frauen brachen in lautes Lachen aus, und Kai drohte ihr mit dem Zeigefinger. „Genau deshalb sitzt du nicht im Unterhaltungskomitee. Aber ich liebe dich, Schwesterherz." Sie schlang ihre Arme um Marina.

Jan hob die Hände. „Wir haben viele tolle Ideen. Warum stellen wir nicht jetzt gleich ein Programm zusammen, rufen alle unsere Freunde an und gucken, wer was singen will? Kai, können wir deinen Kostümfundus plündern?"

„Natürlich." Kai klatschte in die Hände. „Ehrlich, niemand muss ein Geschenk mitbringen, wenn ihm oder ihr nicht danach ist. Ich will einfach nur, dass meine Freundinnen und Freunde eine gute Zeit haben. Kriegen wir das hin?"

Marina legte einen Arm um Kais Schultern. „Du musst die Sachen immer auf deine Art machen, oder?"

Kai warf den Kopf zurück und lachte. „Ja, ich schätze schon. Aber meint ihr nicht, dass das ein großer Spaß wird?"

Alle lachten und fingen dann an, ihren neuen Plan zu besprechen.

Marina wollte, dass Kai ihre perfekte Brautparty und Hochzeit hatte, und dieser Ansatz passte zu ihr und spiegelte ihre Leidenschaften wider. Genauso soll die Vereinigung zweier Seelen sein, dachte sie.

Glücklich, dass eine Entscheidung gefallen war, trug Marina den von Billie mitgebrachten Prosecco in die Küche, wobei ihre Sandalen auf den Saltillo-Fliesen klapperten. Ginger saß an dem roten Resopaltisch. Die Küche war zwar ein wenig in die Jahre gekommen, aber noch sehr gut in Schuss. Der feuerwehrrote *O'Keefe & Merrit*-Herd aus den 1960er-Jahren war auf Hochglanz poliert. An diesem Herd hatte Marina von ihrer Großmutter das Kochen gelernt.

Ginger trug ein mintgrünes Wickelkleid aus Baumwolle, das ihre schlanke Figur betonte. Diskrete Perlen zierten ihre Ohrläppchen. Ihre Haltung war aufrecht, wie immer, was ihr eine autoritäre Ausstrahlung verlieh, die ihr Alter Lügen strafte. Vor ihr auf dem Tisch stand eine Teetasse. Nun beugte Ginger sich interessiert vor. „Es klingt ganz so, als würde die Planung für Kais Brautparty auf vollen Touren laufen."

„Das tut sie. Und gerade noch rechtzeitig."

„So ist unsere Kai – immer voller Überraschungen in letzter Minute." Ginger musterte sie. „Wie geht es dir?"

Als Marina nicht sofort antwortete, schenkte Ginger ihr ein mitfühlendes Lächeln. „Ich habe gehört, was Jen gesagt hat. Die Leute werden reden und spekulieren. Deine Schwestern und ich sind für dich da."

„Ich weiß, wie sehr du Jack magst und bewunderst", sagte Marina und spürte, wie ihre Brust sich unter frischer Enttäuschung zusammenzog. „Aber ehrlich gesagt weiß ich nicht, ob er der Richtige für mich ist."

10

*N*un, da die Planung für Kais Brautparty ihren Lauf nahm, gab es neben Jack genug, worauf Marina sich konzentrieren musste. Da der Foodtruck diese Woche kommen würde, fügte sie *Lebensmittel bestellen* und *Personalplanung* auf ihre mentale Liste. Jack hatte sie zwar enttäuscht, aber sie musste ihre Energie davon weg und auf wichtigere Dinge lenken.

Sie beugte sich über die Spüle, um Billies Proseccoflasche zu öffnen und zu verhindern, dass das Getränk nach dem enthusiastischen Geschüttel überall herumspritzte.

„Menschen machen Fehler", sagte Ginger und nippte an ihrem Tee. „Die Frage ist, warum Jack es getan hat und ob du damit leben kannst. Ich glaube immer noch, dass er im Herzen ein guter Mann ist. Aber vielleicht ist er ein wenig überfordert."

Marina hatte geglaubt, das Thema Jack wäre durch, aber Ginger schien anderer Meinung zu sein. Leicht genervt sagte sie: „Ich weiß deine weisen Worte zu schätzen, aber was ist, wenn eine Ehe ihn auch überfordert?" Sie goss einen kleinen Schluck Prosecco in ein Glas, um ihn zu probieren.

„Wäre das wirklich so schlimm?", fragte Ginger. Als Marina nicht antwortete, schlich sich ein stählerner Ausdruck in ihren Blick. „Ich mag zwar ein gewisses Alter haben, aber ich bin modern genug, um zu erkennen, dass nicht jedes Paar heiraten oder seine Güter zusammenlegen sollte. Ich finde zum Beispiel, dass eine Frau ab einem gewissen Alter ihre finanzielle Position nicht für etwas in Gefahr bringen sollte, das sie für Liebe hält. Ich habe viel zu viele gut aussehende Gigolos gesehen, die das Sparkonto einer Frau leergesaugt haben."

Geschockt spuckte Marina den Prosecco aus. Während sie sich das Kinn abwischte, fragte sie: „Und für so jemanden hältst du Jack?" Der Gedanke wäre ihr niemals gekommen.

„Überhaupt nicht, aber wenn ihr weitermacht, musst du dir bewusst sein, was es da draußen alles gibt. Vor allem, weil du dabei bist, dir ein Unternehmen aufzubauen." Ginger hielt inne und sah sie an. „Vielleicht ist eine Partnerschaft ohne Ehe die Antwort."

Marina lehnte sich gegen die Arbeitsfläche und überlegte. Bisher hatte sie noch nicht in diese Richtung gedacht, aber es könnte eine Lösung sein, die für einige Menschen funktionierte.

Dennoch schüttelte sie den Kopf. „Wenn ich mich auf Jack einlasse – oder auf irgendeinen anderen Mann – will ich wissen, wo ich stehe. Und dass wir gemeinsam ein Leben aufbauen, das auf denselben Werten und Zielen beruht. Für mich bedeutet das die Ehe. Aber das könnte nicht das sein, was Jack will."

Ginger überlegte einen Moment. „Ich will nur, dass du weißt, dass du als Frau Optionen hast."

„Darauf kannst du wetten", erwiderte Marina scharf.

Ihre Großmutter sah sie mitfühlend an. „Im Moment bist du verletzt, gedemütigt und gerechtfertigterweise verärgert wegen gestern Abend. Du musst mit ihm reden. Sicherstellen, dass ihr das Gleiche wollte. Sonst vergeudet ihr nur eure Zeit."

Marina seufzte. Wieder einmal hatte ihre Großmutter recht. Marina war verletzt, und während Ginger sprach, zog ihr Herz sich schmerzhaft zusammen. Was war aus dem Prinzen geworden, für den sie Jack gehalten hatte? Das war Selbstbetrug, schätzte sie. Sie nahm die Flasche in die Hand. „Das ist leichter gesagt als getan."

„Ich passe nur auf dich auf." Ginger neigte den Kopf. „Er und Leo werden heute zum Barbecue kommen, oder?"

„Ich habe keine Ahnung, aber ich werde ihn nicht daran erinnern." Marina zeigte zu Kai und ihren Freundinnen im Wohnzimmer. „Ich will nicht, dass meine Probleme der Party einen Dämpfer verpassen. Das hier ist Kais Moment."

„Und Kai möchte nichts lieber, als dich glücklich zu sehen – wie auch immer du das definierst." Ginger hob die Teetasse an die Lippen.

Da Marina das Gefühl hatte, vielleicht ein wenig zu barsch gewesen zu sein, sagte sie: „Ich weiß deinen Rat sehr zu schätzen." Sie grinste. „Inklusive der Gigolos." Was würde sie nur ohne Ginger machen?

Die Augen ihrer Großmutter funkelten über dem Rand der Teetasse.

Marina hielt inne und musterte das feine Porzellan, das Ginger in den Händen hielt. Die Tasse war aus dem neunzehnten Jahrhundert und mit handgemalten Rosen in feinen goldenen und rosafarbenen Pinselstrichen bemalt. *Vermutlich aus Limoges in Frankreich.* Ginger tauschte ihre Schätze oft aus, um sie alle gleichmäßig zu genießen. Mit einem Mal erinnerte Marina sich an etwas, das sie gelesen hatte, und runzelte die Stirn.

„Meinst du, du solltest dir Sorgen um den Bleigehalt in dem Porzellan machen? Vielleicht solltest du die Tassen nur zu dekorativen Zwecken benutzen."

Ginger hob eine perfekt gezupfte Augenbraue. „Darling, gut zu leben, hat mich bisher noch nicht umgebracht."

„Aber ..."

Ihre Großmutter stellte die Tasse ab. „Wir alle haben ein Verfallsdatum. Du auch, so schwer das in deinem Alter auch zu glauben ist."

„Was?", stieß Marina hervor. Die sachliche Art, mit der Ginger das sagte, verstöret sie.

Ginger zuckte nur mit ihren vom Yoga immer noch straffen Schultern. „Ich schlage vor, dass du dich mehr darum sorgst, dein Leben gut zu leben. Wir haben alle nur eine Chance, meine Liebe. Zumindest soweit wir das wissen. Erinnere mich daran, wegen dieser faszinierenden Einfriertechnik zu recherchieren ..."

„Du hast immer gesagt", unterbrach Marina sie, weil sie *das* Thema ganz gewiss nicht fortsetzen wollte. Ihre Großmutter *einfrieren?* Sie erschauderte. „Je mehr wir wissen, desto besser können wir handeln. Und deine Gesundheit ..."

„Ist immer noch meine Sorge. Und ich kümmere mich gut darum." Mit einer eleganten Bewegung zeigte Ginger auf die auf dem Tisch stehende Teekanne. „Aber du kannst mir gerne eine andere Tasse einschenken, wenn du dich dann besser fühlst." Sie schob ihre Tasse von sich. „Und vermutlich hast du recht. Ich habe mal eine wissenschaftliche Studie darüber gelesen."

Marina verbarg ihr Lächeln und griff nach einer neueren Teetasse. Ihre Großmutter hatte Veränderungen schon immer offen gegenübergestanden. Vielleicht lag das in ihrer Natur, vielleicht war es eine Nebenwirkung ihrer intellektuellen Ausbildung. Und doch hatte die Unterhaltung sie verstört. Würde Ginger mögliche gesundheitliche Probleme verschweigen, um ihren Enkelinnen keine Sorgen zu machen?

„Was deine Gesundheit anging", fuhr Ginger mit einem Lächeln fort. „Komm mit mir auf eine Wanderung zu den Klippen. Morgendliches Yoga mit Blick übers Meer ist einfach das Beste."

Marina schüttelte ihre Gedanken ab. Sie war nicht sicher, ob sie den Aufstieg auf die Klippen schaffen würde. Wenn Ginger also fit genug war, da hinaufzuklettern und dann noch Yoga zu machen, schien es ihr gut zu gehen. „Darauf muss ich mich erst vorbereiten."

„Ich nagle dich darauf fest", sagte Ginger und zwinkerte ihr zu.

Marina griff nach einer Zitrone aus der bunten Talavera-Schale, die auf der Arbeitsfläche stand. Dann schnitt sie die Frucht, die Ginger am Morgen gepflückt hatte, durch, legte eine Scheibe neben die neue Tasse und schenkte Tee ein.

Als sie die Tasse vor Ginger hinstellte, hallte Lachen vom Wohnzimmer zu ihnen herüber. Kai hatte es verdient, mit ihren Freundinnen so viel zu lachen und zu kichern, wie sie wollte. Diese Party – und Kais Hochzeit, wann immer die sein würde – sollte, wenn es nach

Marina ging, alles sein, wovon ihre Schwester je geträumt hatte.

Sie war nur sieben Jahre älter als Kai, doch manchmal kam es ihr wie eine ganze Generation vor. Das konnte das Leben mit einem machen. Marina nickte in Richtung Wohnzimmer. „Sie geben mir das Gefühl, alt zu sein."

„Unsinn." Ginger richtete sich auf und reckte das Kinn. „Du bist immer noch jung. Und ich fühle mich so jung wie nie zuvor. Lass Heather und den jungen Koch, den du eingestellt hast, heute übernehmen und verbring den Tag mit mir. Ich werde dir die Kunst, gut zu leben, beibringen. Eine Wanderung und Yoga, dann eine Massage und ein gutes Mittagessen. Was für den Körper gut ist, ist auch gut für den Geist."

„Ist das dein Geheimnis?"

„Eines von vielen."

Marina wusste, dass ihre Großmutter es genießen würde, einen ganzen Tag mit ihr zu verbringen, aber wann würde sie je die Zeit dafür haben? „Vielleicht mache ich das."

Ginger tippte auf den Tisch. „Warum dann die gerunzelte Stirn?"

Marina deutete auf die Gläser. „Ich muss die Getränke zubereiten ..."

„Die können warten. Warum schenkst du dir nicht ein Glas ein und setzt dich einen Moment zu mir? Ich glaube, du stehst nach gestern Abend immer noch unter Schock."

Nachdem sie ein kleines Glas mit Ginger Ale und Ananassaft gefüllt und ein wenig Limettenschale hinzugegeben hatte, setzte Marina sich an den Tisch, der ihr aus ihrer Kindheit so vertraut war.

„Vor gar nicht allzu langer Zeit war ich eine gut gestylte

Nachrichtensprecherin in San Francisco. Jetzt führe ich ein Strandcafé auf dem Grundstück meiner Großmutter, trage Clogs und serviere Essen mit einer Beilage aus örtlichem Klatsch und Tratsch."

„Für mich klingt das nach einer Verbesserung."

„Aber ich habe nie mit solch drastischen Veränderungen mit Mitte vierzig gerechnet."

„Jack mal beiseitegelassen, vielleicht hast du eine Midlife-Krise, die ich allerdings lieber Anpassungsphase nenne. Das ist etwas, das wir wenigstens alle zehn Jahre einmal durchmachen sollten. Ich glaube, bei dir war es überfällig."

Marina lachte. „Vielleicht hast du recht. Ich habe gerade einen schreiend-gelben Foodtruck gekauft."

„Was eine kluge Investition in deine Zukunft ist." Ginger nippte an ihrem Tee, stellte die Tasse ab und sah ihre Enkelin abwägend an. Selbst in ihrem Alter hatte sie noch das scharfe, strategische Gehirn einer Schachmeisterin.

Unter der Musterung verlagerte Marina unbehaglich das Gewicht und trank einen großen Schluck.

Ginger berührte ihre Hand. „Nur weil das hier Kais großer Moment ist, macht das deine Reise nicht kleiner. Ihr beide beginnt einen neuen Lebensabschnitt."

„Kai ist mir weit voraus."

„Ist es denn ein Wettrennen, Liebes?"

„Natürlich nicht." Marina fuhr mit dem Finger über eine Schramme im Tisch. „Ich will, dass Kai die Hochzeit ihrer Träume hat. Ich wünschte nur, dass sie uns sagen würde, welche das sind. Außerdem bin ich mir nicht sicher, dass meine Ziele wirklich mit denen von Jack übereinstimmen."

Lächelnd ergriff Ginger ihre Hand. „Vielleicht tun sie das nicht. Aber ich möchte hinzufügen, dass die Dinge, über die wir uns Sorgen machen, selten eintreffen. Solange wir unsere Leidenschaften auf positive Weise verfolgen, hat das Leben so seine Art, sich auf natürliche Weise zu entfalten. Was ziemlich überraschend ist."

Marina schüttelte den Kopf. „Ich kann mir keine weiteren Fehler mehr leisten. Nicht in meinem Alter."

„Vertrau für eine Weile auf den Prozess." Ginger lachte. „Und ob du es glaubst oder nicht, du hast noch ausreichend Zeit, um Fehler zu machen. Stell nur sicher, dass du dabei Spaß hast."

Marina grinste. „Und dass ich meine Vermögenswerte schütze."

„Ja, den Gigolo sollte man niemals heiraten." Ginger zwinkerte und hob die Teetasse an ihre Lippen.

„Hat dir schon mal jemand gesagt, dass du unverbesserlich bist?"

„Das fasse ich als Kompliment auf."

Marina lachte. Vielleicht hatte Ginger recht und sie dachte zu viel über das Leben nach. Als Beyoncés „Single Ladys" aus dem Wohnzimmer herüberschallte, schüttelte Marina ihre Gedanken ab.

In dem Moment vibrierte das Handy in ihrer Hosentasche. Sie zog es heraus und las die Nachricht. Sofort hob sich ihre Laune. „Hör dir das an: Judith sagt, sie hat den Kaufvertrag fertig und kann den Foodtruck bald liefern. Das bedeutet, dass ich mein Team einweisen und anfangen muss, Routenpläne zu erstellen und die Vermarktung anzukurbeln." Schon sprudelte ihr Kopf über vor Ideen.

„Eines Tages könntest du eine ganze Flotte von Foodtrucks haben."

Die Idee gefiel Marina. „Ja, vielleicht. Oder ich könnte ein Franchisekonzept entwickeln."

„Das wäre interessant." Bewunderung flackerte in Gingers Augen auf. „Ich stehe dir immer gerne zur Verfügung, um mögliche Konzepte durchzusprechen."

„Das wäre schön."

Marina trank ihr Glas aus, stand auf und trat an die Arbeitsfläche. Dann goss sie den Rest des Proseccos in einen Krug und füllte ihn mit der gleichen Menge an Ananassaft auf.

In Gedanken an ihre neuen Pläne verloren starrte sie einen Moment aus dem Küchenfenster zum Horizont, wo eine neue Zukunft für sie schimmerte.

In der Vergangenheit hatte sie so sehr kämpfen müssen. Auch wenn Heather auf eine günstigere Uni gewechselt hatte, das Leben in San Francisco mit den Zwillingen war teuer gewesen. Marina hatte mit Rechnungen für Zahnbehandlungen, Arztbesuche, Kleidung und Schulgebühren jonglieren müssen – und das alles doppelt. Nie war es ihr gelungen, eine Anzahlung für ein Eigenheim zu leisten oder viel zu sparen.

Auf Jack konnte sie sich nicht verlassen – oder überhaupt auf irgendeinen Mann. Wenn jemand an ihrer Seite geblieben wäre, dann Stan. Doch durch Umstände, die außerhalb ihrer Kontrolle gelegen hatten, hatte sie sich allein um alles kümmern müssen. Und das würde so bleiben, denn niemand würde ihr das abnehmen. Nicht einmal Ginger.

Außerdem wollte Marina, dass ihre Großmutter ausreichend Geld zur Verfügung hatte, um sich die beste Pflege leisten zu können, sollte das im Alter einmal erforderlich werden. Marina hingegen, die sich, wie sie hoffte, in der

Mitte ihres Lebens befand, musste ihre Chancen ergreifen, solange sie noch die dafür nötige Energie hatte.

Nachdem sie ein paar dekorative Pfefferminzblätter in den Krug gegeben hatte, sagte sie: „Ich schaue besser mal nach der durstigen Meute da drüben und fange dann mit den Vorbereitungen für das Barbecue an."

Ginger schaute auf. „Werden heute Abend viele Gäste erwartet?"

Marina hielt an der Tür inne. Die Ehemänner von Jen und Leilani würden kommen. „Die Jungs kommen nach der Arbeit: Axe, George und Roy. Und Brooke hat angerufen und gesagt, dass sie und Chip die Kinder mitbringen."

„Es wird schön sein, alle wiederzusehen", sagte Ginger.

Keine von ihnen erwähnte Jack.

11

„S'mores-Nachschub kommt sofort." Marina drehte einen schmalen Drahtkorb über dem Feuer am Strand und versuchte, nicht zu Jack zu schauen. Zu ihrer Bestürzung hatte er den Nerv gehabt, mit Leo und Scout aufzutauchen, nachdem er sie am Vorabend versetzt hatte.

Sie schaute sich unter ihrer Familie und ihren Freunden um, die um das Lagerfeuer herumsaßen und Marshmallows rösteten. Der süße Duft der Süßigkeit gepaart mit Crackern und geschmolzener Schokolade trieb auf der Meeresbrise. Geplapper und Gelächter bildete die Hintergrundmusik. Alle Gäste hatten Strandstühle, Decken und Kühlboxen mitgebracht.

Kai und Axe waren die Ehrengäste, und es waren viele ihrer Freunde gekommen: Jen und George, Leilani und Roy, Kais Freunde aus New York und Los Angeles. Shelly vom Seabreeze Inn und Mitch, der Besitzer des Java Beach, hatten sich ebenfalls dazugesellt. Marinas Freundin Ivy war da, genauso wie Bennett. Er hatte seine

Gitarre mitgebracht und spielte leise. Kai summte dazu und sang ein paar Zeilen, wann immer die Musik sie inspirierte.

Ihnen gegenüber saß Ginger auf ihrem Stuhl wie eine Königin auf ihrem Thron. Ihre dunkle Jeans und das weiße Baumwollhemd waren frisch gestärkt, und sie trug einen langen Seidenschal um den Hals. Marina erkannte ihn als einen, den Ginger vor Jahren in Paris gekauft hatte, wo ihr verstorbener Gatte als Diplomat stationiert gewesen war.

Selbst ihre mittlere Schwester und deren Ehemann waren gekommen. Ihre drei Jungs spielte mit Leo am Strand. Brooke tauschte sich mit Ginger über die aktuellsten Neuigkeiten aus.

Nur Marinas Kinder waren nicht da. Ethan musste am nächsten Morgen früh auf dem Golfplatz stehen, und Heather war auf einer Sommerparty, die sie mit ihren Freunden vom College organisiert hatte.

Jacks und Leos Eintreffen hatte Marina schockiert. Zu ihrer noch größeren Überraschung war Jack vorbereitet gekommen, um ein Lagerfeuer zu bauen und darauf seine mitgebrachten Hotdogs und andere Speisen zu grillen.

Sie hatte es zugelassen und – trotz leichter Schuldgefühle – ein leises Vergnügen daran gefunden, zu sehen, wie er versuchte, sein Verhalten wiedergutzumachen.

Sie fragte sich, ob Ginger etwas mit seinem pünktlichen Erscheinen zu tun hatte. Vielleicht hatte er aber auch selbst erkannt, dass er sich ins Zeug legen musste. Sie riskierte einen Blick in seine Richtung.

„Brauchst du Hilfe?", fragte er und kam näher.

„Nein, danke." Trotz des milden Abends jagte Jacks Nähe Marina einen Schauer über den Rücken. Selbst in T-Shirt und fadenscheinigen Jeans war er immer noch attraktiv. Um sich davon abzulenken, konzentrierte sie sich auf das, was sie gerade tat.

„Es gibt einen Trick für S'mores", erklärte sie und hörte selbst, dass sich ein kühler Unterton in ihre Stimme geschlichen hatte. „Man muss sie gleichmäßig drehen, sonst tropft die Marshmallowfüllung ins Feuer."

„Ich kann dir wirklich gerne helfen."

„Danke, aber du hast schon den Großteil des Abendessens gegrillt." Ob Ginger hinter seinem neuen Verhalten steckte oder nicht, Marina war noch nicht bereit, ihm zu vergeben.

Im Schein des Feuers sah sie, dass Jack grinste. „Das Grillen war nicht wirklich schwer."

„Wie wäre es denn dann, wenn du noch mehr von denen hier vorbereitest?" Sie warf ihm eine Tüte Marshmallows zu. Ein wenig widerwillig gestand sie sich ein, dass er mehr getan hatte, als nur ein paar Hotdogs zu grillen. Zu ihrer Überraschung war er hinter der offenen Flamme sehr kompetent gewesen.

Jack öffnete die Türe. „Kein Problem. Leo, hilfst du mir?"

„Klar." Im Feuerschein hatte Leo das gleiche Profil wie sein Vater, bis hin zu den dichten, zerzausten Haaren, die er aus der Stirn zurückgestrichen hatte.

Sie beide könnten einen Haarschnitt gebrauchen. Aber vermutlich war Jack das egal. Ohne es zu wollen, stieß Marina einen frustrierten Seufzer aus. Dann sagte sie schnell: „Vergesst die Schokolade nicht."

Jack sah sie amüsiert an. „Keine Angst. Wir haben hier eine richtige Fertigungsstraße für dich aufgebaut."

Marina versuchte, nicht zu lächeln, als die beiden sich

darauf konzentrierten, die Desserts zu bauen, indem sie dicke Scheiben dunkler Schokolade mit Orangengeschmack und weiche Marshmallows zwischen zwei Vollkornkekse legten. Da sie es nicht ertrug, wie süß Leo und sein Vater aussahen, riss sie schnell den Blick von den beiden los.

In der Richtung liegt nichts außer Problemen, sagte sie sich.

Auf der anderen Seite der tanzenden Flammen lag Kai auf einer Decke. Axe hatte einen Arm um ihre Schulter gelegt und sah seine Verlobte an, als wäre sie der hellste Stern am Himmel. Und Kai, die an seiner breiten Brust lehnte, wirkte genauso fasziniert von ihm.

Dieser süße, romantische Anblick ließ Marinas Herz schmerzen. Sie lächelte die beiden an und wünschte stumm, dass ihre Beziehung alle Hindernisse überstehen würde, die das Leben ihnen unweigerlich in den Weg legen würde. Kai hatte all das Gute verdient, für das sie so hart gearbeitet hatte. Jahrelang hatte sie auf einen guten Mann gewartet, der ihre Interessen teilte und nicht nur ein Fan oder reicher Playboy war, der eine Trophäe an seinem Arm wollte.

Von denen hatte es ausreichend gegeben.

Marina fuhr fort, ihren Korb über den Flammen zu drehen, sodass die Ecken der Kekse bräunten und die Schokolade und der Marshmallow im Inneren schmolzen.

Jack nickte in Richtung des Korbs. „Das Ding funktioniert gut."

„Ja, es hilft, ein paar Tricks und Kniffe zu kennen."

Jack legte einen Arm um seinen Sohn und zog ihn an sich. „Wir lernen beide noch. Leo will, dass wir uns für deinen sonntäglichen Kochkurs einschreiben."

Ernsthaft? Sie sah ihn unter hochgezogener Augenbraue an. „Das müsst ihr nicht."

„Wir wissen, dass das gelogen ist." Leise lachend schüttelte Jack den Kopf.

Das Licht des Feuers erhellte seine starken Züge und tauchte sein Gesicht in einen warmen Schimmer. Er gab sich ganz entspannt, aber Marina entdeckte eine Unterströmung – als wäre er noch nicht bereit, etwas mit ihr zu teilen. Vielleicht gab es tiefergehende Gründe dafür, dass er gestern nicht aufgetaucht war, als er zugegeben hatte.

Dennoch, wenn sie die Chance auf eine gemeinsame Zukunft haben wollten, würden sie Vertrauen und Offenheit benötigen.

Jacks Augen schimmerten intelligent, und Marina sah, wie er jedes Detail um das Feuer herum und am Strand wahrnahm. Sie folgte seinem Blick und erkannte, dass auch er Kai und Axe mit Interesse musterte.

Entschlossen, das Eis zwischen ihnen ein wenig zu brechen, beugte Marina sich zu ihm. „Alle haben deine Truthahnburger und dein Gemüse geliebt. Meine Mutter hat auch immer diese kleinen Alupäckchen für unsere Lagerfeuer zubereitet." Er hatte sogar seine eigene Kräutermischung mitgebracht, was sie überrascht hatte, und als er begann, die Gemüsepäckchen vorzubereiten, hatte sie ihn in der Küche allein gelassen. „Selbst Ginger fand, sie waren köstlich." Zufrieden mit sich richtete sie sich wieder auf. Sie hatte einen ersten Schritt gemacht.

Jack zuckte bescheiden mit den Schultern, schien aber erfreut zu sein über das Kompliment und ihren Versuch, eine Unterhaltung zu beginnen. „Ich freue mich, dass ich immer noch in der Lage bin, Hotdogs aufzuspießen und Maiskolben zu grillen. Das liegt zwar nicht in der Liga deiner Kreationen, aber Essen schmeckt am Lagerfeuer in Gesellschaft von Freunden und kalten Getränken immer besser. Das hat mir gefehlt, als ich in New York gelebt habe. Wobei das Streetfood da ziemlich gut war. Vor allem spätabends."

„Ist Grillen in Texas nicht so was wie eine olympische Disziplin?"

Jack grinste. „In meiner Kindheit waren Kochen über dem Lagerfeuer und Grillen für die meisten jungen Männer Initiationsrituale. Ich weiß nicht, ob das heute auch noch so ist."

„Aber die Tür zur Küche zu finden gehörte nicht dazu?", zog Marina ihn auf.

„Das war die Domäne meiner Mutter." Jack ließ den Kopf ein wenig hängen. „Ich weiß, es klingt unfair, aber mein Dad und ich haben uns um die Farm gekümmert. Jetzt wünschte ich, ich hätte mehr von ihr gelernt, bevor es zu spät war."

Marina war ehrlich gesagt beeindruckt davon, wie er den Abend – mit ein wenig Hilfe von Mitch – gemeistert hatte. So ungeschickt Jack in der Küche war, so gut war er an der offenen Flamme gewesen. Sie hatten warten müssen, bis das erste Feuer ein wenig niedergebrannt war, aber danach hatte Jack bewiesen, dass er beim Grillen mit den Besten mithalten konnte. Er war sogar so gut, dass Marina ihm ihre am Nachmittag vorbereiteten Schaschliks ohne Vorbehalte übergeben hatte.

Er stieß Leo mit der Schulter an. „Ich wünschte, du hättest deine Großmutter noch kennengelernt. Eines Tages werde ich dir Fotos von ihr zeigen."

Das Gesicht mit Schokolade verschmiert, schaute Leo zu ihm auf. „Wann kann ich meine Cousins kennenlernen? Samantha hat welche, mit denen sie ab und zu spielt."

Jack nickte gedankenverloren. „Es wird nicht mehr lange dauern."

„Wer will noch einen S'more?", rief Marina und versuchte, sich von Jack und Leo zu lösen. Sie war noch nicht bereit, sich wieder ganz mit Jack zu vertragen.

Kai hielt ihren Teller hoch. „Den nehme ich."

Axe kitzelte sie. „Wo lässt du das nur alles?"

Lachend stieß Kai ihm gegen die Schulter. „Ich tanze es in jeder Aufführung weg, falls dir das noch nicht aufgefallen ist."

„An dir fällt mir alles auf, meine Süße", antwortete er und gab ihr einen Kuss auf die Wange.

Die beiden gaben jede Woche mehrere Aufführungen in ihrem neuen Amphitheater. In letzter Zeit hatten sie für ein neues Stück geprobt, und Marina konnte es kaum erwarten, es zu sehen.

„Kai ist unsere Lady in ständiger Bewegung", sagte Axe und massierte ihr die Schultern.

„Hey, was ist mit mir?", fragte Leo.

Scout, der hinter ihm saß, richtete die Ohren auf.

„Ich habe noch weitere S'mores in der Vorbereitung", versicherte Marina ihm. „Aber nur für dich, Leo. Schokolade ist für Hunde gefährlich. Genau wie scharfe Soße."

Jack zuckte zusammen. „Autsch."

Scout jaulte einmal protestierend auf, und Leo schnappte sich ein Stück Treibholz. Er warf es mit aller Kraft, und Scout rannte sofort hinterher.

Marinas Leben hatte sich in dem Moment verändert, in dem Jack mit seinem Hund im Schlepptau in Summer Beach eingetroffen war, um den Sohn kennenzulernen, von dem er nichts gewusst hatte. Trotz ihres Zerwürfnisses betete Marina den Jungen an. Und Jack gab freimütig zu, dass Leo das Beste an ihm war.

Im Moment konnte sie dem nur zustimmen.

Ginger beugte sich zum Feuer vor und wärmte ihre Hände. „Der Sommer war in Summer Beach schon immer die Zeit für Hochzeiten." Sie nickte ihren Enkelinnen zu und fing an, eine Geschichte zu erzählen. „Eure Eltern haben an diesem Strand geheiratet, umgeben von Freunden und Familie." Sie zeigte auf den flachen Felsen, der ins Meer hinausragte. „Genau da haben sie ihre Gelübde getauscht. Ist das nicht ein perfekter Platz?"

Als Kai sich umdrehte, um in die Richtung zu schauen, legte sich ein nachdenklicher Zug um ihren Mund und sie seufzte. „Ich kann es mir genau vorstellen."

„Das war früher der Felsen unserer Meerjungfrauenkönigin", sagte Marina. „Wir haben da immer gespielt."

„Wie wäre es, wenn ihr eure Trauung dort abhaltet?"

Kai und Axe tauschten einen amüsierten Blick. „Wir sagen dir Bescheid", sagte Kai.

Marina fragte sich, ob die beiden vorhatten, durchzubrennen. Um Gingers Willen hoffte sie, dass sie es nicht tun würden.

Während sich alle über andere, kürzlich erfolgte Hochzeiten unterhielten, drehte Marina weitere S'mores. Diesen Sommer hatte es im Coral Café mehr Verlobungspartys, Probeessen und Hochzeiten gegeben, als sie zählen konnte. Sie hatte Personal, das sie für solche Veranstaltungen anheuerte. Sie alle waren so talentiert und liebenswürdig, dass der Gedanke, sie am Ende des Sommers gehen lassen zu müssen, sie schmerzte. Vor allem, weil alle die Arbeit brauchten.

Jetzt, mit dem neuen Foodtruck, wäre das vielleicht nicht mehr nötig.

Der Verlobungsring ihrer Schwester funkelte im flackernden Licht der Flammen und erregte Marinas Aufmerksamkeit. Sie freute sich aufrichtig für Kai. Jack fiel der strahlende, von Diamanten eingefasste Rubin ebenfalls ins Auge.

Marina fragte sich, was ihm wohl gerade durch den Kopf ging. Sie warf ihm einen Blick zu. Alles ist gut, wie es ist, beschloss sie. Sie wollte Kai das Scheinwerferlicht nicht stehlen. Aber wenn sie und Jack ihre Beziehung fortsetzten, musste sie wissen, dass ihre Zeit gut investiert war. Vielleicht war sie altmodisch, aber zu heiraten bedeutete ihr viel.

Genauso wie ein vernünftiger Antrag.

Leo zappelte vor Vorfreude. „Ist mein S'more fertig?"

„Beinahe. Und das hier sind die bisher besten." Während Marina den Korb noch ein wenig über dem Feuer drehte, schaute sie sich unter den Gästen um, die auf Decken und Strandstühlen lungerten und sich nach dem Festessen entspannten.

Bennett spielte einen alten Beatles-Song. „Yesterday." Axe nahm den Ton auf und sang in seinem tiefen Bariton für Kai.

Als Kai ihm zuhörte, glühte ihr von der Sonne geküsstes, ungeschminktes Gesicht förmlich. Marina glaubte, ihre Schwester nie bezaubernder gesehen zu haben. Das war die Macht der Liebe.

Kai hatte es genossen, mit ihrer Musicaltruppe durch die Lande zu ziehen, aber Summer Beach war immer in ihrem Herzen gewesen. Jetzt, wo sie und Axe das örtliche Theater leiteten, hatte Kai hier alles, was sie wollte. Genau wie Axe.

Er beendete das Lied und gab Kai einen Kuss.

Marinas Herz schmolz dahin. Und das war nicht alles, das schmolz. Schnell zog sie den Korb aus den Flammen. „Vorsichtig, die Schokolade tropft." Schnell reichte Jack ihr eine Serviette.

„Danke." Geschickt ließ sie die S'mores auf einen Teller gleiten und reichte ihn Leo. „Hier, Sportsfreund. Aber sei vorsichtig, die sind heiß." Sie wandte sich an Jack. „Hast du noch welche vorbereitet?"

Jack griff nach den Marshmallows. „Einen Moment. Ich bin in Verzug geraten, weil ich Bennett und Axe zugehört habe."

Kai klatschte in die Hände. „Dann mach zu, Cowboy. So was wie heute machen wir nicht oft."

Jack lachte leise. „Es ist lange her, dass ich so genannt wurde."

„Sieh der Wahrheit ins Gesicht, du bist jetzt ein Beachboy", sagte Axe. „Und du bist hier in Summer Beach genau da, wo du hingehörst. Richtig, Marina?"

Marina presste die Lippen zusammen. Axe wusste vermutlich nicht, was zwischen ihr und Jack passiert war, deshalb ließ sie es gut sein.

Was Jack anging, war sie nicht sicher, ob er Axe zustimmen würde. Er war von der Meeresbrise hergetragen worden, ein Autor, der überall arbeiten konnte und das auch viele Jahre lang getan hatte. Da er sein Haus nur gemietet hatte, könnte er morgen einpacken und weiterziehen, wenn er wollte, vor allem, weil es Vanessa inzwischen gut genug ging, um sich um Leo zu kümmern.

Würde er Summer Beach überhaupt als sein Zuhause bezeichnen wollen?

Das wusste sie nicht, aber als sie ihren Blick noch

einmal über Familie und Freunde gleiten ließ, war sie sich sicher, dass *sie* genau da war, wo sie hingehörte. Sie wollte diese Jahre mit ihrer Großmutter nicht versäumen. Ginger war die einzige Verbindung zu der Geschichte ihrer Familie, und Marina hatte noch so viel von ihr zu lernen.

Eines Tages würde sie selbst die Matriarchin der Delavie-Moore-Familie sein, und es wäre an ihr, die Geschichte weiterzutragen. Ihr graute vor dem Tag, an dem sie Ginger verlieren würden – daran mochte sie nicht einmal denken.

Eine kühle Meeresbrise ließ einige Servietten durch die Luft tanzen, und Brookes Kinder beeilten sich, sie einzufangen. Der Wind zerzauste auch Jacks Haare. Als er sie zurückstrich, berührte sein Arm den von Marina.

Unter seine Nähe zog sich ihr Brustkorb zusammen. Nachdem sie den Tod ihres ersten Ehemannes betrauert hatte, hatte sie daran gezweifelt, jemals wieder Liebe zu finden. Doch sie hatte sich geirrt. Jack hatte ihr Herz weit geöffnet. Jetzt lag es entblößt und verwundet da. Sie würde es sorgfältig beschützen müssen.

„Hier sind noch welche für dich." Ohne etwas von ihren Gedanken zu ahnen, beugte Jack sich zu ihr. Seine Finger schützte er mit dem Saum seines T-Shirts, als er den Drahtkorb öffnete, um die S'mores hineinzulegen. Die Flammen ließen Schatten über sein Gesicht tanzen.

Marina stockte der Atem. „Verbrenn dich nicht."

Ein Lächeln breitete sich langsam auf Jacks Gesicht aus.

„Jack ist zäher, als er aussieht", sagte Axe.

„Frauen sind viel zäher als Männer", warf Kai ein, die darauf wartete, dass ihr Dessert abkühlte. „Wir sind es, die Baby bekommen und Familie und Karriere meistern." Sie tippte Axe gegen die Brust. „Wie Ginger Rogers und Fred

Astaire. Ich mache alles, was er macht, aber rückwärts und in hohen Hacken."

„Ich gebe zu, da ist viel Wahres dran", sagte Axe lachend. „Aber ich verspreche dir, wir werden sowohl zu Hause als auch auf der Bühne ein Team sein."

Kai zwinkerte ihm zu. „Ich werde dich nach der Hochzeit daran erinnern." Sie wandte sich an Ginger. „Übrigens, ich werde bald das *Alte* für die Hochzeit brauchen."

„Das dachte ich mir", sagte Ginger. „Ich habe eine ganze Schatztruhe auf dem Dachboden."

Kais Augen schimmerten interessiert. „Ich würde gerne sehen, was du da noch alles hast."

Im letzten Dezember hatten sie Gingers Dachboden für Kais und Axes Weihnachtsstück im Amphitheater geräubert. Marina erinnerte sich an den Abend, an dem Axe seiner Kai auf der Bühne den Heiratsantrag gemacht hatte. Da hatte definitiv Magie in der Luft gelegen – für die beiden und für Marina und Jack. Was für ein perfekter Abend das gewesen war. Wenn doch nur …

Leo hatte aufmerksam zugehört und wandte sich nun an Jack. „Dad, wann heiraten du und Marina?"

Marina hielt den Atem an.

Alle, die um das Feuer herumsaßen, starrten Jack an und warteten auf seine Antwort.

Von der Frage vollkommen überrumpelt glitt Jack ein Marshmallow aus der Hand und fiel ins Feuer, wo es prompt zischend in den Flammen verbrannte. „Äh, es könnte sein, dass wir … äh … nicht mehr in dieser Phase sind."

Er warf Marina einen Blick zu und senkte die Stimme. „Ich habe es vermasselt, und das tut mir aufrichtig leid. Du hast etwas Besseres verdient. Dennoch hoffe ich aus tiefstem Herzen, dass du mir vergibst."

Nach einem kurzen Zögern nickte Marina. Seine Entschuldigung klang aufrichtig.

„Aber Dad, du hast mir gesagt, dass du sie liebst."

Leo ließ nicht locker. Marina schluckte gegen einen Kloß in ihrer Kehle an, während leises Lachen um das Feuer ertönte.

Als sie Leos niedergeschlagene Miene sah, tat der Junge Marina leid. Er wollte doch nur alle, die er liebt, um sich haben. *Ein Gefühl von Heimat haben.* Das verstand sie nur zu gut.

Jack stolperte erneut über seine Wörter. „Ich glaube nicht, dass sie … Das verstehst du doch, Leo, oder?"

Als Jacks Stimme versandete, fragte Marina sich, ob sie wohl einspringen sollte, aber dann spürte sie den Blick ihrer Großmutter auf sich und beschloss, Jack nicht zu retten.

Irgendwie waren die beiden sogar süß. Beim Anblick von Leos ernster Miene und Jacks Unbehagen musste Marina ein Lachen unterdrücken.

Mit einem Mal blitzten Leos Augen auf und er grinste breit. „Dad, das muss dir nicht peinlich sein. Ich hab das im Griff." Er setzte eine ernste Miene auf, was mit seinem schokoladeverschmierten Gesicht besonders süß aussah, und wandte sich an Marina. „Marina, willst du uns heiraten?"

Marinas Herz machte einen Sprung, und beinahe hätte sie die S'mores ins Feuer fallen lassen. Hiermit hatte sie nicht gerechnet.

„Juhu!", rief Kai aus und klatschte in die Hände. „Gut gemacht, Leo."

Axe lachte kehlig auf. „Ich muss zugeben, der Junge hat Mumm."

„Zumindest mehr als sein Dad", warf Mitch ein und klatschte sich auf die Knie.

Jack lief bei den Kommentaren rot an und fuhr sich mit der Hand übers Kinn. „Mein Sohn, das ist ein großer Schritt."

„Das hat Mom auch gesagt. Aber sie war bereit, zu heiraten, und ich glaube, das sind wir auch." Leo sah Marina strahlend an und wartete auf ihre Antwort.

Jack legte ihm eine Hand auf den Arm. „Du kannst nicht einfach eine Frau fragen, ob sie dich heiraten will. Ich meine, uns."

Leo zuckte mit den Schultern. „Aber das habe ich gerade getan."

Weiteres Gelächter erhob sich um das Feuer.

Über die flackernden Flammen hinweg sah Marina, wie amüsiert Ginger war, auch wenn sie mit großer Ernsthaftigkeit sprach. „Es kommt nicht alle Tage vor, dass eine Frau so eine feine Einladung erhält. Marina, du solltest über die Bitte des jungen Mannes sehr sorgfältig nachdenken."

„Genau. Siehst du, Dad?" Leo konzentrierte sich wieder auf Marina. „Du würdest immer bei uns sein. Das wäre super. Ich verspreche auch, mein Zimmer halbwegs in Ordnung zu halten. Ich kann auch Scout füttern, weil Dad das manchmal vergisst."

Marina lächelte. „Warum überrascht mich das nicht?"

Brooke nickte in Richtung des Felsens, an dem ihre Eltern geheiratet hatten. „Ihr könntet eine Doppelhochzeit hier am Strand abhalten. Stellt euch nur vor, wenn meine beiden Schwestern gleichzeitig unter die Haube kämen. Wäre das nicht toll?"

Ginger schaute Brooke zustimmend an. „Was für eine praktische Lösung für unsere Familie und Freunde. Das würden alle sicher zu schätzen wissen."

Das hier geriet langsam außer Kontrolle, und Marina spürte Jacks Unbehagen. „Ach Brooke, ich glaube nicht …"

„Was für eine hervorragende Idee", unterbrach Ginger sie und hob die Hände zu Kai und Marina.

Den Korb mit den S'mores in der Hand, starrte Marina ihre Großmutter fassungslos an. Hatten sie und Leo das Ganze geplant? Es war verrückt, das zu denken, aber das waren die letzten Minuten auch gewesen.

Mit einem Mal redeten alle durcheinander, und Marina konnte nicht mehr klar denken. Druck baute sich in ihrem Kopf auf.

„Autsch", rief sie, als sie mit der Hand zu nah ans Feuer kam. Sie ließ die S'mores auf einen Teller fallen. „*Yeesy Louisey!*" Sie schüttelte ihre verbrannten Finger und unterdrückte die weiteren Flüche, die ihr über die Lippen kommen wollten.

Leo wirbelte zu seinem Vater herum. „Hast du das gehört? Ich glaube, sie hat Ja gesagt." Er hüpfte ein paar Mal auf und ab. „Sie hat Ja gesagt, Dad!"

Jack wirkte verwirrt. „Ich habe dich gehört, mein Großer."

Es dauerte einen Moment, bis Marina bewusst wurde, dass Leo nicht verstanden hatte, was sie meinte – oder vielleicht hatte er sie in dem allgemeinen Geplapper nicht richtig gehört. Sie hasste es, ihn zu enttäuschen. „O Leo, ich würde wirklich nichts lieber tun …"

„Wirklich?", fragte Jack mit rauer, fast flüsternder Stimme. Er nahm ihre verbrannten Finger und küsste sie sanft.

Der zärtliche Moment zog Marina an, und sie sehnte sich danach, Jack in die Arme zu nehmen und den Schmerz vergessen zu machen, den sie beide fühlten. Doch was würden ihre Kinder denken? Sie, Heather und Ethan waren immer ein Dreiergespann gewesen, und das waren sie immer noch. „Sollten wir nicht darüber reden?"

„Das tun wir doch gerade." Jacks Stimme war voller roher Emotionen. „Vielleicht ist es seltsam, aber ... Ich habe darüber nachgedacht. Sehr ernsthaft nachgedacht." Er drückte ihre andere Hand voller Hoffnung.

„Ich ..." Marina hielt inne. Sie schaute zwischen den beiden hin und her, die ihr Herz in den Händen hielten. Im Moment ließ dieses Herz das Blut heftig durch ihre Adern pochen, was sie ein wenig schwindelig machte. Vielleicht hatte Jack doch vorgehabt, ihr am Vorabend einen Antrag zu machen.

Leos Augen funkelten aufgeregt.

Ohne den Blick von ihr zu wenden, gab Jack ihr einen Kuss auf die Hand und wartete.

Über die flackernden Flammen hinweg nickte Kai ihr stürmisch zu, während Gingers undurchdringlicher Blick sie aufspießte.

„Ja", platzte es zu ihrer eigenen Überraschung aus Marina heraus.

Leo zupfte am Arm seines Vaters. „Dad, hast du das gehört? Sie will uns heiraten."

Die Freude des Jungen durchschnitt die Anspannung, und Jack lachte.

„Sieht ganz so aus. Gut gemacht, Kleiner." Jack zog Marina in die Arme und flüsterte: „Ich schätze, jetzt ist es offiziell."

„Tja, sieht ganz so aus."

Marina war sich schmerzhaft bewusst, dass sie genauso unsicher klang wie er. Doch warum sollte sie das sein? Sie liebte Jack trotz seiner Makel. In ihrem Herzen fühlte sie, dass das hier richtig war, auch wenn der Antrag von Leo gekommen war.

Ginger rutschte auf ihrem Stuhl vor. „Kai, meine Liebe, würden du und Axe den guten Champagner aus dem Kühlschrank in meiner Bar holen? Und bringt meine besten Gläser mit."

Kai stand auf. „Wir haben ausreichend Plastikbecher."

Ginger bedachte sie mit einem vernichtenden Blick. „Für mich bitte eine vernünftige Champagnerflöte. Wir müssen diese monumentale Entscheidung angemessen feiern."

„Okay, Champagner und S'mores für alle!", rief Kai und wedelte mit den Armen über ihrem Kopf.

Leo grinste. „Auch für mich?"

„Für dich ein Ginger Ale, Sportsfreund." Jack zog seinen Sohn in die Umarmung mit Marina. Sogar Scout kam zu ihnen gelaufen.

Mit ihren Armen um sich und Scout, der versuchte, ihr das Gesicht abzulecken, dachte Marina, dass das alles wild und impulsiv war und überhaupt nicht so, wie sie es sich vorgestellt hatte. Aber es war real. Und sie hatte sich noch nie so geliebt gefühlt wie in diesem Augenblick.

Sie schaute Jack in die Augen, in denen unzählige Gefühle schimmerten. Auch wenn er genauso geschockt wirkte, wie sie sich fühlte, war er der Mann, den sie liebte. Dessen war Marina sich sicher.

Sie hoffte nur, dass die Zwillinge ihre plötzliche Entscheidung verstehen würden.

12

„*M*arina zu bitten, uns zu heiraten, war ziemlich mutig von dir", sagte Jack und zerzauste Leo die Haare mit einer Hand, während er mit der anderen den VW-Bus über die Küstenstraße lenkte. Nachdem sie den Antrag gestern Abend angenommen hatte, war er so froh gewesen, dass er eine Weile gebraucht hatte, um sich zu beruhigen und einschlafen zu können. Heute surfte er auf einem Regenbogen des Glücks.

„Warum, Dad? Alle anderen heiraten auch, und wenn Menschen einander lieben, heiraten sie." Er trat seine Füße auf dem Boden ab, der schon von einer feinen Sandschicht bedeckt war. „Das hast du auch über Mom und Dr. Noah gesagt."

„Das stimmt. Gut gemacht, Kleiner. Ich bin sehr stolz auf dich." Er hob die Hand, um mit seinem Sohn abzuklatschen.

Leo schlug ein und grinste dann breit, wobei er ein paar Lücken enthüllte, wo ihm die Milchzähne ausgefallen waren. „Ich denke, ich werde Samantha fragen, ob sie mich heiraten will."

Jack runzelte die Stirn. „Warte mal. Ihr seid noch ziemlich jung. Lass dir ein paar Jahre Zeit. Das College kommt zuerst, Kumpel."

„Das weiß ich." Leo versuchte, die Augen zu verdrehen, doch es gelang ihm nur, mit den Lidern zu flattern.

Jack unterdrückte ein Lachen. Leo arbeitete noch an seiner Technik, aber vermutlich hätte er die perfektioniert, wenn er ein Teenager wäre. „Wo hast du das gelernt?"

„Was?"

„Das Augenverdrehen, an dem du noch arbeitest."

„Von Schulfreunden, schätze ich." Leo zuckte mit den Schultern und schaute aus dem Fenster auf die vorbeiziehende Landschaft. Sie fuhren am Strand entlang, und Leo liebte es, das Meer nach Walen und Delfinen abzusuchen, die um diese Jahreszeit hier entlangkamen.

„Ja, das hätte ich mir denken können." Sein Sohn war praktisch in der Vorpubertät, wobei Jack nicht genau wusste, in welchem Alter die einsetzte.

Doch er wusste, dass das hier entscheidende Jahre mit ihm waren. Vanessa war eine großartige Mutter, und Jack wollte es mit seinem Sohn nicht vermasseln. Er schätzte, dass er nur noch wenige Jahre hatte, bevor Leo seinen Vater nicht mehr als Rockstar ansehen würde. In letzter Zeit hatte er bereits Veränderungen an ihm bemerkt, doch das gehörte zum Erwachsenwerden dazu.

Wenigstens hatte er einen Teil von Leos Kindheit mit ihm verbringen können. Dafür war Jack unglaublich dankbar. Noch immer wünschte er, Vanessa hätte ihm früher von Leo erzählt, doch er verstand ihre Gründe. Sie hatten keine echte Beziehung gehabt, und er war damals nicht wirklich als Vater geeignet gewesen. Außerdem hätte ihr Vater ihn vermutlich umgebracht.

Natürlich nicht im wörtlichen Sinne. Das hoffte er zumindest. Wobei er gerne glaubte, dass er ihn im Laufe der Zeit für sich gewonnen hätte.

Wie auch immer, jetzt freute er sich für Vanessa. Sie und Dr. Noah waren füreinander bestimmt, und er hoffte, dass sie ihre Flitterwochen genossen. Das hier war die längste Zeit, die er je mit Leo gehabt hatte.

Seine Situation hier in Summer Beach war gut. Auf keinen Fall würde Jack das aufgeben, vor allem jetzt nicht, wo Marina und er offiziell verlobt waren. Das war noch ein Grund mehr, den Kauf des Hauses, das er derzeit mietete, voranzutreiben, auch wenn es ein durchaus ungewöhnliches Cottage war.

Er hatte sich inzwischen an die Meeresszene im Wohnzimmer und die gemalten Palmen in der Küche gewöhnt. Leo liebte das Unterwasserbild in seinem Schlafzimmer. Die Wandgemälde waren von dem ehemaligen Besitzer, der ein hervorragender Künstler gewesen war, mit Liebe gemalt worden. Er hoffte, dass Marina die Kunst ebenfalls ins Herz schließen würde.

„Sind wir bald da?"

Jack lachte. „Ist das aus dem offiziellen Handbuch für Kinder?"

„Dem was?"

„Egal. Wir sind da." Er bog auf den Parkplatz an der Fisherman's Wharf, der nur ein Schotterplatz neben der Straße war. „Die frischesten Meeresfrüchte im Ort. Hier legen die Fischkutter an. Wir können mal mit einem mitfahren, wenn du willst. Oder da drüben eine Angel auswerfen."

Leo hüpfte auf seinem Sitz. „Das wäre cool."

Bennett hatte Jack gebeten, ihn heute hier zu treffen, um über das Haus zu reden. Der Bürgermeister hatte geschäftlich am Hafen zu tun, deshalb hatte er gesagt, sie könnten sich zum Mittagessen treffen, falls Jack Zeit hätte. Er hatte, und er hatte außerdem sichergestellt, dass es in Ordnung wäre, Leo mitzubringen.

Die Sonne wärmte Jacks Schultern, als er mit Leo über den hölzernen Pier ging, an den sich Angelgeschäfte und Souvenirläden reihten. Am Ende lag *Mel's Fish*, angeblich das beste zwanglose Restaurant für frischen Fisch in Summer Beach.

Auf einer Kreidetafel vor dem Laden standen die Gerichte sowie der Fang des Tages. Fish and Chips waren eine Spezialität, dazu gab es Thunfisch-Poke, Mahi-Mahi-Tacos, Clam Chowder, Muscheln und noch vieles mehr. Sie hatten sogar Burger und vegetarische Optionen im Angebot.

„Das sieht nach einem Restaurant ganz nach unserem Geschmack aus, Leo." Jack ging hinein. Die abgelaufenen Holzbretter knarrten unter seinen Füßen. Im hinteren Teil führten offenstehende Flügeltüren auf eine Terrasse, die aufs Wasser hinausging.

Auf dieser Terrasse saß Bennett mit einem grauhaarigen Mann, der ein wenig älter zu sein schien als der Bürgermeister und Jack.

Bennett winkte ihnen zu, und Jack und Leo gingen zu ihnen. Er stellte den anderen Mann vor. „Garrett ist in dem Haus aufgewachsen, in dem ihr wohnt."

„Schön, Sie kennenzulernen." Jack schickte den auf einen Fonds ausgestellten Scheck für seine Miete an ein Postfach und hatte daher bisher keinen Kontakt zu seinem

Vermieter gehabt. „Mein Sohn Leo und ich lieben Ihr Haus." Sie schüttelten einander die Hand, dann nahmen Jack und Leo an dem Holztisch Platz.

Garrett faltete die Hände und sah Leo aus funkelnden Augen an. „Sag mir, mein Sohn, gefällt dir die Unterwasserwelt in deinem Zimmer?"

Leos Augen weiteten sich. „O ja. Manchmal tue ich so, als wäre ich der Taucher auf dem Bild."

„Das Bild hat mein Vater für mich gemalt." Garrett lachte leise. „Er hat alle meine Lieblingskreaturen darin untergebracht. Mal sehen, ob ich mich noch erinnere … Es gab einen orange-weiß-gestreiften Clownfisch, gelbe und blaue Doktorfische und einen furchteinflößenden, gestreiften Rotfeuerfisch. Er hat sogar einen Oktopus dazugemalt, den ich Ollie genannt habe."

„Was ist mit dem freundlichen Hummer?", fragte Leo.

„Wie konnte ich den vergessen?" Garrett lachte. „Der Hummer hat mir jeden Morgen zugewunken."

„Sind Sie derjenige, der Ozeanograf geworden ist?", wollte Jack wissen.

„Ganz genau. Ich habe mich gerade erst zur Ruhe gesetzt. Es gab nur meinen Vater und mich. So ähnlich wie Sie und Ihr Sohn, wenn ich das richtig verstanden habe."

Vielleicht erklärte das, warum der alte, blau emaillierte Herd immer noch wie neu aussieht, dachte Jack.

In dem Moment brachte der Kellner drei Gläser mit Eistee und eine Limonade für Leo. Sie gaben ihre Essensbestellung auf – vier Mal das Mittagsangebot, Fish and Chips.

Während sie auf ihr Essen warteten, beugte Bennett sich vor. „Ich habe mit Garrett darüber gesprochen, dass du das Haus kaufen möchtest, und er ist bereit, es zu verkaufen."

„Das ist super", sagte Jack. „Sobald ich die Zusage von der Bank habe, über die wir gesprochen haben." Er hatte bereits genügend Geld für den Eigenanteil zusammen.

Bennett schaute Leo an. „Was das angeht …"

Jack wandte sich an Leo, der fasziniert das Aquarium im Inneren des Restaurants anstarrte. „Willst du dir die Fische anschauen?"

„Klar." Leo sprang auf und lief hinein.

„Das wird ihn eine Weile beschäftigen." Jack legte die Hände auf den Tisch. „Was wolltest du sagen?"

Bennett schüttelte den Kopf. „Mit den Informationen, die du mir gegeben hast, konnte ich keine Bank finden, die den Kauf finanziert. Als Selbstständiger ist es schwer, sich für einen Kredit zu qualifizieren, bevor man nicht eine Weile ein stabiles Einkommen vorweisen kann."

„Was ich noch nicht habe" Jack könnte weiter mieten, aber er wollte seinen Traum von einem eigenen Haus erfüllen, in dem er tun und lassen konnte, was er wollte. Und das er irgendwann weitergeben könnte.

Er wurde schließlich nicht jünger.

Garrett verschränkte die Finger. „Warum wollen Sie das Haus kaufen?"

„Es ist nicht meinetwegen", antwortete Jack. „Ich habe mich gerade verlobt und würde das Haus gerne für sie und meinen Sohn kaufen."

„Aber Sie bezahlen doch Miete", sagte Garrett. „Wie kriegen Sie das hin?"

Jack erzählte ihm von seinen diversen Jobs. Die Illustrationen für Ginger, die Artikel, die Tantiemen von alten Artikeln, für die er die Rechte behalten hatte, und auch die

Vermietung des Ateliers an Urlauber. Es widerstrebte ihm, seinen alten Chef Gus zu erwähnen, aber wenn diese Story anzunehmen bedeutete, dass er das Haus kaufen könnte, würde er es tun.

Als er geendet hatte, schaute Bennett den anderen Mann an. „Jack ist sehr fleißig und in Bestform. Außerdem hat er einen großen Eigenanteil zurückgelegt."

Garrett schien darüber nachzudenken, während er Jack musterte. „Ich habe gehört, Sie haben einen ziemlich beeindruckenden Preis für Ihre Arbeit gewonnen."

Das war Jack immer noch ein wenig unangenehm, obwohl er hart dafür gearbeitet hatte. Aber das hatten viele seiner Kollegen auch. „Das ist richtig."

„Es ist Jacks erste Ehe", warf Bennett ein.

Jack grinste. „Ich habe mich erst gestern Abend formell verlobt. Wenn man es als formell bezeichnen kann, dass Leo ihr bei Hotdogs am Strand einen Antrag gemacht hat."

„Das habe ich an Summer Beach immer geliebt." Garrett lachte leise. „Erzählen Sie mir von dieser besonderen Lady."

Jack atmete tief ein. „Marina gehört das Coral Café, das ist ein beliebtes Restaurant direkt am Strand."

„In der Nähe des Coral Cottages?"

„Auf demselben Grundstück."

„Dann muss ihre Großmutter Ginger Delavie sein, richtig?"

Jack vergaß oft, wie klein Summer Beach war. „Woher kennen Sie Ginger?"

„Jeder kennt Ginger. Sie ist eine Kraft, mit der man rechnen muss." Wieder verschränkte er die Finger. „Wenn Ginger Sie für gut befunden hat, sehe ich keinen Grund, warum ich nicht dasselbe tun sollte."

„Sorry, ich kann nicht ganz folgen." Jack fühlte sich ein wenig verloren und sah Bennett an.

„Ich glaube, du hast dich gerade für einen Kredit qualifiziert", sagte Bennett und tippte auf den Tisch. „Garrett hätte viel Arbeit vor sich, wenn er das Haus auf den Markt bringen wollte. Er bietet an, als dein Kreditgeber zu fungieren – und das zu einem sehr günstigen Zinssatz. Wenn du damit einverstanden bist, kann das Haus dir gehören."

Die Sorgen fielen Jack wie Gewichte von den Schultern. Gerade, als er glaubte, sein Tag könnte nicht besser werden, wurde er es. „Wow. Ich weiß gar nicht, was ich sagen soll. Außer danke. Und ich verspreche, ich werde nie auch nur einen Tag zu spät bezahlen. Aber eines interessiert mich doch: Warum geben Sie mir diese Chance?"

Garrett wirkte nachdenklich. „Weil Menschen auch mir Chancen gegeben haben." Er nickte in Richtung Leo. „Ihr Sohn erinnert mich an meine Kinder in dem Alter. Ich weiß, wie es ist, für seine Familie sorgen zu wollen. Sie haben jetzt ein Zuhause, also kümmern Sie sich gut um Leo und Gingers Enkelin. Sie muss eine unglaubliche Frau sein."

„Das ist sie." Jack konnte sein Glück kaum fassen. „Und ich werde eines Tages das Gleiche tun."

Bennett erklärte die Einzelheiten. „Wenn ihr beide einverstanden seid, kann Garretts Anwalt den Vertrag aufsetzen. Lass den dann von deinem Anwalt durchgehen."

In dem Moment wurde ihr Essen serviert, und Leo kam an den Tisch zurückgelaufen. Von Glück erfüllt, schlang Jack die Arme um seinen Sohn. Sobald der Vertrag unterschrieben wäre, würde er Leo davon erzählen, auch wenn er nicht sicher war, ob sein Sohn schon alt genug war, um die Bedeutung all dessen zu verstehen. Aber eines Tages, wenn Leo selbst Kinder hätte, würde er es zu schätzen wissen. Und Jack würde den Gefallen irgendwie weitergeben. Tränen sprangen ihm in die Augen. Zum ersten Mal in seinem Leben sah er, wie sich sein Vermächtnis vor ihm ausbreitete.

„Was ist los, Dad?"

Jack lachte durch seine Tränen. „Manchmal, wenn das Herz so voller Glück ist, tropft es durch die Augen raus." Er wischte sich übers Gesicht, während Bennett und Garrett ihn verständnisvoll ansahen.

Als sie sich an ihre mit Schlachterpapier ausgelegten Körbchen voller dampfendem Fisch, Pommes frites und hausgemachter Remoulade machten, dachte Jack, dass ihm noch nie ein Essen so gut geschmeckt hatte.

Abgesehen von Marinas natürlich. Er konnte es nicht erwarten, ihr die Neuigkeiten zu erzählen. Sie hatte einst gesagt, er solle das Haus kaufen, wenn sich die Möglichkeit böte. Er hoffte, dass sie das immer noch so empfand.

Nach dem Essen hörte Jack einen jungen Mann, der mit dem Rücken zu ihnen an der Bar saß, einen Anruf entgegennehmen. Während er sprach, richteten sich die feinen Härchen in Jacks Nacken auf.

Es war die Stimme von dem Telefonat in Marinas Café. Von dem Mann, der ihm entwischt war. Und jetzt war er wieder im Gehen begriffen.

Jack beugte sich zu Bennett. „Würdest du eine Minute auf Leo aufpassen? Ich muss mit jemandem reden."

Bevor Bennett antworten konnte, rannte Jack durch die Tür dem anderen Mann hinterher, wobei er sich seine Erscheinung einprägte: Jeans, schwarzes T-Shirt, kurze Haare, muskulös mit einem Tattoo im Nacken.

Da geht mein perfekter Tag dahin. Jack ballte die Hände zu Fäusten, als er den Mann auf dem Parkplatz einholte. „Hey Kumpel, wir müssen reden."

Der jüngere Mann wirbelte herum. Eine Designersonnenbrille verbarg seine Augen. „Was zum …?" Er blieb stehen. „Sie sind das." Er trat einen Schritt zurück und hob abwehrend die Hände. „Hey, Mann, ich will keinen Ärger."

„Warum spionierst du mir dann nach?" Der Mann war jünger, als Jack gedacht hatte. Kaum mehr als ein Kind mit dem Akzent eines Internatsschülers. Das passte alles nicht zusammen.

„Das haben Sie falsch verstanden."

„Das glaube ich nicht. Ich habe dich am Coral Café gehört, direkt, bevor du verschwunden bist." Jack ging auf ihn zu. „Wer hat dich geschickt?"

„*Howling Cat Productions.* Aber ich war sowieso hier, um Freunde zu besuchen."

Damit hatte Jack nicht gerechnet. Er verengte den Blick. „Was willst du?"

„Hören Sie, mein Chef wollte, dass ich Sie aufspüre. In New York konnten wir Sie nicht erreichen, und Sie haben ihren Job bei der Zeitung aufgegeben. Sie sind nicht mal in den sozialen Medien."

„Das hat einen Grund. Ich wiederhole: Was willst du?"

„Da Jarvis aus dem Gefängnis entlassen wurde …"

„Stopp." Jack tippte dem jungen Mann gegen die Brust. „Wenn du nach Ärger suchst, den kann ich dir liefern, das garantiere ich."

Der Mann trat einen weiteren Schritt zurück. „Wir wollten nur mit Ihnen über Ihre Recherchen reden. Für einen Film."

Jack stemmte die Hände in die Hüften. „Was sagtest du noch, wer dich geschickt hat?"

„*Howling Cat Productions.* Die haben ihren Sitz in Hollywood."

„Und ihr wollt die Rechte kaufen?"

„Nein, das gibt das Budget nicht her. Wir wollten nur mit Ihnen reden. Ein Gefühl dafür bekommen, was Sie über den Fall denken. Wir haben einen berühmten Regisseur an Bord, und Sie könnten gute Presse kriegen. Ich kann dafür sorgen, dass Sie ein paar Fotos mit ihm zusammen bekommen."

„Damit ich das richtig verstehe: Ihr habt kein Budget für mich."

„Sie wollen sich nur ein paar Anregungen von Ihnen holen."

„Umsonst?"

„Äh, ja. Wir haben ein Team, das an dem Drehbuch schreibt, aber die hängen fest und wir dachten, Sie könnten uns vielleicht eine frische Perspektive bieten. Hätten Sie Zeit für ein telefonisches Brainstorming?"

„Ich würde ihnen gerne sagen, wohin sie sich ihr Brainstorming schieben können. Was dich angeht, hör auf, herumzuspionieren, und sieh zu, dass du hier wegkommst. Ich arbeite nicht umsonst. Nicht mal für Hollywood."

Der Mann breitete die Arme aus. „Hören Sie, ich werde auch nicht bezahlt. Aber es ist eine gute Möglichkeit, einen Fuß ins Business zu kriegen." Er wich zu seinem relativ neuen Porsche zurück.

Nun verstand Jack es. „Du bist ein Praktikant." Hollywood war berühmt für seine unbezahlten, überarbeiteten Praktikanten, die auf den Durchbruch hofften. Einige stammten aus wohlhabenden Familien, während andere gerade so über die Runden kamen.

„Nicht mehr lange, hoffe ich."

Jack stieß frustriert den Atem aus, um den angestauten Frust loszuwerden. „Verschwinde einfach. Und hör auf, Leute zu stalken. Einige Menschen sind nicht so nett wie ich."

„Mein Dad meinte, dass Sie vermutlich nicht darauf eingehen."

„Du solltest öfter auf deinen Vater hören."

Der Junge stolperte ein paar Schritte zurück, schloss seinen Wagen auf und stieg ein.

Jack wandte sich angewidert ab. Es war nicht das erste Mal, dass so eine Bitte an ihn herangetragen wurde. Viele Leute suchten nach einer Abkürzung. Sie wollten von der Arbeit anderer profitieren, ohne dafür Geld auszugeben.

Einer seiner Kollegen hatte einen jahrelangen Rechtsstreit mit einem bekannten Regisseur geführt, der die Idee seines Drehbuchs gestohlen, es ein wenig verändert und zu einem Blockbuster gemacht hatte. Der Drecksack hatte mehr Geld für seine Anwälte ausgegeben, um sich die Zahlung einer Entschädigung zu ersparen, als es ihn gekostet hätte, das Drehbuch zu kaufen.

Jack war zu alt, um dieses Spiel zu spielen.

Der Junge trat das Gaspedal seines schicken Sportwagens durch und schoss in einer Staubwolke vom Parkplatz. Jack hustete und ging dann zum Restaurant zurück.

Als er sich der Tür näherte, kam ihm eine Idee und er nahm das Handy heraus. *Wer nicht wagt, der nicht gewinnt.* Würde sein Glück anhalten?

Er tippte eine schnelle Nachricht ein und zog dann die Tür zum Restaurant auf.

13

„Wir wurden gerufen", sagte Marina zu Kai, als sie ihrer Großmutter in deren weitläufiges Schlafzimmer voller Antiquitäten und Erinnerungsstücken folgten. Gingers Zimmer zu betreten war, wie durch ein Portal in der Zeit zu gehen.

„Da ihr beide jetzt verlobt seid, ist das Timing sehr angemessen", sagte Ginger mit gebietender Stimme, als sie ihre Enkelinnen in ihre Suite führte, in der sie zwischen ihren Reisen mehr als fünfzig Jahre lang gelebt hatte.

Die Sonne schien ins Zimmer und wärmte die honigfarbenen Parkettdielen, die im Laufe der Jahre glattgelaufen worden waren. Ginger hatte weiche, persische Seidenteppiche neben ihrem Bett und in der Sitzecke. Ein antiker Kronleuchter funkelte über ihren Köpfen, und die pfirsichfarbenen Rosen, die aus einer antiken Kristallvase quollen, erfüllten die Luft mit ihrem Duft. Überall im Raum waren silbergerahmte Fotos von Ginger und Bertrand mit ausländischen Würdenträgern kunstvoll verteilt.

Auch wenn der Rest des Cottages eher im Strandlook

eingerichtet war, spiegelte dieser Raum Gingers edlen Geschmack. Die Schätze in diesem Zimmer hatte sie während ihrer Reisen mit Bertrand gesammelt.

Kai wandte sich an Marina und grinste. „Hast du gehört, dass der alte Charlie im Java Beach Wetten annimmt, ob du und Jake es bis vor den Altar schafft? Das macht dich in Summer Beach quasi zu einem Promi."

„Wirklich?" Obwohl Marina schätzte, dass das unausweichlich gewesen war.

Ginger schürzte missbilligend die Lippen. „Charlie würde Wetten auf den Sonnenaufgang annehmen, wenn er einen Dummen dafür fände."

„Wie schlagen wir uns im Vergleich zu dir und Axe?"

Kai verzog den Mund. „Es tut mir leid, das sagen zu müssen, aber nicht ganz so gut. Wobei ihr ihnen immer noch das Gegenteil beweisen könnt."

„Oh, danke für die Ermutigung."

Marina war überrascht, dass ihre Verlobung mit Jack – und Leo – in Rekordzeit in Summer Beach die Runde gemacht hatte. Sie fragte sich, wer die Einzelheiten ausgeplaudert hatte, doch dann erinnerte sie sich daran, nicht weit von ihrer Party am Strand einige Einheimische gesehen zu haben. Der Strand war immerhin öffentliches Gebiet. Und sie waren während Leos Antrag nicht gerade leise gewesen.

Ginger öffnete die Tür zu ihrem riesigen, maßgefertigten Kleiderschrank. Dann holte sie stolz einen verschlossenen Kleidersack heraus. „Heather hat mir geholfen, das hier auf dem Dachboden zu finden." Sie zog den Reißverschluss auf.

Marina beugte sich neugierig vor.

„Das ist mein Hochzeitskleid." Ginger zog ein langes

Seidenkleid hervor und drapierte es auf dem Bett. „Ihr müsste es natürlich nicht nehmen. Ich will weder euren Modegeschmack noch euren Selbstausdruck behindern."

Geliebte Erinnerungen stiegen in Marina auf.

Ginger strich ehrerbietig über den Stoff und lächelte. „Dieses Kleid ist nur zweimal getragen worden. Einmal, als ich meinen geliebten Bertrand geheiratet habe …" Ihre Augen leuchteten mit alten Erinnerungen auf und ihre Stimme verebbte.

„Mom hat es auch getragen", sagte Marina leise und hob den Saum an.

„Ja, meine liebste Sandi." Ginger nahm ein Foto in die Hand, das Marinas Mutter und Vater bei ihrer Hochzeit am Strand zeigte. Auf dem Foto trug sie das Kleid. Daneben stand ein schwarz-weißes Hochzeitsfoto von Ginger und Bertrand. „Eure Mutter hat in dem Kleid wie ein Engel ausgesehen. Es trägt so viele glückliche Erinnerungen in sich."

„Ja, für mich auch." Marina strich mit der Hand über den glänzenden Stoff. Durch die zum Meer zeigenden Fenster warf die Sonne einen Schimmer auf das Kleid. Marinas Herz füllte sich mit einer alten Sehnsucht. „Ich erinnere mich an den Tag, an dem ich Mom angebettelt habe, das Kleid anzuziehen. Ich sagte ihr, sie sähe aus wie eine Märchenprinzessin, und sie hat mir versprochen, dass ich es eines Tages tragen würde. Zu meiner Hochzeit."

Die Szene begleitete Marina seit Jahren, und sie hatte immer angenommen, dass sie dieses exquisite Kleid einmal tragen würde. Aber nun, als das Vintage-Kleid nach ihr rief, kamen auch andere Erinnerungen in ihr hoch.

Bei ihrer Hochzeit mit Stan waren sie so in Eile gewesen, weil er bald hatte ausrücken müssen, dass sie sich für eine schlichtere Zeremonie entschieden hatten. Es war nicht genügend Zeit gewesen, um das Kleid quer durchs Land zu schicken, also hatte Marina sich hastig eines in einer örtlichen Boutique gekauft.

Nun konnte sie kaum glauben, dass sie erneut heiraten würde. Dank Leo bekam sie eine zweite Chance mit einem Mann, den sie liebte. Sie Erinnerung an Jacks ungelenken Antrag ließ sie lächeln. Ganz sicher würden sie eines Tages darüber lachen.

So wie es der Rest des Ortes bereits tat.

„Warum habe ich dieses Kleid noch nie gesehen?", fragte Kai mit einem Anflug von Traurigkeit in der Stimme.

„Du warst damals noch sehr jung", antwortete Marina.

Kai runzelte die Stirn. „Ich kann mich aber nicht erinnern, dass Brooke es getragen hat."

„Das stimmt", bestätigte Ginger. „Sie hat ein Spitzenkleid aus Baumwolle und dazu ihre Birkenstocks getragen. Bequemlichkeit geht vor, das ist das Motto unserer lieben Brooke. Sie hat allerdings bezaubernd ausgesehen."

Marina hob das Kleid vorsichtig an und hielt es sich vor. Der Stoff sammelte sich wunderschön am Boden, obwohl sie auf Zehenspitzen stand. Kai hatte Gingers Größe, während Marina und Brooke etwas kleiner waren. Sie schaute sich im Spiegel an. Der weiche, gebrochen weiße Stoff brachte ihre neue Haarfarbe wunderbar zur Geltung.

Kai verzog die Lippen zu einem leichten Schmollen, das Marina sofort wiedererkannte. „Das ist so hübsch."

Kai hatte Marina immer leidgetan, weil sie beim Tod ihrer Eltern noch so jung gewesen war. Marina hatte kurz davor gestanden, aufs College zu gehen, und Brooke hatte mit der Highschool angefangen, sodass sie beide alt genug waren, um lebhafte Erinnerungen an ihr Eltern zu haben. Kai hatte die nicht.

„Ich bin mir sicher, dass Sandi es geliebt hätte, wenn eine ihrer Töchter das Kleid tragen würde." Ein Lächeln breitete sich auf Gingers Gesicht aus, als ihr Blick diplomatisch zwischen den Schwestern hin und her glitt. „Für mich war es definitiv einer der schönsten Tage meines Lebens."

Kai stemmte eine Hand in die Hüfte und musterte das Kleid. „Das ist für dich zu lang, Marina."

„Ich kann es umnähen lassen."

„Aber ich müsste das nicht. Lass es mich mal anprobieren."

„Aber ich …" Bevor Marina den Satz beenden konnte, hatte Kai ihr Sommerkleid ausgezogen und griff nach dem Hochzeitskleid. Schluckend übergab Marina es ihr.

Ihre Schwester schlüpfte in das Kleid, und der seidige Stoff umschmeichelte ihre Hüften und betonte ihre Figur an all den richtigen Stellen. Kai wirbelte vor dem Spiegel im Kreis herum. Mit ihren rotblonden Haaren sah sie aus wie eine Elfenbeingöttin.

„Seht ihr? Es passt mir perfekt."

Das stimmt, dachte Marina unsicher und straffte die Schultern, während sie ihren Bauch einzog. Ihre Tage in der Küche zu verbringen und die Gerichte zu kosten, die sie kreierte, war ihr ein wenig auf die Hüften geschlagen. Als Nachrichtensprecherin in San Francisco hatte sie streng auf ihr Gewicht achten müssen. Doch nach dem Verlust des Jobs und ihres Umzugs nach Summer Beach hatte sie Freiheit darin gefunden, nicht mehr jede Kalorie zählen zu müssen.

Marina spürte Gingers Blick auf sich, als warte sie auf

ihre Zustimmung. Ein sinkendes Gefühl breitete sich in ihr aus. Wie könnte sie ihrer jüngeren Schwester diesen Traum verwehren?

Ihr eigenes Verlangen erstickend, legte Marina einen Arm um Kais schmale Schulter und schaute ihre Schwester im Spiegel an. „Dieses Kleid sieht aus wie für dich gemacht. Also sollst du es tragen."

Kai schlang die Arme um Marina. „Du bist die Beste. Ich hatte Angst, dass du traurig wirst."

„Ich?" Marina lachte erstickt auf. „O nein, ich habe etwas anderes im Sinn." Über die Schulter ihrer Schwester sah sie, wie Ginger zustimmend nickte.

Doch innerlich brach Marinas Herz, als ihr Traum verwehte. Das hier ist das Richtige, sagte sie sich. Das Kleid sah an Kai besser aus. Ihre Schwester hatte Gingers schlanken Körperbau, dazu tanzte und trainierte sie jeden Tag. Außerdem war es Kais erste Hochzeit.

Dennoch wollte Marina für Jack schön aussehen. Das hier war ihre Für-Immer-Hochzeit – vorausgesetzt, das Schicksal spielte mit. Sie biss sich auf die Unterlippe.

„Ihr werdet beide wunderschöne Bräute sein." Ginger umarmte ihre Enkelinnen und gab ihnen beiden einen Kuss auf die Wange. „Eure Mutter lächelt bestimmt auf euch herab."

Ginger hat ihre einzige Tochter verloren, ermahnte Marina sich und kam sich auf einmal ganz klein vor, weil sie Kai das Gefühl missgönnte, sich der Mutter nahe zu fühlen, die sie kaum gekannt hatte.

Noch einmal die Chance zu haben, einen Mann zu heiraten, den sie liebte, war etwas, das Marina sich kaum vorzustellen gewagt hatte. Und ganz sicher sollte das doch genug sein, oder?

Kai zog das Kleid aus. „Ich bin froh, dass das geklärt ist. Axe und ich haben noch viel zu tun für die neue Show. Wenn es euch nichts ausmacht, nehme ich das mit. Wir sehen uns später."

Sobald Kai gegangen war, griff Ginger nach einem anderen Kleidersack. „Da Kai das Hochzeitskleid trägt, dachte ich, das hier würde dir vielleicht gefallen." Sie zog ein langes Stück Spitzenstoff heraus.

„Das ist der Mantel, den ich über dem Kleid getragen habe. Er war perfekt für einen lauen Sommerabend. Und er ist leicht zu kürzen. Deine Mutter hat ihn auch getragen." Sie nickte in Richtung eines kleineren Fotos.

„Der ist so hübsch", sagte Marina ein wenig zurückhaltend. „Aber wenn er zum Kleid gehört, sollte Kai ihn dann nicht tragen?"

„Für Kais Geschmack ist er vermutlich zu konservativ, meinst du nicht?" Ein Lächeln tanzte über Gingers Gesicht, als sie Marina den Mantel anhielt. „Dieser Mantel aus reiner Spitze wird über einem schlichten Etuikleid spektakulär aussehen. Mein lieber Bertrand hat ihn den Inbegriff der Eleganz genannt. Jahre später habe ich ihn zu einem Diplomatenball in Paris getragen. Es ist ein ziemlich besonderes Stück."

Marina umarmte ihre Großmutter. „Du weiß immer das Richtige zu sagen."

„Tja, es war besser, als das Kleid in zwei Teile zu trennen." Ginger lachte leise. „Aber du warst bewundernswert großzügig. Ein wahrer Beweis deines Charakters."

Marinas Wangen wurden heiß. „Ehrlich gesagt habe ich damit gekämpft."

„Das war eindeutig zu sehen. Also für mich. Nicht für Kai." Ginger tätschelte Marinas Hand. „Jack wird es lieben, dich hierin zu sehen." Sie sah Marina an. „Ist er immer noch entschlossen?"

Marina nickte. „Er will auch den Abend im *Beaches* nachholen."

„Vielleicht hat der attraktive Arzt geholfen, ihm ein wenig Feuer unterm Hintern zu machen."

Nach einer betriebsamen Mittagsschicht im Restaurant überließ Marina ihrem neuen Koch Cruise die Hoheit in der Küche. Heute würde der Foodtruck geliefert werden. Als sie Judith mit dem Fahrzeug vorfahren sah, ging Marina ihr entgegen, um sie zu begrüßen.

„Da ist sie!", rief Judith aus dem offenen Fenster. Dann stieg sie aus, einen Stapel Papiere in der Hand. „Ich habe Bessie für dich reinigen lassen, und wenn du willst, können wir die endgültigen Verträge unterzeichnen. Schau dich ruhig in ihr um."

Marina betrat den Foodtruck und sah sofort, dass Judith sich besondere Mühe mit der Reinigung gegeben hatte. In den Schränken lagen sogar Papierservietten und andere Notwendigkeiten. „Willst du die Sachen nicht haben?"

„Ich habe keinen Nutzen mehr für sie, also kannst du sie gerne behalten."

„Danke. Ich habe vor, Bessie dieses Wochenende einzusetzen. Meine Schwester hat eine Premiere in der Muschel."

„Ich habe gehört, dass das Weihnachtsstück letztes Jahr ziemlich lustig war. Ich wünschte, ich hätte es gesehen." Judith lehnte sich gegen das Fahrzeug. „Ich habe sie Bessie genannt, aber du kannst ihr einen anderen Namen geben."

Marina überlegte. „Ich habe an Coralina gedacht. Das passt gut zu ihrer neuen Lackierung."

„Ich bin so froh, dass du sie übernimmst. Ich kann es kaum erwarten, mein neues Leben in Neuseeland zu beginnen, und es macht mich glücklich, dass Bessie – ich meine Coralina – bei dir in guten Händen ist. Es hat lange gedauert, sie so herzurichten, wie ich sie haben wollte."

„Mir sind all die kleinen Details aufgefallen, die du hast einbauen lassen. Und die Blumen sind wunderschön. Was für eine hübsche Idee." An einer Wand hing eine kleine Vase mit Rosen. Judith hatte wirklich an alles gedacht.

Nun zeigte sie Marina, wie alles funktionierte. „Die Vase ist an einem Schwingarm befestigt, sodass du sie aus dem Servierfenster schieben kannst, wenn du geöffnet hast. Blumen geben eine gute Energie ab. Die Leute haben mich ständig darauf angesprochen."

„Das glaube ich." Marina konnte sich gut vorstellen, wie die korallenroten Rosen aus Gingers Garten darin aussehen und ihre Marke diskret unterstützen würden. Oft waren es die Kleinigkeiten, die Leute willkommen hießen und ihnen ein heimeliges Gefühl gaben.

Heather kam über den Pfad geeilt. „Hey Mom. Ist das der Neuzugang?"

Marina stellte ihre Tochter und Judith einander vor. „Ja, das ist Coralina. Ihre Jungfernfahrt wird die Premiere am Theater sein."

Heather blickte nachdenklich drein. „Wow, damit können wir viel Spaß haben. Ich weiß einige Konzerte, auf die Cruise und ich mit ihr fahren können. Oder einfach nur an den Wochenenden die Küste rauf und runter." Sie fing an, das Innere zu erkunden.

„Wie es aussieht, haben wir einen Deal." Marina

reichte Judith den Scheck von ihrer Bank, dann unterschrieben die beiden Frauen den Vertrag und schüttelten einander die Hand.

Als sie aus dem Fahrzeug stiegen, reichte Judith die Schlüssel an Marina. „Ich hoffe, du erlebst mit dem Truck viele tolle Abenteuer."

„Und ich wünsche dir nur das Beste für die Hochzeit und euer neues Restaurant." Marina umarmte sie.

„Die unerwarteten Kapitel im Leben bringen am meisten Spaß", sagte Judith.

Marina klimperte glücklich mit den Schlüsseln. „Das sagt meine Großmutter auch immer."

Sie hatte versucht, alles für ihr nächstes Kapitel vorzubereiten. Der Foodtruck war hier und einsatzbereit. Was das Jack-Kapitel anging, wünschte sie, sie könnte genauso sicher sein. Aber ein zweimal versetztes Kind scheut das Feuer, dachte sie.

14

„Willkommen zu Kais Broadway-Brautparty", begrüßte Marina die Frauen an ihrem Café.

Billie, Jen und Leilani hatten mit der Dekoration in so kurzer Zeit einen fabelhaften Job bemacht, aber sie hatten auch den Kostüm- und Requisitenfundus des Theaters stürmen dürfen. Viele der Gäste waren bereits verkleidet.

„Hier entlang", sagte Heather. Sie trug eine kleine, freche Schiebermütze auf ihren langen Haaren.

„Der Hut sieht an dir besser aus", sagte Marina zu ihr, denn ihre Mütze rutschte immer wieder runter.

„Ich habe sie mit Haarklammern festgesteckt. Ich kann dir welche geben." Heather rückte die Mütze ihrer Mutter zurecht und steckte sie fest. „Und wenn sie ein wenig schief sitzt, sieht es besser aus."

Marina musterte ihr Spiegelbild in der Fensterscheibe. Das Platzanweiserkostüm bestand aus einer roten Jacke und schwarzen Stoffhosen. Es machte Spaß, sich zu verkleiden, und brachte alle sofort in Partystimmung. „Viel besser.

Danke. Kai wird dich in Nullkommanichts zur Garderobiere machen."

Heather zog ihre Jacke glatt und lachte. „Nein danke. Ich habe genug zu tun."

„Ethan hat erwähnt, dass du einen neuen Praktikumsplatz hast."

„Das sollte er noch nicht verraten." Mit einem glücklichen, geheimnisvollen Blick fügte Heather an: „Es ist noch nicht endgültig, aber ich erzähle dir später davon. Hier, nimm ein paar Programme."

Marina begann, die Programme zu verteilen. *Kais Boradway-Brautparty* war auf die Vorderseite gedruckt. Im inneren gab es eine Liste mit den Speisen und den musikalischen Beiträgen. Heather hatte ihre Grafikkünste genutzt, um das Programm zu erstellen und am Morgen zu drucken.

Marina hatte den späten Lunch als Buffet angerichtet. Es gab einen Shrimp-Cocktail, Avocado-Toast und Street-Tacos mit Mango-Salsa. Eine kalte Avocado-Gazpacho und eine Salatbar rundeten das leichte Mahl ab.

Aufgrund der geringen Vorlaufzeit hatten Ginger und Brooke geholfen, alles vorzubereiten, und Marina hatte ihre neuen Angestellten dazugeholt. Während des Mittagsansturms im Café hatten sie in Gingers Küche einen Großteil der Vorarbeiten übernommen. Das Essen war gerade so eben rechtzeitig fertig geworden, doch das war der halbe Spaß, wie Ginger behauptete.

Ivy und Shelly waren unter den ersten Gästen, die eintrafen, gefolgt von mehreren von Kais Theaterfreunden – Frauen und Männer – aus Los Angeles.

„Wow, schick", sagte Shelly und sah sich um.

Requisiten und Erinnerungsstücke aus dem Theater

waren auf der Terrasse verteilt. Gemalte Ladenfronten, übergroße Geschenke und künstliche, mit Strandornamenten geschmückte Palmen vervollständigten die Dekoration.

„Und sieh dir nur die Tische an", sagte Ivy.

Auf jedem Tisch standen Blumen von *Blossoms*, die Imani, die Besitzerin, früher am Tag vorbeigebracht hatte. Ginger hatte ihre antiken Kristallgläser, ihr Silberbesteck und die Porzellanteller zur Verfügung gestellt. Die verschiedenen Muster sorgten für einen festlichen Cottage-Look. Leilani hatte die Terrasse mit großen Topfpflanzen in eine üppige Oase verwandelt.

Auf einem anderen Tisch sammelten sich die Geschenke der Gäste. Kai hatte nicht mehr als ihre Kleidung in Axes Bungalow zu bringen, weil sie seit Jahren aus dem Koffer lebte. Allerdings hatte Ginger ein paar Sachen für sie beiseitegestellt.

Axes kleines Haus in der Nähe des Ortes war gut erhalten, obwohl er den Großteil seines Geldes in sein Bauunternehmen investiert hatte – und in seinen anderen Traum, das Amphitheater.

Kai, gekleidet in ein kurzes Kleid mit Hawaiimuster und eine Blumenkette, eilte mit ausgebreiteten Armen auf die Gruppe zu. „Ich bin so froh, dass ihr alle da seid!", rief sie inmitten einer Flut aus Wangenküssen und Umarmungen aus. Sie packte die Hand einer jüngeren Version von ihr selbst, einer schlanken Frau mit wallenden blonden Haaren. „Vor allem du, Madison. Du warst die beste Zweitbesetzung, die ich je hatte."

Die jüngere Frau strahlte. „Als du so plötzlich gegangen bist, habe ich meine Chance auf deine Rolle bekommen, und dafür werde ich dir immer dankbar sein."

„Es war an der Zeit, mich zurückzuziehen und ein neues Kapitel aufzuschlagen", sagte Kai glücklich.

Marina wusste, dass der Ausstieg für ihre Schwester nicht ganz so nahtlos über die Bühne gegangen war, aber jetzt war nicht der richtige Zeitpunkt, um Kais Ex Dimitri anzubringen. Das schien Madison genauso zu empfinden, auch wenn die Geschichte Kai inzwischen nicht mehr zu berühren schien.

„Jetzt kannst du endlich alle kennenlernen." Kai winkte in Richtung des Cafés, das Marina aufgrund der Party für die Öffentlichkeit geschlossen hatte. „Sieh nur, Billie, wer gerade gekommen ist."

Ihre Freundinnen umarmten einander zur Begrüßung, und hier und da hallte Gelächter aus der Gruppe auf. Madison war mit mehreren Kollegen aus der Kompanie gekommen, zu der Kai einst gehört hatte. Sie waren jahrelang zusammen aufgetreten und gereist.

„Wir wollen Axe kennenlernen", sagte Madison. „Nur du konntest am Strand einen singenden Cowboy aus Montana kennenlernen."

Billie zog eine Augenbraue in die Höhe. „Der noch dazu wahnsinnig heiß ist."

„Ihr bekommt eure Chance noch." Grinsend schlang Kai die Arme um ihre Freundinnen. „Wir treffen uns alle nach der Party im *Spirit & Vine*. Es könnte sein, dass er ein paar Freunde dabei hat."

„Singles?"

„Die meisten von ihnen." Kai zwinkerte ihr zu. „Und ihr müsst alle für die Aufführung in der Muschel bleiben. Es ist die Weltpremiere für unser *Belles on the Beach*."

„Das würden wir um nichts in der Welt verpassen",

versicherte Madison. „Wir sind alle im Seabreeze Inn untergekommen."

Sie fuhren fort, sich über gemeinsame Freunde zu unterhalten. Die meisten Gäste hatten Dimitri, mit dem Kai zuvor verlobt gewesen war, gekannt. Marina war froh, dass niemand den Produzenten aus New York erwähnte. Sie konnte sich nicht vorstellen, dass Kai mit ihm jemals glücklich geworden wäre.

Axe hingegen war ein großzügiger, warmherziger Mann, der Kais Liebe zum Theater teilte. Die beiden an einem sternklaren Abend ein Duett in der Muschel singen zu hören war magisch. Sie hatten ihre wahre Berufung gefunden – und einander.

Marina genoss es, mit Kais Freunden zu plaudern, die im ganzen Land Broadway-Hits aufgeführt hatten. Sie waren so unterschiedlich, wie man nur sein konnte, doch alle waren talentierte, hart arbeitende Schauspieler. Bald hallte allgemeines Geplapper und Gelächter durch die Luft.

Ein paar Minuten später tippte Marina mit einem Löffel an ein Glas, um die Aufmerksamkeit aller zu erregen. „Für alle, die hungrig und durstig sind, haben wir Appetithäppchen und Getränke parat."

„Das wäre dann für mich", sagte Madison. „Aber Kai, du bist als Erste dran."

Während die Gäste sich am Buffet einreihten, hatte Ginger, vom Cottage kommend, ihren großen Auftritt. Sie trug eine langes, mit Blumen bedrucktes Kleid und eine mehrreihige Kette mit türkisfarbenen Steinen.

Stolz hakte Kai sich bei ihrer Großmutter unter. „Ihr alle habt schon von meiner Großmutter gehört. Das hier ist die fabelhafte Ginger Delavie, der meine Schwestern und ich alles zu verdanken haben."

Ginger gab Kai einen Kuss auf die Wange. „Meine Liebe, ihr hättet es auch ohne mich geschafft. Ihr seid das unbeugsame Trio."

„Was glaubst du, woher wir das haben?", fragte Brooke.

Marina lachte mit ihr. Alle drei Schwestern hatten einen unterschiedlichen Weg eingeschlagen, und doch waren sie nun hier, endlich wiedervereint.

Bald hatten die Gäste ihre Teller gefüllt und nahmen unter den korallenfarbenen Sonnenschirmen Platz. Marina freute sich, dass das Essen allen zu schmecken schien.

Als sie mit dem Essen fertig waren, tippte Billie an ihr Glas. „Für Kais Brautparty ist der Broadway nach Summer Beach gekommen. Da wir hier alle Schwestern sind, lasst uns mit einer Nummer aus *Hamilton* beginnen!"

Jubelrufe ertöten, und drei Frauen in Kostümen tauchten aus dem Cottage auf, wo Marina in Gingers Arbeitszimmer und Bertrands alter Bibliothek, in der noch ein Hauch von dem Vanilleduft seines Pfeifentabaks in der Luft hing, Garderoben eingerichtet hatte.

Einer von Kais Freunden war für die Musik zuständig und ließ die ersten Töne erklingen. Das Trio brach in Gesang aus und gab seine Version von „Helpless" zum Besten.

Erneut jubelten die Gäste, und bald sangen alle mit. Als Nächstes nahm ein Paar aus Los Angeles den Platz auf der Bühne ein und sang „Somewhere (There's A Place For Us)", ein Liebeslied aus der *West Side Story*.

Immer mehr Freunde traten mit weiteren Liedern auf, bis alle auf den Beinen waren und klatschten. Für den letzten Song gesellte Kai sich zu ihnen. Es war aus dem *König der Löwen*: „Can You Feel the Love Tonight?", und alle wiegten sich im Rhythmus mit.

Marina liebte es, Kai in ihrem Element zu sehen. „Sie ist so unglaublich talentiert", sagte sie zu Ginger und Brooke. Sie konnte es kaum erwarten, die Produktion zu sehen, an der Kai und Axe arbeiteten. „Mit dem Schreiben und Regieführen hat sie sich wirklich gefunden."

Lächelnd presste Ginger ihre Handflächen zusammen. „Kai ist ein Schatz, aber ihr alle seid in euren gewählten Berufen talentiert." Sie strahlte sie an. „Meine drei wundervollen Enkelinnen."

„Vergiss die nächste Generation nicht", sagte Brooke. „Wie es aussieht, hat Oakley das Talent seiner Urgroßmutter für Mathe geerbt."

„Das hat er", stimmte Ginger mit Stolz in der Stimme zu. „Und es ist gut von euch, dass ihr ihn ermutigt. Ich wette, die Welt der Chiffren und Codes wird ihn genauso faszinieren wie euch damals. Ach, ich sollte es ihnen allen beibringen, einschließlich des neuesten Familienzugangs, dem jungen Leo." Sie lächelte Marina an. „Er ist schon so erwachsen."

Marina kannte den Grund dafür. Vanessa war eine wundervolle Mutter, aber ihre Krankheit mitzuerleben und den Vater zu treffen, den er nie gekannt hatte, hatte Leo auf eine Weise erwachsen werden lassen, die über sein Alter hinausging. Vielleicht hatte er deshalb die Voraussicht gehabt und ihr anstelle seines Vaters den Antrag gemacht. Und vielleicht war dieser Antrag nicht so impulsiv gewesen, wie es ausgesehen hatte.

Mehr als alles andere wollte Marina, dass Leo ein sorgenfreier kleiner Junge sein konnte. An den meisten Tagen brauchte es nicht mehr, als mit Scout am Strand herumzutollen, um ihm ein Lächeln ins Gesicht zu

zaubern. Doch Marina war entschlossen, die beste Stief-
mutter zu sein, die er sich wünschen konnte.

Als der Showteil ein Ende fand, entschuldigte Marina
sich, um sich um das Dessert zu kümmern. Kai hakte sich
bei ihr unter und begleitete sie. „Diese Party ist wundervoll
und bedeutet mir so viel. Danke, dass du das alles so kurzfristig auf die Beine gestellt hast."

„Ich hatte viele helfende Hände, aber für dich würde
ich alles tun", sagte Marina und meinte es auch so. Sie
wollte, dass Kai ihre Ehe so glücklich antrat, wie es nur
möglich war.

Kai folgte ihr in die Küche. „Was machen wir für deine
Brautparty?"

Marina holte ein Tablett mit Mousse au Chocolat in
kleinen Gläsern heraus, dazu eine Schüssel mit Schlagsahne, die sie früher am Tag vorbereitet hatte. „Jetzt, wo ich
offiziell mit Jack und Leo verlobt bin?"

„Leo ist bezaubernd", sagte Kai. „Und o mein Gott,
wenn er mich gefragt hätte, hätte ich bestimmt auch Ja
gesagt. Dann wäre Axe zwar enttäuscht gewesen, aber wie
kann man zu dem kleinen Mann Nein sagen?"

Marina schüttelte den Kopf, immer noch verblüfft über
den Jungen. „Was ich wirklich gesagt habe, war *Yeesy Louisey*,
aber das hat Leo gereicht."

„Und Jack offenbar auch." Kai lächelte. „Sollen wir also
bald eine Party für dich planen?"

„Ich brauche keine, aber danke, dass du daran denkst.
Jack und ich haben alles, was wir benötigen." Während sie
sich unterhielten, gab Marina die Schlagsahne auf die
Gläser mit der Mousse au Chocolat.

Kai setzte sich auf einen der Barhocker neben der
Arbeitsfläche. „Hat er schon was von einem Ring gesagt?"

„Ein schlichter Reif genügt. Vergiss nicht, ich habe meine Hände den ganzen Tag in Lebensmitteln." Mit Stan hatte sie auch nur einen schlichten Ring getragen, und damit war sie glücklich gewesen.

Kais Miene fiel in sich zusammen. „Ich bin mir sicher, dass er etwas anderes für dich im Sinn hat."

„Wir befinden uns in einer anderen Lebensphase als Axe und du. Wir haben Kinder, an die wir zuerst denken müssen."

Kai riss die Augen auf. „Überlegt ihr, noch weitere zu bekommen?"

Marina stieß sie mit der Schulter an. „Benimm dich."

„Was denn? Ich sage nur, dass das noch möglich ist, oder?"

„Technisch gesehen schon, nehme ich an. Aber nein. Wir sind damit durch."

Kais Augen funkelten, und sie nahm sich einen Nachtisch. „Das werden wir ja sehen."

Marina wollte dringend das Thema wechseln. „Was ist mit dir und Axe?"

„Das wird eine Überraschung." Kai schnappte sich einen Löffel und probierte die Mousse. „Oh, die ist fabelhaft."

Marina gab einen Klecks Schlagsahne auf ihr Glas. „So wie das Datum eurer Hochzeit? Die Leute würden es gerne wissen, damit sie entsprechend planen können. Es bleibt nicht mehr viel Zeit in diesem Sommer."

Kai grinste verschmitzt und ignorierte die Frage, während sie weiter aß. „Hm, das ist einfach köstlich."

„Das Datum, Kai. Ihr wart diejenigen, die es vorziehen wollten." Marina runzelte die Stirn, während ihre Schwester ihren Fragen weiter auswich. „Ist etwas passiert?"

Kai kratzte den Rest des Desserts aus dem Glas und stellte es dann ab. „Ich mache mir keine Sorgen. Ich bin mir sicher, dass alle da sein werden."

Das ergab für Marina keinen Sinn. „Habt ihr eine Art Flashmob-Hochzeit auf der Hauptstraße geplant? Oder am Strand?"

Kai schnippte mit den Fingern. „Das ist keine schlechte Idee …" Mit einem geheimnisvollen Lächeln schwang sie sich vom Hocker und kehrte zu ihren Gästen zurück.

Als die Party später ins *Spirits & Vine* umzog, hatten alle eine wundervolle Zeit. Marina betrat die gut besetzte Weinbar und folgte Kai zu dem Bereich, den Axe bereits für sie reserviert hatte.

Ihr Kostüm von Kais Party hatte sie gegen ein Sommerkleid ausgetauscht. Denn so lustig das Outfit auch gewesen war, für diese Jahreszeit war es ein wenig zu warm. Zu dem hellgelben Kleid trug sie ein paar bunte Wedges, die ihre Laune noch mehr hoben. Von dem Kochen für Menschen, die sie liebte, bis zu den Gesprächen mit Freunden und Familie war es ein beinahe perfekter Tag gewesen.

„Marina, hier!" Jack winkte von dem langen Ende des Tisches, wo er bei einem Glas Wein und einer Platte mit italienischem Schinken und Käse saß.

„Ich wusste gar nicht, dass du auch hier sein würdest." Sie freute sich riesig, ihn zu sehen.

Er gab ihr einen sanften Kuss. „Ich dachte, ich überrasche dich. Aber dieses Mal auf gute Weise. Ich glaube, ich werde mich noch lange dafür entschuldigen, dich bei dem Dinner versetzt zu haben."

Sie verschränkte ihre Finger mit seinen. „Das Barbecue vor Kurzem war ein guter Anfang."

„Ah, Leo. Was für ein Kind. Ich schwöre, dass ich ihn nicht dazu angestiftet habe. So klug bin ich nicht." Er zog besorgt die Augenbrauen zusammen. „Bist du sicher, dass du es dir nicht noch mal überlegen willst? Ich weiß, ich bin nicht gerade der Hauptpreis, und ich habe gehört, dass der neue Arzt dich nach Hause gefahren hat."

Ihre Haut kribbelte, und Marina seufzte. War seine alte Angewohnheit, einen Rückzieher zu machen, wieder da? „Was ist, wenn ich entscheide, dich von diesem Versprechen nicht zu erlösen?"

Erleichterung breitete sich auf seinen Zügen aus. „Meinst du das ernst?"

„Ich hätte nicht Ja gesagt, wenn ich es nicht gemeint hätte."

„Tja, wo du das gerade erwähnst, wo ist Louise?", spielte er auf ihr *Yeesy Lousey* an.

Die Besitzerin des *Laundry Basket*, die am Nebentisch saß, schaute auf und Jack hob die Hände. „Sorry, dich habe ich nicht gemeint, Louise."

„Du bist unmöglich." Marina stieß ihm spielerisch in die Rippen. „Ich gebe dir dreißig Sekunden, um ein Glas Wein vor mich zu stellen, oder ich suche mir einen anderen. Selbst wenn du der attraktivste Mann hier bist." Marina verschränkte die Arme vor der Brust und ließ ihren Blick über ihn gleiten. Was er mit einem weißen Strickhemd anstellte, sollte verboten sein. Jack joggte nicht nur am Strand, er sah auch aus, als hätte er etwas Schwereres gehoben als nur einen Zeichenstift oder einen Laptop.

Schnell schob er ihr sein Glas zu und winkte dem Kellner. „Die Brautparty muss hart gewesen sein."

Marina lachte leise und lehnte sich an ihn. Wenn sie weiterhin über ihre Missgeschicke lachen konnten, hatten sie eine Chance. Denn im Leben lief es nicht immer glatt.

Jack legte einen Arm um sie und gab ihr einen federleichten Kuss. „Ich werde mein Bestes geben, um dich nicht wieder zu enttäuschen. Ich kann nicht versprechen, dass es nie mehr passiert, denn manchmal schmeißt sich das Leben dazwischen, aber ich werde mich jeden Tag bemühen." Er vergrub seine Nase an ihrem Hals. „Ich liebe dich, Marina. Mehr, als ich es je für möglich gehalten hätte. Ich bin der glücklichste Mann der Welt."

Das waren die Worte, die zu hören sie liebte. Doch bevor sie etwas erwidern konnte, gesellten sich Kai und ihre Freunde zu ihnen an den Tisch, und die Party ging weiter.

Ein wenig später, nachdem sie ihren Wein getrunken und die gemischte Platte aufgegessen hatten, ergriff Jack die Hand von Marina. „Ich wollte eigentlich noch warten, aber ich habe etwas, das ich mit dir teilen möchte. Kommst du mit zu mir nach Hause?"

Neugierig stimmte Marina zu. Gemeinsam gingen sie zu Jacks Häuschen am Strand. Als sie sich der Haustür näherte, drang von hinter dem Haus laute Heavy-Metal-Musik an ihre Ohren.

„Da feiert wohl jemand eine Party." Marina nickte in Richtung des Streifenwagens, der gerade in die Straße einbog. „Es klingt beinahe so, als käme es aus deinem Haus."

Jack rieb sich übers Kinn. „Vermutlich sind das meine Mieter. Sie bleiben nicht mehr lange, waren aber ziemlich problematisch."

„Musst du das Atelier vermieten?"

„Es hilft. Ich sage ihnen besser, dass sie die Musik leiser

stellen sollen. Vermutlich hat einer der Nachbarn die Polizei gerufen."

„Ich wette, das macht dich im Viertel sehr beliebt."

Marina spürte das Dröhnen des Basses. Den Nachbarn ging es vermutlich genauso. Der Streifenwagen hielt vor dem Haus an, und der beeindruckende Chief Clarkson stieg aus.

„Ich kann mir denken, warum du hier bist", sagte Jack verlegen. „Ich war nicht zu Hause, aber ich sage den Jungs, dass sie die Musik leiser machen sollen."

„Das kann nicht zur Gewohnheit werden", sagte Clark. „Deine Nachbarn haben Besseres verdient."

„Es sind nur ein paar Jungs, die hier sind, um zu surfen und Spaß zu haben. Ich hätte nicht gedacht, dass sie zum Problem werden, aber ich gehe sofort zu ihnen."

„Dieses Mal begleite ich dich." Der Chief rückte seinen Gürtel zurecht, an dem seine Ausrüstung hing.

Jack öffnete die Tür und ging durch den Bungalow hindurch. Scout saß wimmernd in einer Ecke der Küche, und Marina kniete sich neben ihn, um ihn zu beruhigen.

„Armes Baby, die Musik ist zu laut für dich, oder?" Sie hatte Jack überredet, eine Hundeklappe in die Küchentür einzubauen, damit er sich ins Haus zurückziehen konnte, wenn er Ruhe brauchte.

Sie fragte sich, wie lange Jack das Atelier noch vermieten wollte. Auch wenn sie wusste, dass er das Extraeinkommen schätzte, zog sie es vor, ihre Privatsphäre zu haben. Vor allem, wenn seine Gäste alle von diesem Kaliber waren.

Während Jack und der Chief hinten in den Garten hinausgingen, suchte Marina in der Küche nach einem

Leckerchen für Scout. Dabei schob sie leere Müslipa-ckungen und benutztes Geschirr beiseite.

„Sieh sich einer dieses Chaos an", murmelte sie.

Abgesehen von dem Desaster sah es so aus, als hätte Jack aus irgendeinem Grund in der Küche gearbeitet. Sein Laptop und seine Zeichenutensilien waren auf dem Küchentisch verteilt und die Vorhänge waren zugezogen. Scout wimmerte ein wenig schuldbewusst.

„Das ist nicht deine Schuld, mein Junge." Vorsichtig schob sie einen Stapel alter Pizzakartons zur Seite. Jetzt wusste sie, was Jack aß, wenn er nicht im Café war.

In der Spüle stapelte sich benutztes Geschirr. So wie es aussah, hatte Jack Eier zubereitet. Und Pfannkuchen. Marina rümpfte die Nase. Der Herd, der Kühlschrank – das alles musste mal gründlich geputzt werden. Genau wie der Fußboden.

Sie hatte so viel zu tun gehabt, dass sie länger nicht mehr hier gewesen war. Ein Karton mit Hundeleckerchen stand neben einer Fertigmischung Makkaroni und Käse. Sie nahm einen der Hundekekse heraus und gab ihn Scout, der ihn mit einem Bissen verschlang.

Während Jack immer noch draußen war, wanderte Marina durch das Haus, um zu sehen, ob im Rest genauso ein Chaos herrschte.

Das Wohnzimmer sah nicht allzu schlimm aus. Nur Bücherstapel und gesammelte Post, von denen die meisten Umschläge – darunter einige Rechnungen – nicht geöffnet worden waren, was sie verantwortungslos fand. In Jacks Schlafzimmer lag überall Schmutzwäsche, und die kleinen schwarzen und weißen Fliesen im Bad könnten mal wieder geschrubbt werden. In einer Ecke lag ein Haufen feuchter

Handtücher. Der muffige Geruch ließ Marina die Nase rümpfen.

Sie warf einen Blick in Leos Zimmer, das ebenfalls keinen Preis für Sauberkeit gewinnen würde, aber er war auch noch ein Kind. Durch Spielzeuge und Klamotten wand sich ein Weg zum Bett.

Mit leichtem Entsetzen erkannte sie, dass Jack wirklich so wohnte. Nicht, dass sie eine Ordnungsfanatikerin wäre oder selbiges von ihm angenommen hätte, doch seine Angewohnheiten waren wesentlich schlimmer, als sie gedacht hatte.

Ganz eindeutig wusste Jack nicht, wie man hinter sich aufräumte – und er schien es auch seinem Sohn nicht beizubringen. Bei ihren früheren Besuchen musste er das Chaos irgendwie versteckt haben, und meistens trafen sie sich sowieso im Café oder bei ihr zu Hause.

Als Marina ins Wohnzimmer zurückkehrte, fiel ihr Blick auf ein aufgerissenes Päckchen auf dem Tisch bei der Post. Daneben lag ein Schmuckkästchen aus rotem Samt. Neugierig legte sie ihre Finger darauf. Es sah aus wie ein antikes Kästchen für einen Ring. Nur zu gerne hätte sie es geöffnet.

Vielleicht hatte er sie deshalb zu sich eingeladen.

Die laute, hämmernde Musik verstummte abrupt. Um sicherzugehen, dass sie noch allein war, schaute Marina sich um, und der Zustand des Hauses ließ ihr das Herz schwer werden.

Eine kleine Alarmglocke schrillte in ihrem Kopf.

Schnell zog sie ihre Hand zurück, so wie am Abend des Lagerfeuers am Strand. Ihr wurde bewusst, welche Verantwortung auf ihren Schultern lasten würde, sollte sie Jack heiraten.

Die Erinnerungen an all die Jahre, in denen sie hinter ihren Kindern aufgeräumt hatte, stürzten auf sie ein. Sie hatte Heather und Ethan beigebracht, sich gut um ihr Zuhause zu kümmern, auch wenn ihre Wohnung mit Blick über die San Francisco Bay kleiner gewesen war als dieses Haus. Es war nicht leicht gewesen, aber sie hatten es geschafft.

Nachdem die Zwillinge ausgezogen waren, um aufs College zu gehen, war ihr Arbeitspensum erheblich gesunken. Damals war die Wohnung auf einmal viel zu still gewesen, doch sie hatte es nicht vermisst, um Mitternacht wie tot ins Bett zu fallen, nachdem sie die Wäsche für den nächsten Schultag gewaschen hatte. Vor allem nicht an den Tagen, an denen sie um vier Uhr hatte aufstehen müssen, um die morgendlichen Nachrichten zu verlesen. Make-up, Concealer und Kaffee waren jahrelang ihre treuesten Begleiter im Leben gewesen.

Allein an diese schwere Zeit zu denken, ließ sie schneller atmen. War das ein Kapitel, das sie noch einmal aufschlagen wollte? Es hatte natürlich auch schöne Momente gegeben, aber sie hatte so viele Jahre lang so hart gearbeitet, dass ein Café zu führen im Vergleich dazu lustig und einfach war.

Und die Situation hier war schlimmer. Jack war ein erwachsener Mann, der keine Lust zu haben schien, einen Finger zu rühren. Der nie lange genug an einem Ort geblieben war, um ihn ein Zuhause zu nennen oder sich gut darum zu kümmern. Ohne Zweifel wäre es an ihr, auf diese Dinge zu achten. Wollte sie so den Rest ihres Lebens verbringen?

Scout kam zu ihr getrottet und setzte sich zu ihren Füßen, wo er sie erwartungsvoll anschaute.

Marina streckte eine Hand aus und strich ihm über den Kopf. „Ich wette, du hast Hunger."

Er rieb sich an ihren Beinen, als hätte sie sein Bedürfnis richtig interpretiert. Noch einmal streichelte sie ihn. Der Hund tat ihr leid. Sofort stieg wieder die Erinnerung an den Vorfall mit der scharfen Soße in ihr auf.

Vielleicht hatte sie sich von Jacks beruflichen Erfolgen und seinen geschmeidigen Worten blenden lassen. Stan hingegen war beim Militär gewesen, und er hatte die Betten ordentlicher gemacht, als sie es je hinbekommen hatte.

Marina trat in dem Moment von dem Wohnzimmertisch zurück, in dem Jack und Clark durch die Küchentür kamen.

„Ich mache mich dann mal wieder auf den Weg", sagte der Chief und ging zur Haustür. „Es war schön, dich zu sehen, Marina."

„Gleichfalls, Clark."

Jack schloss die Tür hinter ihm. „Ich glaube, mit den Jungs werden wir heute Abend keine Probleme mehr bekommen." Sein Blick schoss zu dem Ringkästchen auf dem Tisch. „Wir können uns auf die Couch setzen, und ich öffne die Fenster, damit wir einen Blick aufs Meer haben. Möchtest du noch ein Glas Wein?"

Marina presste die Lippen zusammen. In Jack verliebt zu sein und tatsächlich mit ihm zusammenzuleben könnten zwei ganz unterschiedliche Dinge sein. Sie war so weit gekommen, hatte sich in Summer Beach das Leben aufgebaut, das sie wollte. War sie bereit, das hinter sich zu lassen und den Rest ihrer Tage damit zu verbringen, die dreckigen Socken eines achtlosen Chaoten aufzuräumen?

Gingers Ratschlag ging ihr durch den Kopf.

„Ich sollte besser gehen." Sie ließ Jack mit offenem

Mund stehen und eilte durch die Haustür und die Veranda-
stufen hinunter. Denn sie erkannte, dass sie ihrer Großmutter verdammt ähnlich war.

Sie hatte auch Standards.

Während Marina die Flucht nach Hause antrat, hörte
sie, wie die Musik im Atelier wieder aufgedreht wurde.

15

Bei Sonnenuntergang manövrierte Marina ihren grellgelben Foodtruck zur Muschel, dem Amphitheater, das an einer Seite in die Klippen gebaut worden war und auf der anderen Seite einen atemberaubenden Blick aufs Meer bot. Heather und Brooke saßen in der Fahrerkabine neben ihr, und im hinteren Teil befanden sich die vorbestellten Picknickboxen.

Heute war die Premiere von *Belles on the Beach*. Kai hatte sogar offizielle Farben für den Abend; sie hatte alle gebeten, Rosa oder Weiß zu tragen, wobei sie betonte, dass sich alle so herausputzen konnten, wie sie wollten. Marina und Heather trugen rosafarbene Sommerkleider, und Brooke hatte ein roséfarbenes Hemd mit weißen Jeans und Birkenstocksandalen kombiniert.

Selbst der Himmel orchestrierte den Sonnenuntergang nach Kais Wünsche und ließ mauvefarbene Bänder über den Horizont flattern.

„Ich bin so aufgeregt", sagte Heather. „Ich hoffe, dass Kai und Axe für die Show gute Kritiken bekommen. Sie müssen enormen Druck verspüren, das Weihnachtsstück zu toppen."

„Ich verstehe, wie sie sich fühlen." Marina war ebenfalls nervös. „Heute ist schließlich Coralinas Premiere."

„Hast du das gehört?" Heather tätschelte das Armaturenbrett. „Wir zählen auf dich, Coralina."

„Wer gibt einem Foodtruck einen Namen?", fragte Brooke. „Oder redet mit ihm?"

„Ich fasse es nicht, dass du das gesagt hast", erwiderte Marina lachend. „Du weißt doch, dass die Delavie-Moore-Familie die Dinge nie so macht wie andere – inklusive dir."

„Das stimmt." Brooke lachte ebenfalls und veranstaltete einen kleinen Trommelwirbel auf dem Armaturenbrett. „Los geht's, Coralina. Jetzt ist Showtime für dich."

„Wie viele Picknickboxen haben wir letztendlich für heute Abend vorbereitet?", fragte Marina.

Heather nannte eine Zahl und fügte an: „Es werden definitiv jedes Mal ein paar mehr."

Marina nickte nachdenklich. „So sehr wir die Boxen auch bewerben, die wenigstens Leute, die kommen, planen so weit voraus, dass sie eine bestellen."

„Vor allem die Touristen, die ihre Eintrittskarten erst am Tag der Vorstellung kaufen", sagte Brooke. „Du hast viel in diesen Foodtruck investiert. Ich wette, dass er dein Geschäft explodieren lässt."

„Das ist der Plan." Marina nahm den Fuß vom Gas. „Und ich hoffe, dass *Belles on the Beach* ein weiterer Hit für Kai und Axe wird. Sie haben so viel Mühe in die Produktion gesteckt."

Heather zeigte nach vorn. „Das sieht nach einem guten Platz aus, um zu parken, Mom. Diesen bananengelben Truck können die Leute nicht übersehen."

„Bald wird er Korallenrot sein."

Nächste Woche würde sie den Foodtruck zum Lackierer bringen, doch Marina hatte keine Gelegenheit versäumen wollen – und sie wollte heute Abend einen Probedurchlauf mit lieben Freunden als Publikum durchführen. Da heute der Premierenabend war, hatten Kai und Axe der Familie und ihren engen Freunden aus Summer Beach Eintrittskarten geschenkt. Auch Kais Freunde waren alle für diesen Abend geblieben.

Marina lehnte sich aus dem Beifahrerfenster und winkte Kai zu, die sich mit der Bühnenmanagerin und den freiwilligen Platzanweisern unterhielt. Sie trug eine schwarze Leggins und ein T-Shirt; die Haare hatte sie mit einem Bleistift zu einem unordentlichen Dutt hochgesteckt. In den Händen hielt sie einen Stapel Programmhefte, die sie verteilte.

„Wo soll ich parken?", rief Marina ihr zu.

Kai entschuldigte sich und kam auf sie zu, wobei sie auf eine Stelle neben den Rängen zeigte. „Da wäre es perfekt. So blockieren die Leute nicht die Gänge, wenn sie sich anstellen. Und wir haben für euch alle Plätze in der ersten Reihe reserviert, also setzt euch bitte dort hin und nicht woanders."

„Wir werden vor Beginn da sein", versprach Marina. Der heutige Abend war eine wahre Familienanstrengung. Heather und Brooke hatten viel Zeit investiert, um all die Picknickboxen zu packen, darunter welche mit Sonderwünschen für Menschen mit Glutenunverträglichkeiten, Diabetiker und Vegetarier. Außerdem hatten sie den Foodtruck für den Abend gut gefüllt.

Ginger hatte die Idee gehabt, ein großes Banner mit dem Coral-Café-Logo auszudrucken und es über das Sandwich-Logo auf dem Truck zu hängen. Sie hatte den Drucker herausgesucht, und kurz bevor sie losgefahren waren, hatten sie das Banner befestigt. Für den Probelauf war das gut genug.

Marina parkte und stieg aus. Erst da sah sie, dass Bouquets aus Rosen und Lilien die erste Reihe zierten. „Wow, wie es aussieht, fahrt ihr heute Abend alle Geschütze auf."

„Es ist die Premiere, und in dem Stück geht es um Hochzeiten, also dachte ich, warum nicht?" Kai lachte, und ihre Stimme klang ein wenig zu hoch.

Marina erkannte das nervöse Lachen sofort, dachte aber, dass eine gewisse Nervosität an diesem Abend nicht ungewöhnlich war. Sie fragte sich, warum Kai und Axe die Premiere auf einen Samstag gelegt hatten, anstatt einen weniger beliebten Tag zu nehmen, wusste aber, dass sie das nichts anging.

Brooke deutete auf die Programme. „Kann ich eines haben?"

„Na klar." Kais Hand zitterte leicht, als sie ihr eines reichte.

Seltsam, dachte Marina. Ihre Schwester sollte eigentlich an Premierenabende gewöhnt sein. Immerhin war sie ein Profi.

Brooke schlug das Programm auf. „Seht euch das an. Geschrieben und inszeniert von Kai Moore. Ich bin so stolz auf dich." Sie umarmte ihre Schwester.

Das erklärt es, dachte Marina. Dieses Mal hatte Kai das Stück nicht nur geschrieben, sondern auch Regie geführt. Wenn ein Stück in der Vergangenheit keine umwerfenden Kritiken bekommen hatte, war Kai normalerweise trotzdem für ihre schauspielerische Leistung gelobt worden.

Dieses Mal jedoch lag die gesamte Verantwortung bei ihr. „Hals- und Beinbruch, Kai."

Das sagte man am Theater, wenn man den Schauspielern Glück wünschen wollte. Denn wirklich Glück zu wünschen brachte angeblich Unglück.

Heather las die Einleitung. „Drei Schwestern mit Hochzeitsplänen stiften in einem kleinen Strandort Chaos."

„Das ist einfach vom Leben inspiriert", sagte Kai und steckt sich noch einen Stift in ihren Dutt. „Es ist eine Hochzeitskomödie, so wie *My Big Fat Greek Wedding*. Erinnert ihr euch noch, als ich da mitgespielt habe? Chaotische Hochzeiten kommen bei den Zuschauern immer gut an." Sie hielt inne und warf Marina einen Blick zu. „Nicht, dass deine so sein wird."

Wenn sie überhaupt stattfindet. Marina hatte am Morgen ein paar schnelle Nachrichten mit Jack ausgetauscht. Sie wusste nicht, wie sie das Thema seiner katastrophalen Lebensumstände ansprechen sollte, ohne ihn zu kränken. Oder schlimmer noch, in zu bemuttern. Doch seine Art zu Leben war eine Beleidigung – für Leo und Scout, und auch für Jack selbst.

Nachdem sie den Zustand seines Hauses gesehen hatte, hatte ihre rationale Seite die Zügel übernommen. Sie weigerte sich, für einen erwachsenen Mann die Mutterrolle zu übernehmen. Aber daran durfte sie heute Abend nicht denken. Vor ihr lag ein wichtiger Job.

So wie vor ihnen allen.

„Ich muss mich jetzt umziehen und schminken. Aber ich weiß, dass ihr das hier fabelhaft machen werdet." Kais Wangen waren gerötet und ihr Lächeln ein wenig unsicher. „Es wird ein spektakulärer Abend, oder?"

„Natürlich", versicherte Marina. „Du packst das."

Während sie Kai hinterhersah, die in Richtung Theater lief, fragte Marina sich, ob ihre Schwester einen besonderen Grund hatte, nervös zu sein. Vielleicht war das Stück nicht so stark, wie sie es sich gewünscht hätte. Möglicherweise hatte sie auch Probleme mit den Schauspielern.

Falls das zutraf, war es nur umso wichtiger, dass sie alle hier waren. Sie würden Kai unterstützen, egal, was passierte.

Marina öffnete die hintere Tür des Foodtrucks. „Es ist an der Zeit, alles vorzubereiten."

„Sag, was wir tun sollen", sagte Brooke.

„Kannst du das Servierfenster öffnen und Soßen, Strohhalme, Plastikbesteck und so weiter rauslegen? Heather, setzt du eine Kanne Kaffee auf, nur für den Fall, und stellst die Tafel mit den Angeboten auf? Ich organisiere derweil meine Zutaten. Wir sollten auch Probierhäppchen anbieten."

„Ich stelle ein Tablett mit Brownies und Chocolate-Chip-Keksen zusammen." Brooke griff nach einem Tablett. „Die sind auf dem Markt immer sehr beliebt."

Die Idee gefiel Marina. „Dann lass uns die Kekse in die Auslage an der Kasse legen."

„Ich schalte eben die Lampen ein, bevor wir loslegen." Heather schaltete eine Lichterkette an, die die Aufmerksamkeit auf den Truck lenken sollte.

„Wow." Marina trat einen Schritt zurück. „Das war eine gute Idee. Wir sind definitiv nicht zu übersehen. Aber während der Show müssen wir die Lichter ausschalten."

Es dauerte nicht lange, bis die ersten Zuschauer eintrafen. Heather und Brooke teilten sich die Arbeit auf. Eine Schlange war für die Abholung der Picknickboxen, die andere für neue Essensbestellungen. Die Brownies und Kekse gingen schnell weg.

Marina hatte sich ihre Kochjacke über das Kleid gezogen und konzentrierte sich darauf, die Bestellungen von der einfach gehaltenen Speisekarte zuzubereiten, die sie für den heutigen Abend erstellt hatte. Käse- und Wurstplatten, Salate und geröstete Nüsse hatte sie früher am Tag in ihrer Küche im Café zubereitet. Hier im Truck machte sie Süßkartoffel-Pommes-frites mit Knoblauch-Aioli und mehrstöckige Sandwiches. Da sie eine Lizenz hatten, um Alkohol zu verkaufen, boten sie außerdem eine kleine Auswahl an Weinen und Champagner an, die leicht zu managen war.

Selbst Ginger gesellte sich zu ihnen. Sie plauderte mit den Wartenden, machte Vorschläge und bot Kostproben an. Sie war ihre Botschafterin, was sie gut gebrauchen konnten. So viele Leute kannten Ginger, und wenn die Schlange sich ein wenig langsamer fortbewegte, als sie sollte, machte es den Wartenden nichts aus, weil sie sich mit ihr unterhalten konnten.

Marina schaute grinsend zu ihrer Großmutter. Sie war wirklich eine diplomatische Geheimwaffe.

Während sie arbeiteten, lehnte Heather sich zu Marina zurück. „Wir nehmen auch Bestellungen für die Pause auf. Danach haben die Leute gefragt, weil sie das von anderen Theatern gewohnt sind. Das können wir später auf unsere Webseite aufnehmen. Vielleicht sollten wir dafür sogar eine App anbieten."

„Eine ausgezeichnete Idee", sagte Marina und jonglierte mit Pommes frites und Sandwiches.

Als die erste Glocke erklang, die signalisierte, dass die Vorstellung in ein paar Minuten beginnen würde, gaben sie

schnell die letzten Bestellungen raus und die Schlange löste
sich auf. Marina, Heather und Brooke klatschten ausge-
lassen miteinander ab.

Ginger applaudierte ihnen. „Gut gemacht, Ladys. Ich
würde sagen, Coralina hat einen fulminanten Start
hingelegt."

Marina sah, dass Kai durch den Vorhang zu den
Zuschauern linste, und winkte ihr. „Ich bin mir sicher, dass
das Stück genauso erfolgreich sein wird."

Marina schloss das Fenster des Foodtrucks und schaltete
die Lichter aus. Dann gingen sie nach vorne und nahmen
ihre Plätze zwischen den anderen in der ersten Reihe ein.
Marina saß ganz am Rand.

Brookes Mann Chip war mit den drei Söhnen da, und
Ethan saß bei ihnen. Er aß gerade eines von Marinas
Pastrami-Sandwiches mit Süßkartoffel-Pommes-frites und
Krautsalat.

Nach dem letzten Bissen sagte er: „Das war echt lecker,
Mom."

„Ich freue mich, dass es dir geschmeckt hat." Marina
verspürte ein tiefes Gefühl der Zufriedenheit. Noch hatte
sie die Einnahmen nicht zusammengerechnet, aber ange-
sichts dessen, wie viele Bestellungen rausgegangen waren,
sah es ganz so aus, als würde ihre Idee mit dem Foodtruck
sich bezahlt machen.

Sie schaute sich um. Alle Freunde von Kai saßen
zusammen. Jen und George, Leilani und Roy, Shelly und
Ivy mit Bennett und Mitch. Und ihre Theaterfreunde,
darunter Billie und Madison.

Marina hörte eine leise Stimme neben sich und drehte
sich um.

„Können wir bei dir sitzen?", fragte Leo. Er hielt die Hand seines Vaters.

„Natürlich." Sie rutschte zwei Plätze weiter. Wie könnte sie Leo etwas abschlagen? Was hingegen Jack anging ... Nun, das blieb abzuwarten.

Es ist nichts Falsches daran, einfach die Gesellschaft des anderen zu genießen, hatte Ginger wiederholt gesagt. Und genau das würde Marina für den Moment tun. In dieser Phase des Lebens musste nicht jeder heiraten.

Immerhin hatte Ginger ihren Bertrand gehabt und Marina ihren Stan. Wenn auch nur für einen kurzen Moment.

Die Sterne kamen in dem Moment heraus, in dem die Lichter auf der Bühne angingen. In der ersten Szene hatte Kai mit anderen Schauspielern zusammen unter großem Applaus ihren ersten Auftritt.

Während der Vorführung bestaunte Marina, wie Kais Talent gewachsen war. Sie hatte sich von einer reinen Schauspielerin zu einer Autorin und Regisseurin mit einer einzigartigen Vision weiterentwickelt. Wenn sie bei der Theaterkompanie geblieben wäre, hätte sie nie die Chance gehabt, ihre Flügel weiter auszubreiten.

Kais komödiantisches Timing war ausgezeichnet, und die Zuschauer brüllten vor Lachen über die Geschichte der drei Frauen, die als die Belles bekannt waren, und ihre hysterischen Hochzeitskatastrophen.

Kurz vor der Pause entschuldigte Marina sich und eilte mit Brooke und Heather zum Foodtruck zurück. Das Geschäft lief gut, und sie war erleichtert und glücklich. Diesen Truck zu kaufen war eine gute Entscheidung gewesen.

Es wurde immer verrückter, als die Zuschauer kamen,

um ihre Bestellungen abzuholen und weitere Sachen zu kaufen. Marina hatte keine Zeit, viel zu kochen, aber sie hatte ausreichend Snacks. Als die Bühnenbeleuchtung flackerte, eilten alle wieder zu ihren Plätzen. Marina suchte sich mit Brooke und Heather einen Weg durch die Menge.

Unterwegs wurde sie von Billie aufgehalten. „Kai schickt mich. Ihr drei sollt später zu ihr hinter die Bühne kommen. Und Ginger und Ethan auch." Sie nannte eine genaue Uhrzeit.

„Braucht Kai Komparsen?"

„So in der Art", antwortete Billie. „Wir treffen uns am seitlichen Bühneneingang. Und seid pünktlich."

Auf der Bühne zu stehen, gehörte nicht zu Marinas Lieblingstätigkeiten, aber sie konnte als Komparsin in einer Menschenmenge mitmachen. Und sie wusste, dass Heather und Ginger es genießen würden. Sie schaute zu ihrer Tochter und Brooke, die beide nickten. „Wir werden da sein."

Als Marina sich setzte, fiel ihr auf, dass alle Freunde von Kai verschwunden waren. Sie nahm an, dass es eine Szene gab, in der viele Komparsen gebraucht wurden. Sie wandte sich an Ginger, die ebenfalls einwilligte, sich später zu Kai zu gesellen.

Die zweite Hälfte war noch unterhaltsamer als die erste, und Kai und Axe übernahmen die Hauptrollen als das verlobte Paar, das von einer Katastrophe in die nächste schlitterte. Die Frage war: Würden sie es zum Altar schaffen?

Ein wenig später vibrierte Marinas Handy – Zeit, hinter die Bühne zu gehen. Sie führte die kleine Gruppe zum Bühneneingang und klopfte.

„Ah, gut, ihr seid da", sagte Billie, die ihnen die Tür

öffnete.

Die Bühnenmanagerin eilte auf sie zu. „Kai will euch in der Schlussszene dabei haben", sagte sie und sprach dann in das Mikro, das sie am Kragen trug. „Sie sind hier. Ich schicke sie zum Schminken."

Da Marina sich im Gebäude auskannte, sagte sie: „Ich kenne den Weg."

Gemeinsam gingen sie durch den kleinen Raum hinter der Bühne zu den Garderoben, wo die Maskenbildnerin arbeitete. Nachdem alle sich gesetzt hatten, gab sie etwas kräftigere Farben auf ihre Wangen und Lippen. „Für mehr haben wir keine Zeit, aber ihr seht super aus."

Die Requisiteurin tauchte in der Tür auf, den Arm voller Blumensträuße. „Die sind für Marina, Brooke und Heather. Mrs. Delavie, sie haben ein Sträußchen zum Anstecken." Sie steckte eine Orchidee an den Aufschlag von Gingers pinkfarbenem Blazer und trat zurück. „Ihr seht heute Abend alle so bezaubernd und aufeinander abgestimmt aus."

„Kai hat darum gebeten, dass wir Rosa und Weiß tragen", erklärte Ginger. „Das wird aus dem Zuschauerraum bestimmt großartig aussehen."

Jetzt verstand Marina, warum Kai sie gebeten hatte, sich in diesen Farben zu kleiden, dachte aber, dass ihre Schwester das auch einfach hätte erklären können. Ganz sicher hätten alle das verstanden. Wobei, vielleicht hatte sie Angst gehabt, dass jemand nicht mitmachen würde.

Vermutlich ich, dachte Marina und es war ihr ein wenig peinlich. Nun ja, jetzt war sie ja hier.

Sie strich ihr Kleid glatt. Zum Glück war das von ihrer Kochjacke geschützt worden. Auf den Saum war ihr ein wenig Aioli getropft, aber das würde in einer Massenszene auf der Bühne sicher nicht zu sehen sein. Und mit der Kette aus rosafarbenen Perlen, die Ginger ihr vor Jahren geschenkt hatte, würde sowieso niemand auf den Saum ihres Kleides achten.

Die Frauen nahmen sich jede einen der Sträuße aus rosafarbenen Rosen und weißen Lilien. Marina steckte ihre Nase hinein. „Die duften wundervoll. Ich schätze, wir sind die Brautjungfern."

Die Requisiteurin nickte. „Und Ms. Delavie wird die Rolle der Mutter der Braut übernehmen."

„Oh, ich werde jünger", sagte Ginger. „Ist das nicht toll?" Sie war ganz in ihrem Element.

„Es ist irgendwie aufregend", warf Heather ein. „Normalerweise bin ich viel zu schüchtern, um vor Menschen aufzutreten."

„Du machst das schon", versicherte Ginger ihr. „Alle werden sowieso nur auf Kai und Axe achten."

„Das hoffe ich doch", murmelte Brooke und drehte den Strauß in ihren Händen.

In diesem Moment kam Kai herein. In dem gebrochenweißen Hochzeitskleid, das ihr perfekt passte, sah sie einfach umwerfend aus. „Wow, ihr seht großartig aus. Wer ist bereit für die beste Schlussszene aller Zeiten?"

Marina war geschockt. Es war nicht einfach nur ein Brautkleid. Es war *das* Brautkleid. „Du trägst Gingers Hochzeitskleid als Kostüm?" Die Anspannung um die Lippen ihrer Großmutter verriet Marina, dass sie ebenfalls nicht begeistert davon war, ihr so wertgeschätztes Brautkleid als Theaterkostüm missbraucht zu sehen.

Kai lief rot an. „Nur heute Abend. Weil es doch die Premiere ist."

Gingers Augenbrauen schossen zu ihrem Haaransatz hoch. „Ich hoffe, du passt gut darauf auf."

„Ich werde nicht zulassen, dass ihm etwas passiert", versprach Kai und fummelte an einem Fingernagel herum. „Ihr werdet sehen."

Das war von Kai keine gute Entscheidung gewesen. Marina konnte sich gut vorstellen, was Ginger später dazu zu sagen hätte. Vielleicht war es nur ein Kleid, aber die Wahl war Ginger und ihrer Mutter gegenüber respektlos. Die Erinnerungen, die mit diesem Kleid zusammenhingen, bedeuteten in ihrer Familie etwas.

Kai erholte sich jedoch schnell und fuhr fort: „In dieser nächsten Szene spielt ihr die Brautjungfern und die Familie, also werdet ihr auf der anderen Seite von Billie und Madison sitzen. Sie stehen für Axes Familie. Wir ändern schnell das Bühnenbild, und dann führen wir euch zu euren Plätzen. Seid ihr bereit?"

„Geh voran." Marina reckte das Kinn und richtete ihre innere wie äußere Haltung. Heute war ein großer Abend für Kai, und das Kleid war schließlich nur ein Kleid. Vielleicht trug sie es als Glücksbringer oder um sich sicherer zu fühlen. Das konnte Marina verstehen. Außerdem war jetzt nicht der richtige Zeitpunkt, um das zu diskutieren. Sie umarmte Kai schnell. „Die Zuschauer lieben das Stück."

Ginger nickte zustimmend. „Und das Kleid sieht an dir bezaubernd aus, Kai. Und jetzt Hals- und Beinbruch für alle."

Die Bühnenmanagerin machte eine Handbewegung, dass sie sich beeilen sollten. Alle eilten Kai hinterher zu den Bühnenaufgängen. Sie warf einen Blick nach hinten und gab ein paar Anweisungen. „Benehmt euch ganz normal, und fühlt euch frei, an den passenden Stellen zu reagieren."

„Woher wissen wir, wann die sind?"", fragte Heather.

Kai lachte. „Das findet ihr schon heraus."

Die Lichter wurden gedimmt, und die Bühnenhelfer führten sie zu ihren Plätzen. Marina stellte sich auf ihre Markierung neben Brooke und Heather. Sie waren die Brautjungfern, und Ginger saß vor ihnen. Es war ein reizendes Bühnenbild, und sie waren von rosafarbenen Rosen umgeben. Der Duft war himmlisch, und Marina war erstaunt, dass es keine künstlichen Blumen waren.

Sie versuchte, sich zu entspannen, und warf einen Blick in den Zuschauerraum. Wobei es schwer war, etwas anderes zu sehen als die über ihnen funkelnden Sterne. Das hier war wirklich ein ganz besonderer Ort in Summer Beach, den Kai und Axe zum Leben erweckt hatten.

Als die Scheinwerfer angingen, zwinkerte Ginger ihr zu.

Das bringt Spaß, gestand Marina sich ein. Sie konnten immer darauf zählen, dass Kai das Konfetti und den Glitzer in ihr Leben brachte. Sie hielt das Bouquet in beiden Händen und richtete ihre Aufmerksamkeit auf ihre Schwester.

Kai stand in ihrer Rolle auf der Bühne und sorgte sich, dass ihr Liebster zu spät zur Trauung kommen würde. Nachdem sie ein paar Zeilen gesagt hatte, kam Axe auf die Bühne und zog Kai in seine Arme.

Marina war so von der Geschichte gefesselt, dass sie beinahe vergaß, dass sie eine Rolle zu spielen hatte, wie klein die auch sein mochte.

Axes Stimme hallte in den Abend hinaus. „Aber wo ist der Pfarrer? Er hätte längst hier sein sollen."

Bei diesen Worten betrat Bruder Rip die Bühne. Der sanfte Riese von einem Mann war unter seinem Surfer-Spitznamen Riptide bekannt. Heutzutage predigte er vor seiner Gemeinde am Strand – jungen Surfern, die oft weit von zu Hause entfernt den Wellen folgten.

Brooke flüsterte: „Das ist die perfekte Besetzung."

„Ja, das war clever", gab Marina lächelnd zurück.

Bruder Rip, mit seinen schulterlangen Rastazöpfen und in Flipflops, breitete die Arme aus. Seine tiefe Stimme mit jamaikanischem Akzent hallte durch die Luft. „Liebe Gemeinde, wir haben uns heute hier versammelt ..."

Er hielt inne, wandte sich von den Schauspielern ab und den Zuschauern zu, womit er die imaginäre vierte Wand des Theaters durchbrach. Dann presste er seine Hände zusammen und sagte: „Um Zeuge zu werden, wie Kai Moore und Axe Woodson den heiligen Bund der Ehe schließen."

Ein kollektives Keuchen fegte über die Bühne und durch die Zuschauerränge. Neben der Bühne sah Marina einen Fotografen Fotos machen.

Heather öffnete überrascht den Mund. „Was hat Tante Kai vor?"

„Ich glaube, das ist gerade zu einer echten Hochzeit geworden." Marina wusste nicht, ob sie lachen oder weinen sollte. Aber das war ihre Kai, ihr geliebtes wildes Kind, also reckte sie ihren Blumenstrauß in die Luft. „Bravo!"

Kai zwinkerte ihr zu und nickte. Die Theaterfreunde folgten Marinas Beispiel und jubelten und klatschten, genau wie Heather, Ethan und Brooke. In diesem Moment improvisierten sie alle.

Gelächter und Jubelrufe ertönten von den Zuschauern.

Bruder Rip verbeugte sich vor ihnen, bevor er sich wieder zu Kai und Axe umdrehte, die im Scheinwerferlicht strahlten. Musik ertönte, und das Paar begann, ein wunderschönes Duett zu singen, das Marina an „Mehr will ich nicht von dir" aus dem *Phantom der Oper* erinnerte.

Das Publikum war wie gebannt, und Marina war ebenfalls gefesselt von dem Talent der beiden. Nach ein paar Zeilen fiel ihr auf, worin es in dem Lied ging. Es war nicht nur ein Liebeslied; Kai und Axe sangen einander ihre Ehegelöbnisse.

In Marinas Kehle bildete sich ein Kloß, und sie schluckte gegen ihre Emotionen an. Dafür war keine Schauspielkunst nötig.

Kai und Axe wirkten so voller Liebe, dass Marina wusste, sie schauspielerten auch nicht mehr. Als sie einander anschauten, wirkte es, als würden die intimsten Gefühle aus ihren Seelen fließen.

Freudentränen stiegen Marina in die Augen, und sie schaute zu Ginger, die sich die Wangen mit dem Taschentuch abtupfte, das sie aus der Tasche ihres Blazers gezogen hatte. Marina streckte den Arm aus und ergriff die Hand ihrer Großmutter.

„Das ist ihr absoluter Höhepunkt", flüsterte Ginger.

Nach allem, was Marina von den Zuschauern sehen konnte, waren die genauso ehrfürchtig und hingen an jedem Wort, jeder Note, jeder Bewegung auf der Bühne. Am Ende des Songs steckte Axe einen mit Diamanten besetzten Ring auf Kais Finger, und sie einen schlichten Goldring auf seinen.

Bruder Rip hob die Hände. „Und jetzt, dank der Macht, die mir der wundervolle Staat Kalifornien, die Wellen, die uns an heimische Ufer tragen, und der Himmel über uns verliehen haben, erkläre ich euch offiziell und wahrhaftig für verheiratet."

Kai und Axe legten die Arme umeinander und

versanken in einem Kuss, während um sie herum auf der Bühne und im Zuschauerraum Jubelrufe ertönten. Alle sprangen auf die Füße und teilten diesen Moment der Freude mit ihnen.

Marina stand mit dem Rest der Familie und den Freunden zusammen. Alle waren komplett überrascht und lachten über die Wendung der Ereignisse.

Von der Mitte der Bühne winkte Kai und warf Kusshände in die Menge. Bevor sie sich umdrehte, rief sie: „Wer ist die Nächste?" Dann warf sie mit einer fließenden Bewegung ihren Brautstrauß über die Schulter. Und laut der Tradition würde die, die ihn fing, als Nächste heiraten.

Der Strauß aus Rosen und Lilien flog in einem hohen Bogen. Marina wartete neugierig darauf, wer ihn wohl fangen würde.

Da ertönte die Stimme eines Jungen. „Fang ihn, Dad!"

Der Strauß flog direkt auf Jack zu und prallte gegen seine Brust. Blitzschnell schnappte er sich ihn, genauso überrascht wie alle anderen. Dann reckte er ihn lachen wie eine Trophäe in die Luft.

Die Zuschauer lachten, und Jack zupfte eine weiße Rose aus dem Strauß und warf sie Marina auf der Bühne zu, gefolgt von einem Luftkuss. Danach hob er Leo auf seine Schultern, der Marina wie verrückt zuwinkte.

„Siehst du, wir heiraten als nächstes!", rief Leo ihr zu.

Wer konnte so einem Kind widerstehen?

In der Freude und Magie dieses Moments, umgeben von überraschten, geliebten Familienmitgliedern und Freunden, schaute Marina mit neu erwachter Liebe zu Jack und Leo. Ihre Entschlossenheit geriet ins Wanken, und sie kämpfte darum, sie aufrechtzuerhalten. Doch in diesem

Moment wusste sie, dass es zwischen ihnen immer Liebe geben würde.

Schließlich kamen Kai und Axe Hand in Hand zurück auf die Bühne und verbeugten sich, wobei sie wieder Kusshände in die enthusiastische Zuschauermenge warfen.

Ginger beobachtete sie lächelnd. „Die ganze Welt liebt Liebende."

Als Kai und Axe wieder hinter die Bühne kamen, gratulierten ihnen ihre Freunde, und Ginger breitete die Arme aus. „Einfach brillant! Der ganze Spaß einer Hochzeit ohne den Stress." Sie zog die beiden für eine Umarmung an sich.

„Stress gab es trotzdem genug", gestand Kai. „Stellt euch vor, wie es ist, die Premiere *und* unsere Hochzeit gleichzeitig zu planen. Was haben wir uns nur dabei gedacht?"

Lachend umarmte Axe seine Braut. „Alle Lorbeeren gehen an Kai, meine umwerfende Frau."

„Ohne dich hätte ich das nicht geschafft." Kai küsste ihren Mann erneut. „Und war der Song, den er geschrieben hat, nicht großartig?"

„Den *wir* geschrieben haben." Axe strahlte.

Während sie sich weiter unterhielten, wurden die Bühnenlichter gedimmt, und die Zuschauer machten sich langsam auf den Weg. Marina würde den Foodtruck nach Hause fahren müssen, aber noch nicht jetzt.

Heather wandte sich immer noch leicht verträumt zu ihr um. „Ich kann kaum glauben, dass Tante Kai und Axe wirklich verheiratet sind. Und Jack hat den Strauß gefangen. Bedeutet das, du bist die Nächste, Mom?"

Marina lachte. „Jack hat ihn gefangen, nicht ich. Du solltest also ihn fragen."

Das würde für ihre Kinder eventuell ein kompliziertes

Thema werden. Und nicht nur für sie. Nachdem Marina gesehen hatte, wie Jack lebte, wusste sie, dass es für sie nicht leicht werden würde. Man konnte einen Mann nicht einfach so ändern. Dennoch schlug ihr Herz schneller, als sie Jack im Seitenflügel erblickte.

„Und da ist er auch schon." Marina ging auf ihn und Leo zu.

Leo trug den Brautstrauß, der so groß war, dass er auf dem Boden schleifte. Jack grinste und seine Augen strahlten vor Glück. „Ich schätze, jetzt darf ich wählen."

Marina lachte, doch bevor sie etwas erwidern konnte, gab er ihr einen Kuss, der ihre Seele berührte. Die Sanftheit seiner Lippen und der süße Duft der Blumen, der sie umgab, ließen eine weitere Schicht ihrer Zögerlichkeit dahinschmelzen.

„Du hast bereits Ja gesagt", murmelte Jack und zog sie in die Arme. „Zumindest auf deine Weise."

Marina lehnte sich zurück und sah ihn an. „Aber wer könnte diese Hochzeit in diesem Sommer übertreffen?"

16

Obwohl Jack bereits für das Dinner angezogen war, trug er den Turm aus Pizzakartons zur Mülltonne, die er letzte Woche vergessen hatte, an die Straße zu stellen. Das war das Mindeste, was er tun konnte, nur für den Fall, dass Marina nach dem Essen noch mit zu ihm kommen würde.

Der heutige Abend war wichtig. Nach Kais Hochzeit in der letzten Woche hatte er noch einmal einen Tisch im *Beaches* reserviert.

Nachdem er die Pizzakartons in die Mülltonne gesteckt hatte, rutschte Jack beim Umdrehen auf etwas Glitschigem aus und wäre beinahe hingefallen. Schnell hielt er sich an der Mülltonne fest. Er hoffte, dass es sich nicht um eine Hinterlassenschaft von Scout handelte. Während er die Sohle seiner auf Hochglanz polierten italienischen Loafer am Gras abwischte, dachte er an den bevorstehenden Abend.

Zu sagen, dass er nervös war, wäre untertrieben. Er hatte viel wiedergutzumachen, und seine Zukunft hing davon ab, ob es ihm gelänge, Marina zu überzeugen. Auch wenn sie offiziell verlobt waren, hatte er in den letzten Tagen das Gefühl gehabt, dass sie sich ein wenig von ihm zurückzog.

Und er musste es wissen. Die Sprache, die Ausweichmanöver – die kannte er nur zu gut. Nur war er normalerweise derjenige, der diese Taktiken einsetzte.

„Das muss reichen", murmelte er und musterte seine Schuhsohle, von der nur der Geruch nach Gras und Erde in die Luft stieg. Eine Katastrophe hatte er also vermieden, doch nun blieb ihm nicht mehr viel Zeit, bevor er beim Restaurant sein musste. Dieses Mal durfte er nicht zu spät kommen. Den ganzen Tag über hatte er sich vorgestellt, wie Marina wohl reagieren würde, und gehofft, dass sie die Liebe sehen würde, die er für sie empfand.

Scout, der in der entferntesten Ecke des Gartens auf seinem Lieblingsplatz lag, hob den Kopf.

Scout. Hatte der noch ausreichend Futter und Wasser in seinen Näpfen? Jack beschloss, nachzusehen.

Vor einer Stunde waren die Surfer aus dem Atelier endlich abgereist. Jack graute davor, zu sehen, was für ein Chaos sie hinterlassen hatten, doch darum konnte er sich jetzt nicht kümmern.

Das Aufräumen und Putzen des Ateliers, wann immer Gäste abgereist waren, hatte ihm wenig Zeit gelassen, sich um sein eigenes Haus zu kümmern. Dessen Zustand war ihm bei Marinas letztem Besuch wahnsinnig peinlich gewesen, wobei das Wohnzimmer nicht allzu schlimm ausgesehen hatte. Zum Glück schien sie es nicht bemerkt zu haben.

Heute Abend musste er ihre Beziehung wieder auf die richtige Spur bringen. Er ging ins Wohnzimmer und griff nach dem verblassten roten Samtkästchen, um sich den Ring noch einmal anzuschauen, der seiner Großmutter gehört hatte. Das war das Einzige, das er auf keinen Fall vergessen durfte.

Außerdem würde er Marina heute mit dem Hauskauf überraschen.

Er griff nach dem Lichtschalter, um die Lampe anzuschalten, damit er den Ring besser sehen konnte, doch die Glühbirne gab nur einen kleinen Knall von sich und blieb aus.

Jack stieß die Luft aus, um sich nicht aufzuregen. Dann ging er mit dem Kästchen in die Küche. Im Inneren befand sich ein Platinring mit einer doppelten Reihe an Diamanten. Nicht zu groß, nicht zu klein.

Er nahm den Ring heraus und hielt ihn über der Spüle ins Licht. Er war noch genauso schön, wie er ihn in Erinnerung hatte. Der Mann seiner Schwester hatte ihr einen wunderschönen Ehering geschenkt, und ab und zu trug sie den Verlobungsring ihrer Mutter. Deshalb hatte sie diesen Ring mit großer Freude an Jack geschickt.

Er hoffte, dass er Marina passen würde, doch wenn nicht, könnten sie ihn ändern lassen.

Falls er ihr gefiel.

Während er ihn im Licht hin und her drehte, dachte er, dass er ihn für sie reinigen sollte. Ihn kurz unter Wasser abzuspülen würde keine Sekunde dauern und dem Ring einen schönen Schimmer verleihen.

Er stellte das Wasser an.

In dem Moment stürmte Scout durch die Hundeklappe und kam schlitternd auf ihn zu.

„Vorsicht!", rief Jack, doch es war zu spät, dem Hund

auszuweichen. Scout prallte gegen ihn und stieß Jack hart gegen die tiefe, große Spüle.

Wie in Zeitlupe flog der Ring aus seinen Fingern und landete im Becken. Jack versuchte, ihn beim Zurückprallen zu fangen, doch der Ring fiel erneut und dieses Mal direkt in die Mitte des offenen Abflusses.

„Nein! Nein, nein, nein." Jack steckte die Finger in den Abfluss und verfluchte sich, weil er immer noch keinen Stöpsel für die Spüle gekauft hatte. Doch es hatte keinen Zweck, der Ring war weg. Jack stellte das Wasser ab und schlug mit den Fäusten auf die Arbeitsplatte.

„Warum? Warum jetzt?", rief er. Sein Frustlevel schoss durch die Decke.

Winselnd kratzte Scout mit einer Pfote an Jacks Hose, die frisch aus der Reinigung gekommen war.

„Was?" Dann erinnerte er sich. Die Näpfe waren leer.

Jack biss die Zähne zusammen. „Nach dem Trick wirst du lange auf dein Abendessen warten müssen."

Als wollte er sich entschuldigen, senkte Scout den Kopf und winselte leise, wobei er mit der Pfote über Jacks Loafer kratzte und Schrammen hinterließ.

„Nicht. Warte einfach. Du bekommst dein Futter, sobald ich den Ring wiederhabe."

Jack riss die Türen unter der Spüle auf. Ein paar Putzmittel und eine Packung Desinfektionstücher standen ihm im Weg. Er schob alles beiseite und starrte das Abflussrohr an. Ob der Ring wohl in dem gebogenen Teil hängengeblieben war? Oder hatte das laufende Wasser ihn fortgespült?

Er versuchte, die einzelnen Rohrstücke voneinander zu lösen, doch sie waren alt und klebten aneinander und er hatte nicht die richtigen Werkzeuge dafür. Als er noch jünger gewesen war, hatte er auf der Farm ausreichend

Klempnerarbeiten erledigt, deshalb wusste er, was ihm fehlte. Eine Rohrzange zum Beispiel. Vielleicht könnte er sich eine von seinem Nachbarn borgen. Falls der eine hatte.

Wieder winselte Scout hinter ihm.

„Okay, aber eine Sache zur Zeit", stieß er angespannt aus. Als er sich aus dem engen Schrank zurückzog, stieß er sich den Kopf. „Au!", schrie er und blinzelte gegen die Sterne an, die vor seinen Augen tanzten. Er rieb sich die Stelle und spürte bereits, dass sich dort eine Beule bildete.

Beinahe hätte er sich selbst k. o. geschlagen. Wie betäubt blieb er auf dem Boden sitzen und wartete darauf, dass der Schwindel verging. Die Küchenuhr tickte laut in der Stille.

Als er die Uhrzeit sah, zuckte er zusammen. Er war zu spät. Schnell suchte er in seinen Taschen nach dem Handy, um Marina anzurufen, fand es jedoch nicht. Vermutlich hatte er es ihm Schlafzimmer gelassen.

Scout kroch auf ihn zu, und weil er spürte, dass Jack verletzt war, leckte er ihm übers Gesicht.

„Ich weiß, dass du es gut meinst, aber nein." Jack drückte sich vom Boden ab und ging zu dem Schrank, in dem er das Hundefutter aufbewahrte. Dann gab er eine gute Portion in den einen Napf und füllte den anderen mit frischem Wasser.

„So. Bist du nun zufrieden?" Er kraulte ihn hinter den Ohren. „Ich wollte dich nicht anschreien."

Jack überlegte, was er tun sollte. Was immer es war, es musste schnell gehen. Er ging ins Schlafzimmer und fand sein Handy.

„Pass gut auf das Haus auf, Scout!", rief er, als er aus der Haustür rannte und dabei darauf achtete, sie unver-schlossen zu lassen.

Jetzt zählte jede Minute. Auf dem Weg zu seinem Wagen wählte er Axes Nummer. „Bitte geh ran, bitte geh ran." Zum Glück fand heute keine Aufführung statt, aber dennoch behagte es Jack nicht, seinen Freund um diese Uhrzeit zu stören. Aber er wusste nicht, was er sonst tun sollte.

„Hallo?"

„Gott sei Dank, du bist da. Ich bin's, Jack, und ich hasse es, dich das zu fragen, aber könntest du mir einen Gefallen tun? Ich mache es auch doppelt und dreifach wieder gut."

Schnell erklärte er sein Problem. „Und ich hatte vor, Marina den Ring heute beim Dinner zu geben. Zu dem wir uns vor fünf Minuten hatten treffen wollen."

„O Mann, du hast es echt verbockt."

„Ich weiß. Kannst du mir helfen?"

„Da du beinahe zur Familie gehörst, komme ich gleich rüber."

Jack dankte ihm und startete den Motor seines alten VW-Busses. „Und Axe? Ich muss dich um noch einen Gefallen bitten."

Abgesehen von dem einen Mal, als Jack seinen Hund aus dem *Beaches* hatte zerren müssen, war er noch nie in dem Restaurant gewesen. Und damals hatte er keine Zeit gehabt, sich umzuschauen. Nun eilte er hinein und begrüßte den Oberkellner, der oft zu Marina ins Café kam.

„Hi Russell. Ist Marina schon da?"

Der Oberkellner warf ihm einen tadelnden Blick ob seiner Unpünktlichkeit zu. Jack dachte an den Abend, an dem er Marina versetzt hatte, und fühlte sich sofort wieder wie ein Versager. Er richtete das reinste Chaos mit Russells Reservierungsliste an.

„Du bist zu spät. Aber wenigstens bist du da. Marina wartete an dem Tisch auf der Terrasse, aber du …" Er zog die Nase kraus. „Du riechst nach Hund."

Jack schnüffelte an seiner Hand. „Oh, tut mir leid. Ich musste Scout füttern."

„Der schon wieder?" Russell schüttelte den Kopf und zeigte auf den Flur. „Die Waschräume sind da entlang."

„Danke."

„Und Jack?"

„Ja?"

„Viel Glück heute Abend."

„Ich glaube, das kann ich gebrauchen. Danke, dass du uns eingeschoben hast." Jack schnippte mit den Fingern. „Ach ja, wenn ein großer Kerl kommt und nach mir sucht, kannst du mir dann Bescheid sagen?"

„Darauf kannst du wetten." Russell fuhr sich mit der Hand über sein perfekt frisiertes Haar.

Nachdem er sich den Geruch nach Hundefutter, Pizza und altem Abflussrohr abgewaschen hatte, steckte Jack das Hemd ordentlich in die Hose und richtete den Kragen, bevor er zu Marina hinaus auf die Terrasse ging. Aufgrund der kurzen Vorlaufzeit hatte Russell ihnen nicht den besten Tisch geben können, aber er hatte einen hübschen Tisch auf der kleinen, von Bougainvilleas umrankten Terrasse versprochen, die auf den Strand hinausging.

Jack hatte viele noble Restaurants auf der ganzen Welt besucht, und das hier war das schickste Restaurant in Summer Beach. Breite Fenster boten einen dramatischen Blick aufs Meer, und im Hintergrund spielte ein Mann auf dem Klavier. Wo er auch hinschaute, waren die Leute dem Anlass entsprechend gekleidet. Jack betrat den intimen Garten neben dem Hauptspeiseraum. Die romantische Atmosphäre war perfekt. Genau wie Marina. Er blieb stehen und musterte sie. Sie trug ein schickes schwarzes Sommerkleid, das er noch nie gesehen hatte, dazu eine Kette aus Südseeperlen, die genauso fein schimmerten wie ihre Haut. Plötzlich, ohne ihn bemerkt zu haben, stand Marina auf und nahm ihre Handtasche.

Sie wollte gehen.

Jack blieb beinahe das Herz stehen. Er eilte an ihre Seite. „Marina, bitte setz dich. Es tut mir leid, dass ich zu spät bin."

Sie wirbelte zu ihm herum. „Ich bin mir nicht sicher, warum wir das hier tun – außer, weil du das Gefühl hast, mir hier ein Essen zu schulden. Lass es mich dir leichter machen." Sie machte einen Schritt auf die Tür zu.

Jack berührte sie am Arm. „Können wir einfach reden? Ich schulde dir viele Erklärungen." Er zog den Stuhl für sie hervor. Nach kurzem Zögern setzte Marina sich, doch er merkte ihr den Widerstand an. Jack setzte sich neben sie, damit er die Tür im Blick behalten konnte.

Auf den Tischen flackerten Kerzen, und die Backsteinwände wurden von Lichterketten geziert. Hinter ihnen warf die untergehende Sonne die buntesten Farben an den Himmel. Jack hoffte, dass das Ambiente ihm helfen würde.

„Das hier ist ein wunderschöner Platz", sagte er.

Marina schürzte die Lippen. „Mehr hast du nicht zu sagen?"

Das war lahm, musste er zugeben und strich sich mit der Hand durchs Haar. „Mein Leben ist … kompliziert."

„Das ist es immer, Jack. Ich hoffe, Leo geht es gut?"

„Ja, alles bestens. Dass ich zu spät bin, hat nichts mit ihm zu tun. Nur mit meinen schlechten Entscheidungen."

Marina musterte ihn nachdenklich. „Von denen hast du in letzter Zeit einige getroffen. Was ist mit dir los?"

Er hatte keine Ahnung, wo er anfangen sollte. In diesem Moment klingelte sein Handy. Er holte es heraus. Es war Axe.

Marina starrte das Handy an. „Da gehst du nicht ran, oder? Denn was könnte in diesem Moment wichtiger sein? Außer, es geht um Leo."

Jack schaltete das Handy auf stumm. Axe würde den Ring entweder finden oder nicht. Ob er den Anruf annahm, würde keinen Unterschied machen. „Können wir da ansetzen, wo wir in der Muschel aufgehört haben? Du hast dich so für Kai und Axe gefreut und sahst so glücklich aus."

Es dauerte einen Moment, aber schließlich lächelte sie. „Das war ein wundervoller Abend für sie und uns alle. Eins muss man Kai lassen, sie weiß, wie man eine Hochzeit unvergesslich macht."

Jack wollte etwas über ihre Hochzeit sagen und dass sie genauso besonders sein könnte, aber er glaubte, es wäre besser, erst einmal einen Zeh ins Wasser zu halten und die Temperatur zu fühlen. Marina war in letzter Zeit ausweichend gewesen, und abgesehen von seinem Hang, ins Fettnäpfchen zu treten, war er nicht sicher, warum. Es schien, je näher sie einander kamen, desto mehr zog Marina sich zurück.

Oder bildete er sich das nur ein?

Wie auch immer, jetzt lächelte sie. Er warf einen Blick zur Tür und fragte sich, wie lange Axe brauchte, um ein

Rohr auseinanderzunehmen. Vielleicht sollte er Marina erklären, was heute Abend passiert war.

Doch bevor er dazu ansetzen konnte, trat ein Kellner an ihren Tisch und erklärte ihnen die Spezialitäten des Abends.

„Das klingt alles köstlich", sagte Jack. „Geben Sie uns ein paar Minuten?"

„Natürlich." Der Kellner schenkte ihnen zwei Gläser Champagner ein – ein Gruß von der Chefin – und ging zu einem anderen Tisch.

Doch weder Jack noch Marina rührten ihre Gläser an.

Jack setzte das Gespräch über Kai und Axe fort, solange er konnte, doch schließlich wechselte Marina das Thema.

„Jack, wir müssen reden."

„Ich weiß." Wieder schaute er zur Tür.

Was Marina auffiel. „Erwartest du noch jemanden?"

„Ich weiß es nicht." Wäre Axe nicht schon längst hier, wenn er den Ring gefunden hätte? „Ich meine nein. Natürlich nicht."

Sein Fauxpas war Jack so peinlich. Und Marina würde ihm sowieso nicht glauben. *Ich habe deinen Ring in den Abfluss fallen lassen* war genauso glaubwürdig wie *Der Hund hat meine Hausaufgaben gefressen.* Er nahm ihre Hand und strich mit dem Daumen darüber.

Marina sah ihn merkwürdig an und schüttelte den Kopf. „Was unser letztes Date hier angeht – und ich meine das mehr im übertragenen Sinne, denn es war nur ein halbes Date, sprich meine Hälfte war hier." Sie verengte die Augen. „Ich würde gerne wissen: Hattest du vor, mir an jenem Abend einen Antrag zu machen?"

Ihre Worte waren wie ein Schlag in den Magen. „Das hatte ich. Und ich gestehe, dass ich ein Armleuchter war.

Ein totaler Idiot. Ein verwirrter, rücksichtsloser Armleuchter ohne Manieren."

Sie verschränkte die Arme vor der Brust. „Du hast zweimal Armleuchter gesagt."

„Nun ja, das verdient eine besondere Betonung, oder?"

Jack verlagerte sein Gewicht, um die Tür besser sehen zu können. Wenn Axe doch nur mit dem Preis hereinkäme, mit dem magischen Talisman, der Jack in Marinas Augen in einen Helden verwandeln würde. Nicht, dass er diesen Titel verdient hatte.

Er berührte ihre Schulter und fuhr fort, verzweifelt bemüht, ihr Vertrauen in ihn wiederherzustellen. „Wenn Leo dir nicht den Antrag gemacht hätte, säßen wir jetzt vielleicht nicht hier."

Marina erlaubte sich ein kleines Lächeln. „Was das angeht … Leo ist so ein Süßer, und sein Antrag hat mich wirklich berührt, aber ich will nicht, dass du dich unter Druck gesetzt fühlst."

„Unter Druck gesetzt?" Er legte sich eine Hand auf die Brust. „Mir fallen unzählige Wörter ein, die ich stattdessen wählen würde: geehrt, privilegiert, dankbar, überwältigt, aufgeregt. Aber unter Druck gesetzt gehört nicht dazu."

„Du bist ein wahrer Thesaurus, oder?"

Jack nahm ihre Hand, küsste sie und presste sie auf sein Herz. „Ich habe noch nie eine Frau gebeten, mich zu heiraten. Ich habe noch nie einer Frau gesagt, dass ich sie liebe. Weil ich noch nie tiefe Liebe empfunden habe, bis ich dich kennenlernte. Und deshalb bin ich darin so schlecht."

Eine grauhaarige Frau am Nebentisch lächelte bei Jacks Worten und ergriff die Hand ihres Mannes.

Wenigstens erreiche ich irgendjemanden hier, dachte Jack.

Marina senkte den Blick und starrte in die flackernde Flamme der Kerze auf dem Tisch. Sie schien sich mit ihren Gefühlen für ihn auseinanderzusetzen.

Jack spürte die Liebe, die sie für ihn empfand, aber irgendetwas hielt sie zurück. Er schaute wieder zur Tür und versuchte, Axe per Gedankenkraft auftauchen zu lassen. Denn es sollte nicht so lange dauern, wenn man die richtigen Werkzeuge hatte.

Er kommt nicht, erkannte Jack und seine Laune sank. Der Ring war vermutlich verloren, aber Marina war jetzt hier bei ihm. Er durfte sie nicht auch noch verlieren.

Verzweifelt begann er seinen Appell: „Das hier ist der Teil meiner Rede, wo ich in meine Tasche greifen sollte und …"

„Nicht!", rief Marina aus und warf die Hände in die Luft.

Jack runzelte die Stirn. „Ich könnte es nicht, selbst wenn ich es wollte. Aber ist das nicht das, was du willst?"

„Warte mal, was heißt, du kannst es nicht? Ich habe in deinem Haus ein antikes Ringkästchen gesehen."

Ah, sie hatte es also gesehen. Jack presste sich eine Hand an die Stirn. „Ich habe viele Probleme, von denen du wissen solltest. Ich kann nicht kochen – wenn man vom Grillen absieht. Ich bin ein wenig schlampig …"

„Ein wenig?"

„Daran kann ich arbeiten. Aber ich habe auch zwei linke Hände." Er wackelte mit den Fingern. Jetzt brabbelte er nur noch.

Marina verengte den Blick. „Ich kann dir nicht folgen."

Seufzend fuhr er sich mit der Hand durch die Haare. „Ich muss dir etwas gestehen. Ich habe, oder vielleicht hatte, einen ganz besonderen Ring für dich. Er bedeutet mir sehr viel – er gehörte meiner Großmutter – und ich hatte gehofft, dass er dir auch viel bedeuten würde. Aber heute Abend, bevor ich hergekommen bin, ist mir ein Schnitzer unterlaufen."

„Dir ist was?"

„Ein Fehler unterlaufen." Er wedelte ungeschickt mit den Händen.

„Was genau soll das heißen?"

Er senkte beschämt die Stimme. „Ich habe ihn in die Küchenspüle fallen lassen."

Die Frau am Nebentisch schaute ihn mitfühlend an.

„Oh." Marina senkte den Blick und studierte ihre Hände. „Hör mal, Jack. Ich habe nachgedacht. Wir müssen nicht heiraten. Oder nicht gleich. Oder vielleicht nie. Ich werde dich nicht auf den Antrag deines Sohnes festnageln."

Jacks Herz sank. „Heute Abend geht es nicht um den Ring. Okay, ursprünglich schon, aber ich werde einen anderen finden. Einen, der genauso ist, wie du ihn dir wünschst. Aber lass uns sagen, dass es heute um uns geht – darum, unser Leben gemeinsam zu verbringen."

Marina wurde ganz still. Jack wusste nicht, was er sonst noch sagen sollte. Er flehte um ihre Zukunft, um das Leben, das sie gemeinsam haben sollten. Wie konnte er sie zurückgewinnen?

Und dann traf es ihn wie ein Blitz. Sie war kein Preis, den er beanspruchen konnte. Marina unterschied sich von allen Frauen, die er gekannt hatte. Sie brauchte ihn nicht, und dafür respektiert er sie. Er liebte ihre Unabhängigkeit, ihren Willen, ihre Entschlossenheit. Und wie sie ihn immer angeschaut hatte – voller Bewunderung für das, was er erreicht hatte, für seine Fürsorge für Leo, dafür, dass er Gingers Geschichten bildlich zum Leben erweckte.

Würde sie ihn je wieder so ansehen?

Marina schüttelte langsam den Kopf.

Jack drückte sich vom Tisch ab. „Du hast recht. So sehr ich dich auch liebe, ich sehe, dass ich dich nicht verdient habe."

17

Im Wohnzimmer des Coral Cottages nahm Marina ein wundervoll gerahmtes Foto von ihren Eltern in die Hand und drehte sich zu Kai um. „Es war lieb von Ginger, ein paar Fotos für dein neues Zuhause herauszusuchen."

Kai wählte ein weiteres. „Ich kann Kopien für dich und Brooke machen."

„Brooke hat bereits viele Familienfotos."

„Dann eben für *dein* neues Zuhause, Dummerchen." Kais Wangen waren vor Aufregung über das neue Leben, das vor ihr lag, gerötet.

„Ich habe noch die Fotokisten aus meiner Wohnung in San Francisco. Außerdem steht die Suche nach einem neuen Zuhause für mich gerade nicht an." Und vielleicht wird sie das nie tun, dachte sie.

„Du könntest dir was Kleines in der Nähe suchen. Das sollte mit dem neuen Foodtruck doch sicherlich drin sein."

Kais Fröhlichkeit so früh am Morgen zerrte an Marinas Nerven. Ihre Schwester war der Inbegriff von Sonnenschein. Sie trug ein neues Etuikleid aus Baumwolle, das mit Gänseblümchen bedruckt war. Axe hatte es ihr gekauft, und den ganzen Morgen schon plapperte sie über ihre Pläne, sein Haus in ein Zuhause für sie beide zu verwandeln. Und Marina gönnte es ihr. Sie freute sich aufrichtig für Kai. Das Problem war, dass sie nicht aufhören konnte, darüber nachzudenken, was aus ihr und Jack hätte werden können.

Jetzt, wo Kai auszog, war es im Haus merkwürdig still, und Marina fragte sich, ob sie Ginger wirklich allein lassen konnte. Vor allem weil Heather plante, im Herbst aufgrund ihres Praktikums wegzuziehen. Ihre Tochter hatte endlich die Bestätigung bekommen und ihrer Mutter erzählt, dass sie einen Platz bei einem großen Unternehmen in San Francisco erhalten hatte. Sie würde dort an einem Programm für Werksstudenten teilnehmen, was ihr nach Abschluss des Studiums quasi die Garantie auf eine langfristige Anstellung gab.

Kai schaute sich um. „Ich brauche noch ein paar Tüten für die Fotos. Bin gleich zurück." Sie eilte davon und summte dabei das Lied von ihrer Hochzeit.

Marina wischte den Staub von einem weiteren Foto ihrer Eltern. Es war kein formelles Bild, sondern eines, das am Strand aufgenommen worden war. Ihr Vater hielt ihre Mutter in den Armen, und beide lachten.

So erinnerte Marina sich immer an die beiden. Sie hatten eine gute Ehe gehabt. Man könnte sogar sagen, sie waren Seelenverwandte gewesen.

Konnte sie dasselbe über Jack sagen? Seitdem er sie letzte Woche im *Beaches* zurückgelassen hatte, hatten sie nicht mehr miteinander gesprochen, und mehr als einmal hatte sie ihre Entscheidung hinterfragt. Schlimmer noch,

Summer Beach war ein kleiner Ort. Obwohl sie versuchte, Jack klammheimlich aus dem Weg zu gehen, war er überall.

Er war im *Laundry Basket*, als sie ihre gereinigten Kleider abholte. Darunter das, das sie an jenem Abend getragen hatte.

Er war im Seabreeze Inn für das Treffen ihres Buchclubs.

Er war im Java Beach, wenn sie sich einen Kaffee holte.

In der letzten Woche war Jack überall gewesen, außer in ihrem Café.

Sie hatte sich dabei ertappt, von ihrer Arbeit in der Küche aufzuschauen, wenn sie etwas hörte, das nach seinen Schritten oder Leos süßer Stimme klang, aber jedes Mal war der Tisch, der immer noch für die beiden reserviert war, leer gewesen. Doch sie brachte es nicht über sich, das Schild zu entfernen.

Heather rührte es ebenfalls nicht an.

Sie dachte daran, wie verletzt Leo sein musste. Wann immer Jack sie sah, führte er den Jungen weg. Was Leo zu verwirren schien.

Sie massierte sich die Schläfen und fragte sich, wie eine Beziehung, die sich einst so richtig angefühlt hatte, so hatte schiefgehen können. Im Herzen wollte sie Jack vertrauen, doch alle Zeichen deuteten auf ein Leben voller Enttäuschungen mit einem impulsiven, unverantwortlichen Kind-Mann hin.

Wie er lebte, war die reinste Katastrophe, egal, was er sagte. Sie hatte es gesehen. Er war ein Mann, der gutes Geld mit Worten verdiente – sie würde sich nicht von seinen leeren Versprechungen umstimmen lassen.

Aber warum brach ihr Herz dann jeden Tag ein bisschen mehr?

„Ich bin wieder da." Kai schwang eine Einkaufstasche in der Hand. „Das ist für heute alles. Der Kofferraum ist voll, und ich muss noch Platz für die süßesten Kissen lassen, die ich in einem Laden im Ort gesehen habe. Die passen perfekt zu der neuen Couch, die wir bestellt haben. Sobald der Laden aufmacht, gehe ich sie holen. Ich glaube, ich kaufe auch ein paar Blumen, um sie entlang des Weges zur Haustür zu pflanzen. Wie wäre es mit Gänseblümchen?"

„Passend zu deinem Kleid."

„Oh, richtig. Wie lustig!" Kais Augen schimmerten vor Glück. „Ich kann es nicht erwarten, dir das Haus zu zeigen. Axe und ich haben die Möbel neu arrangiert, und wir haben vor, die Wände zu streichen."

„Ich freue mich für dich." Marina umarmte sie. Das meinte sie aufrichtig, aber zuzusehen, wie ihre jüngste Schwester ihr Haus einrichtete, war irgendwie ernüchternd.

„Habe ich dir schon das Neuste über unsere Flitterwochenpläne erzählt?" Ohne auf eine Antwort zu warten, fuhr Kai fort: „Ich habe schon immer London zur Weihnachtszeit besuchen wollen, mit all den Dekorationen in Covent Garten und der Stadt. Und es gibt so viele Theaterstücke im West End, die wir sehen wollen."

„Werdet ihr Weihnachten nicht hier verbringen? Und was ist mit dem Weihnachtsstück?"

„Pläne ändern sich." Kai reinigte beim Sprechen die Bilderrahmen. „Vielleicht vermieten wir die Muschel für eine Weihnachtsaufführung an eine andere Theatertruppe. Wir haben versprochen, Axes Familie zu besuchen, deshalb werden wir die Feiertage jetzt abwechselnd hier und bei ihnen verbringen. Möglicherweise kommen sie aber auch für eine Pause vom Winterwetter nach Summer Beach. Das erinnert mich daran, dass ich das Gästezimmer aufhübschen muss." Sie lachte. „Ich wusste gar nicht, dass zu dekorieren mir so viel Spaß bringt. Und was unser nächstes Haus angeht, sagt Axe, dass er uns unser Traumhaus bauen kann. Denn bald werden wir mehr Platz benötigen."

„Du meinst ein Kinderzimmer?"

Kai errötete. „Ich werde eine gute Zweitbesetzung aussuchen müssen."

„Ihr denkt jetzt schon daran, eine Familie zu gründen?"

„Ich werde nicht jünger", sagte Kai. „Und wir wollen wirklich eine kleine Theatertruppe haben. Wäre das nicht lustig?"

„Vielleicht könnt ihr euch die erst einmal ausleihen, bevor ihr einen so wichtigen Schritt macht." Marina fiel es schwer, sich Kai als Mutter vorzustellen. „Probiere vorher aus, wie es dir gefällt, rund um die Uhr Mutter zu sein."

Kai sah sie überrascht an. „Wo ist dein Sinn für Humor geblieben?"

„Mit dem ist alles in Ordnung", erwiderte Marina scharf. „Ich habe nur mit dem Café viel um die Ohren."

„Nein, da ist noch mehr." Kai deutete mit dem Finger auf ihre Schwester. „Irgendetwas stimmt mit dir nicht. Es ist wegen Jack, oder?"

Endlich fiel es Kai auf, doch das bedeutete nicht, dass Marina darüber reden wollte. „Warum glauben immer alle, dass Jack das Problem ist?"

„Weil er das normalerweise ist. Oder du bist es, aber du glaubst lieber, dass er es ist."

Marina runzelte die Stirn. „Das ergibt keinen Sinn."

„Natürlich tut es das. Denk mal darüber nach." Kai breitete die Arme aus. „Du projizierst deine Ängste auf ihn. Du hast Angst, verletzt zu werden. Also gibst du ihm die Schuld. Das ist doch ganz einfach."

„Zu einfach." Marina strich sich mit der Hand übers Gesicht. Kai ging ihr mit ihrer Hobbypsychologie auf die Nerven. Und sie brauchte eine zweite Tasse Kaffee. Ihre Schwester war am Morgen wie Tigger aus Winnie Puuh ins Haus gehüpft. Und Marina fühlte sich wie Puuh.

Kai sah sie mitfühlend an. „In deinem Alter hast du es verdient, glücklich zu sein."

„In *meinem* Alter?" Marina gab ein ersticktes Geräusch von sich. „Und du glaubst, dazu kann Jack mir verhelfen?"

„Mal sehen." Kai stemmte die Hände in die Hüften. „Wir wissen jetzt, dass nicht mit Jack zusammen zu sein dich unglücklich macht. Also ja … ja, du solltest ihn wiedersehen. Fall abgeschlossen."

Marina stopfte die Fotos in die Einkaufstasche. „Ich bin mit dieser übersimplifizierten Unterhaltung fertig."

„Ich meine ja nur … Du solltest nicht immer alles zu sehr überdenken."

„Aber wenn es Alarmsignale gibt …"

„Ach komm schon, Marina. Die Signale, die du glaubst, zu sehen, sind im besten Fall ein leises Klingeln. Er ist unordentlich? Stell eine Putzfrau an. Teilt euch die Hausarbeit. Er ist unorganisiert? Schenke ihm einen Wandkalender oder eine App für sein Handy. Wie schwer kann das schon sein?"

„Sagt diejenige, die seit fünf Minuten verheiratet ist."

„Mit dem Heiligen Stan warst du auch nicht viel länger verheiratet."

Marina öffnete geschockt den Mund und schloss ihn wieder. Der alte, vertraute Schmerz schoss an die Oberfläche. Wie konnte Kai es wagen, das anzusprechen?

Kai, die ihren Fehler bemerkte, legte Marina eine Hand auf die Schulter. „Es tut mir leid. Das hätte ich nicht sagen sollen. Ich weiß, wie viel dir Stan bedeutet hat, und er war ein wundervoller Mann. Aber Süße, ihr wart nicht sonderlich lange verheiratet, und es ist über zwanzig Jahre her. Er würde nicht wollen, dass du für immer allein bleibst."

„Kai, das reicht ..."

„Warum gibst du Jack keine Chance?", flehte ihre Schwester. „Ich liebe dich und ich will nicht, dass du ein Leben mit einem tollen Mann verpasst, der dich so liebt, wie du bist. Je älter man wird, desto seltener werden sie. Ich muss es wissen. Und du bist mir weit voraus."

„Entschuldige, aber hast du gesagt *weit voraus?*" Das reichte. Marina schob Kais Hand weg. „Hör auf, so selbstgefällig zu sein", spuckte sie förmlich aus. „Nur weil du jetzt verheiratet bist, glaubst du, alle Antworten zu kennen. Geh einfach."

„Ich dachte, du bräuchtest ein paar klare Worte. Wenn du die nicht für mich gehabt hättest, wäre ich jetzt vielleicht mit Dimitri verheiratet. Oder dabei, die Scheidung einzureichen." Seufzend nahm Kai ihre Taschen und verließ ohne ein weiteres Wort das Haus.

Marina wandte sich ab, und als sie das tat, sah sie Ginger im Flur stehen. Sie war in der Bibliothek alte Fotos durchgegangen und musste alles mitangehört haben. Marina hob abwehrend eine Hand. „Ich bin nicht in der Stimmung für Vorhaltungen."

Ginger wirkte erschöpft. „Ich auch nicht. Aber es hilft, Dinge laut ausgesprochen zu hören."

Sofort zog sich Marinas Magen zusammen. Einiges von dem, was Kai gesagt hatte, ergab Sinn. Sie biss sich auf die Unterlippe. Legte sie bei Jack unmöglich zu erreichende Standards an?

Vielleicht.

Aber könnte sie sich mit weniger als Perfektion zufriedengeben?

Blinzelnd lehnte Ginger sich an die Wand und hob ermattet eine Hand an ihre Stirn. „Mir ist ein wenig warm. Würdest du mir ein Glas Wasser holen?"

Ihre Stimme hatte nicht die gleiche Kraft wie sonst. Alarmiert eilte Marina zu ihrer Großmutter und führte sie zum nächstgelegenen Sessel. „Geht es dir gut?"

Ginger schüttelte den Kopf. „Nein ... mir geht es gar nicht gut."

Marina lief in die Küche, stellte das Wasser an und hielt ein Glas darunter. Als es voll war, riss sie die Haustür auf. Kai war gerade dabei, wegzufahren. „Kai!", rief sie. „Komm zurück! Ginger geht es nicht gut."

Aber Kai hielt nicht an. Sie hatte die Fenster geschlossen und vermutlich die Musik laut aufgedreht. Marina nahm das Glas und rannte zu Ginger zurück. „Kannst du trinken?"

Ginger führte das Glas an die Lippen und trank einen winzigen Schluck. „Ich brauche vermutlich Hilfe, um zur Couch zu kommen. Wenn ich mich hinlege, geht es vielleicht wieder vorbei."

Marina half ihr auf, aber sobald Ginger den ersten Schritt machte, stolperte sie und sackte in sich zusammen. Panisch hielt Marina sie in den Armen. Ginger brauchte Hilfe; ihr Gesicht verlor seine gesunde Farbe.

Wo ist mein Handy?

In dem Moment kam Jack ins Haus und kniete sich neben sie. Er trug seine Laufshorts, und ein feiner Schweißfilm lag über seinem Gesicht. „Was ist passiert?"

„Sie ist zusammengebrochen." Marinas Herz

hämmerte. „Ich weiß nicht, ob sie einen Schlaganfall oder einen Herzinfarkt hat."

„Ruf Hilfe. Sofort." Ohne zu zögern, hob Jack die bewusstlose Ginger auf die Arme und trug sie zum Sofa, wo er sie auf die Seite legte und nach ihrem Puls fühlte.

Mit zitternden Fingern wählte Marina den Notruf und gab ihre Adresse durch. Tränen der Panik stiegen ihr in die Augen.

Die nächsten Minuten waren verschwommen. Während Marina am Handy war, kümmerte Jack sich um Ginger. Nachdem er den Puls gefühlt hatte, prüfte er, ob ihre Luftröhre frei war und sie normal atmete. Marina erinnerte sich daran, dass er ein Erste-Hilfe-Training absolviert hatte. Nach einer gefühlten Ewigkeit kamen Sanitäter ins Haus gelaufen und übernahmen.

Marina umklammerte Gingers Hand, die auf einmal so kalt und klein wirkte. Mit einem Gebet auf den Lippen versuchte sie, nicht im Weg zu sein, ohne ihre Großmutter loszulassen.

„Es tut mir leid, Ma'am, aber wir brauchen Platz, um uns um ihre Großmutter zu kümmern", sagte einer der Sanitäter zu ihr. Dann stellten sie ihr ein paar Fragen, die Marina versuchte, so gut wie möglich zu beantworten.

„Was ist passiert, bevor sie das Bewusstsein verloren hat?"

Mit trockenen Lippen antworteten sie: „Meine Schwester und ich habe uns gestritten."

Niemand sagt etwas, und Marina wünschte sich mit aller Macht, dass sie mit Ginger tauschen könnte. Sie fühlte sie verloren und wandte sich zu Jack um. Angst umfing sie wie eine Decke aus Dunkelheit. Sie presste ihren Kopf an seine Schulter, und er legte die Arme um sie.

„Sie ist stark", flüsterte er.

Marina konnte nur nicken, weil ihre Kehle wie zugeschnürt war. Das hier war ihre Schuld. Sie sehnte sich danach, zurücknehmen zu können, was sie zu Kai gesagt hatte, denn das hatte Ginger eindeutig aufgeregt. Es hatte ihre Großmutter immer gestört, sie und ihre Schwestern streiten zu sehen. Wenn sie und Kai es doch nur nicht getan hätten. Aber es war nicht Kai, die angefangen hatte.

Das war ich.

Unter dieser Erkenntnis gaben Marinas Knie unter ihr nach, und der Raum begann, sich unkontrolliert um sie herum zu drehen.

Doch Jack hielt sie weiter fest.

Es dauerte nur wenige Minuten, bis Ginger auf einer Trage lag und in den Krankenwagen geschoben wurde. Blinzelnd ergriff Marina noch einmal ihre Hand. „Ich liebe dich. Ich liebe dich so sehr und der Streit mit Kai tut mir so unendlich leid. Bitte verzeih mir und sei stark für uns. Ich bleibe bei dir, das verspreche ich."

In dem überwältigenden Nebel aus Gefühlen, der ihr Denken verdunkelte, konnte Marina kaum verarbeiten, was als Nächstes passierte. Irgendwie brachte Jack sie zum Krankenhaus. Irgendwie eilten Kai und Axe an ihre Seite. Und irgendjemand sagte ihr, dass Brooke, Heather und Ethan auf dem Weg waren.

In einem eiskalten Wartezimmer, in dem ein scharfer, antiseptischer Geruch in der Luft lag, wartete Marina. Sie nahm nichts wahr außer Jacks beschützende Arme, die sie sanft zusammenhielten.

Ohne ihn würde sie den möglichen Verlust ihrer Großmutter nicht ertragen.

18

*S*päter am Nachmittag saß Marina am Krankenbett ihrer Großmutter und strich ihr sanft die Haare aus der Stirn. Zum Glück war Ginger wieder hellwach und die Farbe war in ihr Gesicht zurückgekehrt. „Ich bin so froh", sagte Marina leise. „Wie es aussieht, geht es dir besser."

Ginger sah sie lächelnd an. „Das tut es. Aber ich verstehe nicht, warum sie mich zur Beobachtung hierbehalten wollen."

„Sei froh", sagte Kai und zwang sich zu einem Lächeln. Sie saß auf der anderen Seite des Krankenbettes, wie sie es die letzte Stunde über getan hatte. „Sie behalten nur Leute da, die sie mögen." Sie streckte den Arm aus und ergriff Marinas Hand.

Ginger legte ihre Hand auf die ihrer Enkelinnen. „Habt ihr euch wieder vertragen?"

„Ja." Tränen stiegen Marina in die Augen. „Verzeihst du mir?"

Gingers Augen leuchteten mit neuer Kraft auf. „Natürlich."

Als Ginger sie anlächelte, war es, als würden die Risse in Marinas Herzen von selbst zuheilen. Sie senkte den Kopf und wischte sich die Tränen der Erleichterung von den Wangen. Dabei bemerkte sie, dass Kai dasselbe tat.

Die gesamte Delavie-Moore-Familie hatte sich in dem kleinen Zimmer versammelt, um Ginger Gesellschaft zu leisten und auf die Untersuchungsergebnisse zu warten. Die Ärzte hatten Marina versichert, dass Ginger gesund zu sein schien und die Untersuchungen lediglich Routine waren.

Bisher waren alle Ergebnisse normal. Marina schaute zu Brooke und deren Familie, die ebenfalls bei Ginger gewacht hatten. Heather und Ethan standen mit Jack bei der Tür.

Gingers Augen leuchteten auf, als sie sie sah. „Sag den Zwillingen, sie sollen herkommen."

Jack flüsterte Heather und Ethan etwas zu, und die beiden näherten sich dem Bett. „Hier, setz dich", sagte Marina zu ihrer Tochter und stand auf.

Ethan hockte sich auf den Rand des Bettes, dann fingen die beiden an, sich mit Ginger zu unterhalten.

Marina zog sich ein wenig zurück. Der einzige freie Platz im Raum war neben Jack. Sie stellte sich neben ihn und ergriff seine Hand, dankbar dafür, dass er bei ihr geblieben war.

In den letzten angespannten Stunden schien sich ihre Beziehung erholt zu haben.

„Es ist so eine Erleichterung, zu sehen, dass es ihr besser geht", sagte Jack und drückte Marinas Hand. Er trug immer noch seine Laufsachen.

„Ich weiß nicht, was ich getan hätte, wenn du nicht am Strand joggen gewesen wärst."

„Ich habe keinen Zweifel, dass du die Situation gemanagt hättest. Aber ich bin froh, dass ich helfen konnte."

Marina lächelte ihn mit neu erwachter Bewunderung an. Jack war für sie da gewesen und – wichtiger noch – für Ginger. Er hatte alles fallen lassen, um sich um sie zu kümmern, und er hatte die gesamte Familie angerufen. Als sie im Krankenhaus eingetroffen waren, hatte er für alle etwas zu essen besorgt und die jüngeren Kinder unterhalten. Und nebenbei hatte er noch dafür gesorgt, dass Leo bei seiner Freundin Samantha und ihren Eltern bleiben konnte.

In diesem Moment betrat die Ärztin das Zimmer. Sie lächelte. „Wie es aussieht, ist es an der Zeit für Sie, aus diesem gastlichen Haus auszuchecken, Ms. Delavie."

Ginger strahlte. „Ich kann nicht sagen, dass ich den Aufenthalt in vollen Zügen genossen habe, aber Sie und Ihr Team waren hervorragende Gastgeber. Danke für alles, was Sie für mich getan haben."

Als die Ärztin ging, folgte Marina ihr auf den Flur. „Gibt es irgendetwas, das wir wissen sollten?", fragte sie.

„Ihre Großmutter scheint sich sehr gut um sich zu kümmern. Trotzdem sollten Sie ein Auge auf sie haben und sicherstellen, dass sie sich weiterhin gesund ernährt, ein wenig Sport treibt und auf ihre Gesundheit achtet."

„Das tut sie, das kann ich Ihnen versichern", sagte Marina. „Sie nimmt außerdem eine Reihe von Kräutern und Nahrungsergänzungsmitteln, die sie bei ihren Reisen um die Welt entdeckt hat, um ihr Immunsystem zu stärken."

Die Ärztin nickte. „Das hat sie mir erzählt, und ich

habe es in ihrer Akte vermerkt. Ich wünschte, mehr Patienten hätten ihre Kondition und ihren scharfen Verstand."

Marina musste einfach fragen: „Glauben Sie, die Episode ist durch Stress verursacht worden?" Alles andere war ausgeschlossen worden. Zum Glück war es kein Herzinfarkt oder Schlaganfall gewesen, aber Ginger hatte das Bewusstsein verloren.

„Stress hat definitiv einen negativen Effekt auf uns", erklärte die Ärztin. „Versuchen Sie, sie nicht unnötig aufzuregen. Sie wirkt wie eine so gütige Frau."

Damit entschuldigte die Ärztin sich, und Marina war erleichtert, dass es nichts Ernsteres gewesen war.

Kai kam zu ihr auf den Flur hinaus. „Es tut mir so leid, was ich gesagt habe", sagte sie und deutete auf Gingers Zimmer. „Es war meine Schuld, dass sie sich so aufgeregt hat."

„Das warst du nicht allein. Und ich auch nicht." Marina umarmte Kai, als die Erkenntnis in ihr aufstieg. „Es war alles zusammen. Heute früh hat Ginger mir gesagt, dass sie nicht gut geschlafen hat, und sie hat zum Frühstück kaum etwas gegessen. Die Fotos von Mom durchzusehen hat sie bestimmt tief berührt, auch wenn sie den Tod ihrer Tochter mit mehr Anmut akzeptiert hat, als ich je werde verstehen können."

„Sie hat sich immer so gut um uns gekümmert", sagte Kai. „Daran erinnere ich mich."

„Ich auch." Marina schluckte. „Aber das Trauma des Unfalls bleibt bestehen. Und als wir vorhin angefangen haben, uns zu streiten, ist der Stress wohl einfach zu viel geworden und ihr Körper hat dichtgemacht."

Kai umfasste Marinas Hände. „Danke, dass du diese Sicht der Dinge mit mir teilst. Wir sind Schwestern. Wir sollten uns besser benehmen. Und ich verspreche, dass ich das in Zukunft tun werde." Sie schaute zu Jack, der im Türrahmen stand. „Ich bin dir sehr dankbar für alles, was du für unsere Großmutter getan hast."

„Gern geschehen." Er nickte bescheiden.

Nachdem Kai gegangen war, wandte Marina sich an Jack. „Du machst dir bestimmt Sorgen um Leo."

„Ihm geht es bei Denise und John gut, aber ich werde ihm Bescheid sagen, dass mit Ginger alles in Ordnung ist. Er hat sie sehr ins Herz geschlossen."

„Wer hat das nicht? Ich habe vor, später mal wie sie zu werden."

„Du hast ihre Gene, so viel steht fest." Jack strich ihr eine Strähne hinters Ohr und gab ihr einen Kuss auf die Wange. „Ich würde dich ja ins *Beaches* einladen, aber ich glaube, das Restaurant bringt uns nur Pech. Wenn Ginger sich besser fühlt, würdest du dann später in der Woche zu mir nach Hause kommen? Ich habe aufgeräumt und ein paar Veränderungen vorgenommen. Es wäre wirklich schön, wenn du dir das anschaust. Und ich verspreche dir ein genießbares Essen."

„Sehr gern", sagte sie leise.

Am nächsten Tag, nachdem Ginger gut geschlafen und gegessen hatte, bewegte sie sich wieder mit der üblichen Energie. Und als die Woche sich dem Ende neigte und die meisten Wochenendtouristen am Sonntag abgereist waren, schloss Marina ihr Café früher. Sie freute sich darauf, den Abend mit Jack zu verbringen.

Selbst nach der Episode im Krankenhaus waren er und

Leo nicht im Café gewesen. Doch er hatte jeden Tag angerufen, um zu fragen, wie es Ginger ging.

In Vorbereitung auf das Abendessen bei Jack zu Hause duschte Marina und gab sich extra viel Mühe mit ihren Haaren, auch wenn sie nicht wollte, dass es so aussah, als würde sie sich zu sehr bemühen. Sie zog eine weiße Jeans und ein fließendes, türkisfarbenes Oberteil sowie farblich dazu passende Ohrringe an. Und sie konnte dem Drang nicht widerstehen, die Sandalen zu tragen, die sie für ihr Date im *Beaches* gekauft hatte.

Als sie vom Spiegel zurücktrat, dachte sie, dass sie gut aussah. Nicht zu lässig, nicht zu schick, sondern genau richtig.

Seltsamerweise war sie nicht sonderlich nervös. Doch als sie sich umdrehte, wäre sie beinahe gestürzt und hielt sich schnell an der Kommode fest.

Nun ja, vielleicht war sie doch ein wenig nervös. Sie atmete tief ein und lächelte ihrem Spiegelbild noch einmal zu, bevor sie nach unten ging.

Heather und Ginger spielten im Wohnzimmer Domino. „Wow. Du siehst heiß aus, Mom."

„Du gehst wohl aus", sagte Ginger.

„Ist es zu viel?"

„Nein. Ich liebe die Schuhe", sagte Heather. „Kann ich mir die mal ausleihen?"

Wen ihre Tochter die Schuhe tragen wollte, waren sie vielleicht doch zu jung und hoch für sie? „Okay. Es ist zu viel." Sie machte Anstalten, wieder nach oben zu gehen.

„Warte." Ginger tippte mit dem Finger auf den Tisch. „Du bist nur einmal jung. Geh und hab Spaß." Sie zwinkerte ihr zu und nahm einen Dominostein auf. „Deine Frisur ist übrigens fabelhaft."

Da Marina den Weg in diesen Schuhen unmöglich zu Fuß gehen konnte, stieg sie in ihren Mini. Auf dem Weg hielt sie beim *Blossoms* an und kaufte einen Strauß mit tropischen Blumen: rote Porzellanrosen, Paradiesvogelblumen und glänzende Farne. Als sie kurz darauf vor Jacks Haus vorfuhr, blinzelte sie ein paar Mal überrascht.

Es sah ... anders aus.

Der Rasen war gemäht, der Efeu zurückgeschnitten, und auf der Veranda blühten Blumen in lackierten Töpfen. War sie hier richtig? Marina schaute sich um. Jacks alter VW-Bus war nirgendwo zu sehen. Vielleicht hatte er die Garage aufgeräumt. Doch sie war sicher, dass das hier das Haus war, das er mietete.

Sie stieg aus und ging vorsichtig auf die Haustür zu. Bevor sie klopfen konnte, wurde die Tür geöffnet.

„Willkommen im Chez Jacques." Jack trug eine beige Baumwollhose und ein weißes Hemd, dessen Ärmel er hochgerollt hatte. Dazu war er barfuß. „Wow", sagte er und ließ seinen Blick bewundernd über Marina gleiten.

Bei seinem Anblick machte ihr Herz einen Satz. Sie trat über die Türschwelle. „Der Garten sieht so ordentlich aus, dass ich nicht sicher war, ob ich hier richtig bin. Hat dein Vermieter Beschwerden von den Nachbarn erhalten?"

Jack zuckte ein wenig verlegen mit den Schultern. „Ich habe ein paar Verschönerungen vorgenommen."

Die Fenster standen offen und ließen die sanfte Meeresbrise herein. Ein heller, flauschiger Teppich lag vor dem Kamin, in dem eine Gruppe Kerzen in Glashäfen flackerten und einen süßen Duft verströmten. Jasmin, dachte Marina. Ein bekanntes Aphrodisiakum, wie sie dank ihrer Erfahrung mit Duftölen wusste.

„Ich dachte, die würden dir gefallen." Sie reichte ihm den Strauß.

Seine Augen funkelten, als er den Kopf neigte, um die Blumen zu bewundern. „Du hast mir Blumen mitgebracht?"

„Bilde dir nicht allzu viel darauf ein. Ginger hat mir beigebracht, niemals mit leeren Händen zu einer Essenseinladung zu kommen." Sie schaute sich um. „Ist Leo da?"

„Er übernachtet heute bei Denise und John. Sie gehen mit den Kids zum Bowling. Ich stelle die Blumen eben in eine Vase."

Sie folgte ihm in die Küche und sah zu, wie er eine alte Glasvase herausholte, die vermutlich dem Vorbesitzer gehört hatte, und sie sorgfältig ausspülte, bevor er die Blumen darin arrangierte. Die Küche war so sauber, wie Marina sie noch nie gesehen hatte.

„Magst du ein Glas Wein? Ich habe da ein gutes Fläschchen."

„Gern", antwortete sie.

Während er zwei Gläser einschenkte, schaute Marina sich um. Der Boden war geschrubbt worden, auf den Küchenstühlen lagen neue, bunte Kissen, und selbst die Fenster wirkten frisch geputzt. Was war nur in ihn gefahren?

„Du hast hier viel Arbeit geleistet", sagte sie.

„Es war an der Zeit, mein Leben wieder in den Griff zu kriegen."

„Dann hast du bestimmt ein gutes Putzteam."

„Ja, Leo und ich arbeiten gut zusammen."

„Das alles habt ihr beide gemacht?"

„In diesem Fall gebührt tatsächlich mir der Großteil der Lorbeeren. Wegen der Gesetze gegen Kinderarbeit und so, du weißt schon." Lächelnd hob er sein Glas und stieß mit Marina an. „Auf dich", sagte er und gab ihr einen sanften Kuss.

Ein warmes Gefühl breitete sich in Marina aus. Alle Vorbehalte, die sie wegen des heutigen Abends noch gehabt haben mochte, verflüchtigten sich.

Als Jack sich zurückzog, ließ er seinen Blick auf ihr ruhen. „Als Vorspeise gibt es Gazpacho."

„Selbstgemacht?"

„Ich habe mir ein paar Videos angeschaut. Mit einem Mixer ist das erstaunlich leicht. Einfach das Gemüse hineingeben und fertig. Und es ist sehr gesund."

„Du hast einen Mixer?"

Er zeigte auf das neue Modell auf der Arbeitsfläche. „Ich habe in den letzten paar Wochen viel gelernt."

„Ich auch." Der Schreck von Gingers Zusammenbruch und Kais Worten hatten dafür gesorgt, dass Marina einige Dinge neu durchdacht hatte.

Sie entschieden, am Couchtisch im Wohnzimmer zu essen, wo sie mit Blick aufs Meer auf den neuen Kissen vor den Kerzen sitzen konnten. Jack legte leise Jazzmusik auf, die Marina mochte, und sie half ihm, Geschirr und Besteck ins Wohnzimmer zu bringen, dazu die kalte Suppe und krosses Weißbrot mit spanischem Olivenöl.

„Und was ist das hier?" Sie zeigte auf eine Schüssel auf der Arbeitsplatte in der Küche.

„Ein Salat mit Avocado, Feta, Balsamicodressing und etwas, das sich ‚Little Gem'-Salat nennt, den ich durchgeschnitten und gegrillt habe. Der ist süß, oder?"

„Du bist auf dem Markt gewesen." Und sie erkannte das Rezept wieder. Es war eines von Gingers. War das hier eine kleine Verschwörung?

Jacks Miene fiel in sich zusammen. „Ist das schummeln?"

„Natürlich nicht." Sie berührte seine Brust. „Da findet man die frischesten Produkte." Als sie die Hoffnung in Jacks Gesicht sah, beschloss sie, sich später bei Ginger zu bedanken, sollte diese ihm mit dem einen oder anderen Rat geholfen haben.

Marina schaute zum Herd. „Irgendetwas riecht hier ganz hervorragend. Was ist das?" Sie hob den Deckel einer gusseisernen Pfanne an.

„Gegrillte Langusten. Ich halte sie hier warm." Er nahm einen Topflappen in die Hand. „Die sind ganz leicht zuzubereiten. Wenn man über einem Lagerfeuer grillen kann, kann man beinahe überall grillen. Wer hätte das gedacht?"

Das hier war eine Version von Jack, die sie noch nie zuvor gesehen hatte. Marina schüttelte verwundert den Kopf, als sie ihm zurück ins Wohnzimmer folgte. „Bist du von Aliens entführt und durch eine andere Spezies ersetzt worden?"

Jack stellte das Essen auf den Tisch. „Ich habe angefangen, zuzuhören, was du und andere Leute zu sagen haben."

„Waren diese anderen Leute zufällig Ginger?"

„Sie ist eine sehr weise Frau. Ich habe nach ihr gesehen, während du im Café warst."

„Danke", sagte sie und setzte sich auf eines der Seidenkissen.

Jack beäugte ihre High Heels. „Wäre es ohne die Schuhe für dich bequemer? Sie sind wunderschön, aber ich kann dir helfen, sie auszuziehen."

Das gefiel ihr. „Wirklich?" Sie streckte ein Bein aus.

Jack berührte ihren Knöchel mit seinen warmen Händen und lächelte sie an.

Marina sah zu, wie Jack die winzige Schnalle an dem einen, dann an dem anderen Schuh löste. Ihr Herz raste, als er sich Zeit nahm und die Schuhe vorsichtig zur Seite stellte.

Dann zog sie die Beine unter und nippte an ihrem Wein. „Ich glaube, das Chez Jacques gefällt mir wesentlich besser als das *Beaches*."

„Was das angeht ... Du hattest an jenem Abend in vielen Dingen recht."

Sie zuckte zusammen. „Recht zu haben ist mir nicht mehr wichtig."

„Hör mich einfach an", bat er und strich über ihre Hand. „Im Rückblick brauchte ich diesen Weckruf. Wenn Männer sagen, dass sie nicht kochen oder die Wäsche waschen können, meinen sie damit eigentlich, dass sie dazu keine Lust haben. Mir fallen nicht viele Menschen ein, die Hausarbeit lieben, aber es ist nett, wenn sie erledigt wird. Wenn man auf der Farm nichts aussät, kann man auch nichts ernten. Mir ist klar geworden, dass ich für Leo ein Vorbild sein muss. Und für dich."

Marina wusste nicht, was sie sagen sollte. „Vor gar nicht allzu langer Zeit hast du mir gesagt, dass du nicht kochen kannst, außer über offenem Feuer."

„Das ist so ein Machospruch." Er zuckte mit den Schultern. „Ich habe mir ein paar Kochvideos angeschaut und mit deiner Großmutter gesprochen. Sie hat mir ein paar einfache Tipps gegeben. Du bist den ganzen Tag im Café auf den Beinen. Und nur weil du eine großartige Köchin bist, bedeutet das nicht, dass diese Aufgabe allein auf deinen Schultern ruhen sollte. Ich kann lernen, meinen Teil beizutragen. Und ich muss mich besser um Leo kümmern."

Marina war angenehm überrascht. „Darauf nagle ich dich fest."

Während sie die Suppe aßen, fuhr Jack fort: „Ich habe auch Pläne für die Küche. Zuallererst habe ich ein gutes Sieb für den Abfluss gekauft."

Beinahe hätte Marina sich an ihrem Wein verschluckt. Das mit dem Ring war wirklich eine Schande.

„Ich habe meine Lektion gelernt", sagte Jack und lachte leise. „Ich habe außerdem eine Geschirrspülmaschine eingebaut. Und ich bekomme einen neuen Kühlschrank und eine dieser Kochinseln, um mehr Arbeitsfläche zu haben. Axe hat versprochen, sich mal die Elektroleitungen und die Rohre anzuschauen."

Bei der Aufzählung zog Marina eine Augenbraue in die Höhe. „Das klingt danach, als würdest du ziemlich viel Geld in ein gemietetes Haus investierten."

„Das stimmt." Er nahm ihre Hand und lächelte. „Aber es ist nicht länger gemietet. Du sitzt gerade dem neuen Besitzer gegenüber. Und das bedeutet, keine Surfer mehr im Atelier über der Garage."

„Du hast das Haus gekauft?"

„Als meine Kreditanfrage abgelehnt wurde, hat Bennett mit dem Besitzer gesprochen. Garrett ist ein toller Typ – er ist in diesem Haus aufgewachsen – und er hat mir angeboten, das Haus direkt von ihm zu kaufen und monatlich abzubezahlen. Die Summe ist nicht wesentlich höher, als es die Miete war."

„Schaffst du das?"

„Sagen wir, es war eine geschäftige Woche." Jack grinste.

Neugierde stieg in ihr auf. „Was ist sonst noch passiert?"

Jack riss sich ein Stück von dem Baguette ab und tunkte es in Olivenöl. Während sie den Salat und die Langusten genossen, erzählte er ihr die Geschichte von dem jungen Mann, dessen Telefonat er im Café gehört hatte.

Marina war geschockt. „Hattest du Angst?"

„Anfangs schon, bis ich ihm an der Fisherman's Wharf über den Weg gelaufen bin. Ich habe seine Stimme wiedererkannt. Wie sich herausstellte, ist er Praktikant bei einem Top-Producer. Allerdings einem, der nicht sonderlich aufrichtig ist."

Jack fuhr mit der Geschichte fort: „Ich dachte, wenn das im Moment eine so heiße Geschichte ist, könnte es ein guter Zeitpunkt sein, um sie noch einmal anzubieten. Also habe ich mich bei meinem Agenten gemeldet, und heute Abend feiern wir. Ich habe heute früh eine Option für eine neue Serie unterschrieben, und die Anwälte arbeiten gerade an den Verträgen. Die Producer sind aufrichtig an dem interessiert, was sie die nächste Phase nennen, also meine Recherchen, die es damals nie vor Gericht geschafft haben."

„O Jack, ich freue mich so für dich."

„Das Beste ist, dass ich hier in Summer Beach bleiben kann." Er räuspert sich und griff in seine Hosentasche. „Mit dir. Wenn du mich noch willst."

Er zog das verblichene Samtkästchen hervor, das Marina wiedererkannte.

Sie schaute ihn erstaunt an, als er den Deckel aufschnappen ließ und der Diamantring im Kerzenlicht funkelte.

„Oh, der ist bezaubernd", hauchte sie. Doch wichtiger

war, dass Jack sie liebte und vorhatte, in Summer Beach zu bleiben.

„Er gehörte meiner Großmutter."

Das überraschte Marina. „Aber ich dachte, der wäre verloren gegangen?"

„Beinahe. Es war ein schmutziger Job, aber Axe hat ihn gerettet. Der Ring hat jedoch noch viel mehr durchgemacht. Die Frau, die ihn zuerst trug, war eine kreative, entschlossene, wunderschöne Frau. Du erinnerst mich auf die bestmögliche Weise an sie. Natürlich kannst du dir einen Ring nach deinem Geschmack aussuchen, aber wenn du diesen hier magst und das, was er für das zwischen uns bedeutet ..." Jack nahm ihn aus dem Kästchen. „Du brauchst mich nicht, Marina Moore, aber du würdest mir die größte Ehre erweisen und mich zum glücklichsten ..."

Marina brachte ihn mit einem Kuss zum Schweigen. Vom Herzen her wusste sie, dass sie deswegen hier war. Um gemeinsam in die Zukunft zu gehen. Als das Glück sie überflutete, nahm sie Jacks Gesicht in die Hände. „Ja", flüsterte sie.

Jack zog sie in die Arme, und zum ersten Mal seit Jahren hatte Marina das Gefühl, einen Platz gefunden zu haben, den ihr Herz ein Zuhause nennen konnte. Freudentränen stiegen ihr in die Augen.

Lächelnd bedeckte Jack ihr Gesicht mit Küssen. „Dann bleibt nur noch die Frage: Wann und wo?"

19

Um kurz vor vier Uhr am Samstagnachmittag verließen die meisten der trägen Mittagsgäste endlich das Café. Marina schaute in der Küche noch einmal auf die Bestellung, während sie den Spinatsalat mit Erdbeeren und Feta anrichtete. *Balsamicodressing separat, keine Zwiebeln.*

Heather schob ihr einen Zettel über den Tresen zu.

„Was ist das?"

„Eine Nachricht von deinem größten Fan." Heather nickte in Richtung des Salats. „Ist der für Tisch vier?"

Marina reichte ihr den Salat und nahm den Zettel in die Hand. „Ja. Gibt es sonst noch irgendwelche Bestellungen?"

„Nein. Endlich ist der Andrang vorbei. Es ist unglaublich, wie viele Gäste wir durch den Foodtruck bekommen."

„Das ist die Macht der mobilen Werbung."

Cruise tauchte aus dem hinteren Bereich auf. Er trug ein korallenrotes T-Shirt.

Heather schaute zu ihm auf und lächelte. „Nettes T-Shirt."

„Die sind gerade gekommen." Er grinste und wandte sich der Fritteuse zu.

Marina musterte die beiden. Cruise und Heather hatten sich angefreundet. „Die neuen Shirts sind hinten. Nimm dir ein paar", sagte sie zu Heather. Erfreut darüber, wie gut das neue Logo des Coral Cafés auf den T-Shirts aussah, lehnte sie sich an die Arbeitsplatte und faltete den Zettel auseinander.

Wie wäre es mit einer Unterwasserhochzeit?

Sie schüttelte den Kopf über so eine absurde Idee und ging auf die Terrasse hinaus. Dort erblickte sie Jack an seinem üblichen Tisch. Kai saß bei ihm. Die beiden wirkten, als heckten sie etwas aus, und Marina fragte sich, wer von ihnen diese letzte Idee gehabt hatte.

Jack brachte oft seinen Laptop mit, um im Café zu arbeiten. Sein aktuelles Projekt lief gut, und Marina freute sich für ihn. Sie taten beide das, was sie liebten.

Sie ging über die Terrasse, schob Stühle an Tische und sammelte liegen gebliebene Servietten und heruntergefallene Pommes frites auf und warf sie in den Mülleimer.

Eine Unterwasserhochzeit. Also wirklich. Marina musste darüber lachen, auch wenn sie in den letzten Wochen keine großen Fortschritte gemacht hatten, was die Hochzeitsplanung anging.

Ihr war nicht aufgefallen, wie schnell ihr Geschäft in diesem Sommer gewachsen war. Jack war geduldig, aber sie wollte mit den Plänen für ihre Trauung vorankommen. Beides gleichzeitig zu organisieren war nicht leicht, aber bisher schaffte sie es. Wenn auch an einigen Tagen nur so gerade eben.

Der Foodtruck hatte ihr nicht nur eine neue Einkommensquelle eröffnet, sondern war auch eine mobile Werbung, die mehr Gäste ins Coral Café trieb und ihre Umsätze explodieren ließ. Inzwischen mussten die Gäste teilweise auf freie Tische warten. Es waren nicht länger nur Einheimische und saisonale Touristen, sondern auch Menschen aus den umliegenden Gemeinden, die den Foodtruck irgendwo gesehen hatten.

Jeden Tag schickte Marina ein Team mit Coralina raus. Der Truck und seine Crew hielten an Stränden, auf Kunstfestivals, Freiluftkonzerten und Hochzeiten. Cruise hatte sich als hervorragender Koch erwiesen, und das Team mochte es, verschiedene Speisen bei den unterschiedlichen Veranstaltungen anzubieten. Heather und Cruise arbeiteten besonders gut zusammen. Marina wechselte sich mit ihm im Truck ab, sodass sie aus erster Hand Erfahrungen sammeln und ihre Speisekarte entsprechend anpassen konnte.

Wie Judith gesagt hatte, gewannen Foodtrucks für Hochzeiten immer mehr an Beliebtheit. Während die meisten sich für ihre Hochzeit die frischen, entspannten kalifornischen Gerichte wünschten, für die Marinas Café bekannt war, hatte sie auch Hochzeiten bedient, die unter einem bestimmten Motto liefen. Es hatte eine Renaissance-Hochzeit gegeben, wo sie Roastbeef und Bier serviert hatten, und eine vegane Hochzeit mit gegrilltem Gemüse aus lokalem, biologischem Anbau. Bei all diesen Veranstaltungen hatte Marina sich Notizen für ihre eigene Hochzeit gemacht.

Genau wie Jack. Doch in ihrem Unterfangen, eine interessante Location zu finden, die leicht zu managen war, hatten sie sich bisher noch nicht einigen können.

Marina setzte sich neben Jack, der sich auf einem kleinen Spiralblock Notizen machte. Sie schaute zwischen ihm und ihrer Schwester hin und her. „Unterwasserhochzeit? Ernsthaft? Wem von euch ist denn dieses Juwel eingefallen?"

Jack und Kai lachten auf. „Hör mich an", sagte Jack. „Es wäre wie Jacques Cousteau, nur wäre ich *Jack* Cousteau, der die bezaubernde Meerjungfrau Marina einfängt."

Sie schlug ihm spielerisch gegen den Oberarm. „Hör auf. Jacques Cousteau war ein bekannter Ozeanograf. Kannst du überhaupt tauchen?"

„Ich habe gelernt, mich in der Küche zurechtzufinden, da bin ich mir sicher, dass ich mich auch auf dem Meeresboden zurechtfinden kann."

Kai riss die Augen auf. „Wisst ihr, wie viele Taucher unter Wasser heiraten?" Sie wedelte mit der Hand durch die Luft. „Zwischen Fischen und Korallen verheiratet – stell dir mal vor, wie großartig das für deine Marke wäre, Marina. Ich wette, Lifestyle-Reporter und die sozialen Medien würden die Schlagzeile lieben: Besitzerin des Coral Cafés heiratet zwischen Korallen. Das wäre ein Artikel, der die Herzen erwärmt."

Marina funkelte Kai an. „Unsere Hochzeit ist kein PR-Coup. Außerdem müssen wir an Ginger denken." Ihrer Großmutter ging es gut, aber sie wollte kein Risiko mit ihrer Gesundheit eingehen.

„Ginger würde das Abenteuer vermutlich begeistert begrüßen", sagte Kai grinsend. „Sie ist früher getaucht."

Jack rieb sich gedankenverloren das Kinn. Er hatte alle möglichen Ideen für ihre Trauung vorgeschlagen: von einer Hochzeit in Italien – die aufgrund der Kosten und Entfernung für die Gäste abgelehnt wurde – über die Farm seiner

Schwester in Texas – ein weiteres Veto wegen der Hitze im August und dem Mangel an geeigneten Unterkünften in der Nähe.

Nun schnippte er mit den Fingern. „Wie wäre es, wenn wir über Wasser heiraten? Mitch hat ein Charterboot, das eine ganze Menge Leute aufnehmen kann. Wir könnten bei Sonnenuntergang an der Küste entlangfahren."

Marina schüttelte den Kopf. „Einige Gäste leiden unter Seekrankheit. Heather zum Beispiel."

„Ich auch." Kai hob verlegen die Hand. „Nicht immer, aber das würde ein schönes Kleid definitiv ruinieren."

„Das geht natürlich nicht." Jack strich den Eintrag von seiner Liste.

Marina warf einen Blick darauf. Jede Zeile war durchgestrichen. „Wir hatten schon eine ganz schöne Menge an Ideen."

„Und wenn ihr vor dem Herbst heiraten wollt, läuft euch die Zeit langsam davon", sagte Kai.

Jack drückte Marinas Hand. „Ich würde lieber nicht warten."

„Ich auch nicht." Jetzt, wo sie beschlossen hatten, zu heiraten, kam ihnen jeder Tag, an dem sie getrennt waren, wie ein Verlust vor. Marina sehnte sich danach, bei ihm und Leo einzuziehen.

Jack holte eine kleine Dose heraus und steckte sich eine seiner extra-starken Pfefferminzpastillen in den Mund. Dann hielt er ihnen die Dose hin. „Wollt ihr eine?"

Marina schüttelte den Kopf, aber sie erkannte seine Krücke. „Bist du nervös?"

Er verzog den Mund. „So verrückt es auch war, ich sehe jetzt, dass Kai und Axe die richtige Idee für ihre Hochzeit hatten. Nicht nachdenken, einfach machen."

Kai lachte auf. „Ja, klar, das war ganz einfach. Also, nachdem ich das Stück geschrieben hatte. Und wir dann den Fotografen und Bruder Rip zur Geheimhaltung verpflichtet, Blumen bestellt, Proben durchgeführt und was nicht alles gemacht hatten. Wir haben es nur nicht den Zuschauern und der Familie erzählt."

Jack schnippte erneut mit den Fingern. „Das ist es. Wir könnten durchbrennen. Wie wäre es mit einer Autokapelle in Las Vegas? Mit einem Elvis-Double? Vielleicht finden wir sogar ein Hotelzimmer mit einer herzförmigen Badewanne."

Als sie an Kais extravagante Trauung auf der Bühne dachte, war Marina nicht sicher, was sie wollte, außer, dass ihre Familie und ihre Freunde dabei wären. „Las Vegas ist lustig, aber irgendwie fühle ich das nicht."

„Ich auch nicht." Jack griff nach einem weiteren Pfefferminzbonbon. „Aber ich bin langsam so weit, dass ich es machen würde, nur, um es hinter uns zu bringen."

Marina lehnte sich zurück. „Das meinst du nicht ernst. Willst du nicht etwas Romantisches und Bedeutungsvolles?"

„Das kommt mir redundant vor, weil ich dich ja bereits habe." Er ließ ein Grinsen aufblitzen. „Friedensrichter und Rathaus?"

„Nein!", rief Kai alarmiert aus. „Keine Behördenhochzeit."

Marina tippte vor Jack auf den Tisch. „So leicht kommst du mir nicht davon. Ich werde ein wundervolles Kleid an einem ebenso wundervollen Ort tragen. Mehr verlange ich gar nicht. Wir gucken weiter – außer, dir gefällt eine von meinen Ideen."

Jack hob eine Augenbraue. „Ein Heißluftballon? Ein Kürbisfeld? Ein Frauen-Spa?"

„Es gibt auch Männer, die ins Spa gehen", entgegnete Marina und verschränkte die Arme vor der Brust. „Und der Garten ist bezaubernd."

„Aber die Leute laufen da in Bademänteln herum." Jack riss das oberste Blatt von seinem Block ab, knüllte es zusammen und ließ es auf den Tisch fallen. „Das geht gar nicht."

Marina nahm seine Hand und streichelte sie. Mehr als alles andere wollte sie, dass ihre Hochzeit eine Feier ihrer Verbundenheit wäre. „Warum suchen wir nicht etwas, das ein wenig bodenständiger ist?"

Sobald Jacks Schwester aus dem Flughafengebäude in San Diego trat, erkannt Marina sie. Mit ihrem dicken, schulterlangen Haaren und dem lässigen Gang sah Liz ihrem Bruder sehr ähnlich. Nur ihr Akzent war ein wenig anders, denn es war Jahre her, dass Jack aus Texas weggezogen war.

Marina freute sich, dass sie trotz nur einer Woche Vorlaufzeit hatte kommen können, und streckte Liz die Hände entgegen. „Du musst mir alles über deinen Bruder erzählen, solange ich noch Zeit habe, einen Rückzieher zu machen."

Liz lachte. „Er hat mir versprochen, mich reich zu entlohnen, wenn ich den Mund halte. Aber zu deinem Glück bin ich eine finanziell unabhängige Frau. Also lass uns reden."

Wie Jack war auch Liz klug und gewitzt und hatte einen feinen Sinn für Humor. Sie war eindeutig eine starke Frau, die keine Probleme hatte, wilde Kinder oder sture Rinder im Griff zu behalten. Marina mochte sie auf Anhieb.

Jack zog Liz, ihren Mann Ryder und deren Kinder in

die Arme. Dann rief er Leo zu: „Komm, ich will dir deine Cousine und deine Cousins vorstellen."

Mary Beth war mit fünfzehn die Älteste. Mack war ein Jahr älter als Leo und Joey ein Jahr jünger.

Leo schien nicht zu wissen, was er sagen sollte, was Marina überraschte. Bei allem, was Leo in seinem jungen Leben schon hatte durchmachen müssen, hielt sie ihn oft für erwachsener, als er sein sollte, doch darunter konnte er immer noch das schüchterne Kind sein. Vor allem, wenn er sich so vielen unbekannten Gesichtern gegenübersah.

Jack stieß ihn mit der Schulter an. „Weißt du noch, worüber wir gesprochen haben?"

Mit einem schüchternen Lächeln sagte Leo: „Hat jemand Lust, an den Strand zu gehen? Wir können meinen Hund Scout mitnehmen."

„Dürfen wir, Mom und Dad?", fragte Joey und hüpfte aufgeregt auf und ab.

„Na klar", sagte Ryder. „Deshalb sind wir doch hier – um diesen Landkindern das Meer zu zeigen. Wer interessiert sich schon für Onkel Jack?"

Die beiden Männer stießen sich gegenseitig an und lachten.

Liz lächelte warmherzig und ergriff Marinas Hand. „Der Ring unserer Großmutter steht dir hervorragend."

„Jack hat mir erzählt, dass ihr ihn für eine besondere Gelegenheit aufbewahrt habt. Ich kann dir gar nicht sagen, wie sehr ich es zu schätzen weiß, dass du dich meinetwegen von ihm trennst."

„Das hier ist die besondere Gelegenheit. Ich wusste es nur nicht, bis Jack mich angerufen hat."

„Du wolltest den Ring nicht für Mary Beth behalten?"

„Meine Tochter kann den Ehering meiner Mutter haben,

wenn sie möchte. Aber vermutlich will sie sich später mal etwas Eigenes aussuchen. So sind die Kinder heutzutage. Und mir gefällt der Gedanke, dass du ihn trägst. Jack hat recht; du erinnerst mich auch an unsere Grandma Josephine."

Marina war erleichtert, dass Liz kein Problem damit hatte, sich von dem Familienerbstück zu trennen. Sie liebte den Ring und den Teil der Familiengeschichte, für den er stand.

Unter einem sonnigen Himmel machten sie sich auf den Weg zum Parkplatz. Sie waren mit Jacks VW-Bus gekommen, der ausreichend Platz für alle und das Gepäck bot. Sie stiegen ein und schnallten sich an.

„Was für ein charmanter Bus", sagte Liz und bewunderte das Retro-Design der Innenausstattung. Sie beugte sich zu Marina vor. „Wusstest du, dass Jack vorgehabt hat, auf seinem Weg zurück nach New York über Texas zu fahren?"

„Und das Nächste, was wir hörten, war, dass er es nicht mal aus Südkalifornien rausgeschafft hatte", warf Ryder lachend ein. „Er hat einen Hund und ein Kind aufgesammelt – und nun bald auch eine Ehefrau. Das sind viele Anker an diesem Ufer."

„Ich bin sehr glücklich verankert", sagte Jack und klatschte mit Ryder ab.

„Das ist mein Mann", sagte Ryder.

Marina und Liz lachten über das Geplänkel der Männer.

„Wir hatten beide große Veränderungen im Leben", fügte Marina an und legte Jack, der am Steuer saß, eine Hand auf die Schulter.

„Und wie es aussieht, waren diese Veränderungen gut",

sagte Liz. „Wir freuen uns so, dich in der Familie willkommen zu heißen."

Als sie in Summer Beach ankamen, hatte Marina das Gefühl, Jacks Familie schon seit einer Ewigkeit zu kennen. Sie waren offen und warmherzig und liebten es, Jack aufzuziehen.

Vor seinem Haus stiegen sie aus, und Jack legte einen Arm um seine Schwester. „Ich hätte dich meiner Braut erst nach der Hochzeit vorstellen sollen. Du könntest sie noch in letzter Sekunde abschrecken."

„Wir haben gerade erst angefangen", erwiderte Liz. „Wo bleibt dein Sinn für Humor?"

Marina beobachtete, wie die beiden lachend und plaudernd in Richtung Haus gingen. Sie freute sich, dass Jack die Neckereien seiner Schwester mit Humor nahm. Und zu sehen, dass die beiden einander mit Respekt und Liebe behandelten, fand sie sehr beruhigend.

Was die Schlafplätze anging, so hatte Jack die Jungs im VW-Bus einquartiert, in dem es einen großen Schlafbereich gab, während Marina nun Mary Beth in Leos aufgeräumtes Zimmer führte. Liz und Ryder freuten sich, das Atelier über der Garage für sich zu haben. Obwohl die Farbspritzer an ein Jackson-Pollock-Gemälde erinnerten, hatten Marina und Jack entschieden, das Atelier nach Garrett Rivers Sr., dem Vater von Garrett, zu benennen.

Nach der Abreise der letzten Gäste hatte Jack das Studio gründlich gereinigt, und Marina hatte neue Bettwäsche, Handtücher und eine Tischdecke gekauft. Mit wenigen Handgriffen und dekorativen Elementen war es ihr gelungen, eine luftige Atmosphäre zu schaffen.

Auf dem Rückweg zum Haus nahm Jack ihre Hand.

„Du warst mir eine große Hilfe. Ohne dich hätte ich das alles nicht geschafft."

„Du bist nicht so hilflos, wie du glaubst", sagte Marina. Im Laufe der letzten Wochen hatten sie und Jack ein paar Unterhaltungen über ihre gegenseitigen Erwartungen geführt. „Du hast das Haus in Ordnung gebracht, ich habe eingekauft. Das war der Teil, der Spaß gemacht hat."

„Und für mich ist es der Teil, vor dem mir am meisten graut. Was den Wert deiner Unterstützung nicht mindern soll."

„Jetzt klingst du wie Ginger. Habt ihr beide euch unterhalten?"

Lächelnd drückte Jack ihre Hand. „Wenn ich will, bin ich ein sehr guter Zuhörer."

Später am Nachmittag gingen sie alle zum Coral Cottage hinüber, wo Ginger sie zum Essen eingeladen hatte. Es war eine Gelegenheit für Jack, ihr seine Familie vorzustellen.

Brooke kam mit ihrem Mann Chip und den Jungs, die sich zu Leo und seinen neu entdeckten texanischen Cousins, wie er sie nannte, an den Strand gesellten. Nach kurzem Nachdenken erkannte Leo, dass Brookes Söhne nach der Hochzeit auch seine Cousins wären.

Marina fand es herzerwärmend, dass Leo, der sich immer nach einer großen Familie gesehnt hatte, jetzt fünf neue Cousins und eine neue Cousine hatte. Und von Kai und Axe würden in Zukunft vermutlich noch mehr dazukommen.

Die beiden waren an diesem Abend nicht dabei, da sie eine Aufführung in der Muschel hatten. Marinas neue Angestellte, angeführt von Cruise, managten den Foodtruck vor dem Theater. *Belles on the Beach* war beliebt, und Kai und Axe scherzten darüber, dass sie einander in jeder Aufführung erneut heirateten, wobei inzwischen ein Schauspieler Bruder Rips Platz eingenommen hatte.

Sie versammelten sich um den Esstisch, und Ginger hieß Jacks Familie willkommen. „Wie schön, euch alle kennenzulernen. Jack hat Glück, so eine liebevolle Familie zu haben. Und ich glaube, vor uns liegen viele gute Zeiten."

„Auf gute Zeiten!", sagten alle im Chor.

Marina und Jack genossen es, zuzusehen, wie ihre Familien einander bei einem Abendessen bestehend aus Lasagne und Salat von Brooke und dem Tiramisu, das Marina am Vortag zubereitet hatte, kennenlernten. Das hier war kein Probeessen, weil ihre Hochzeit eine lockere Sache sein würde und Marina und Jack keine Notwendigkeit für einen Probedurchlauf sahen. Sie würden sich alle morgen am Cottage treffen.

Nach dem Essen, als Marina und Jack abwuschen, während Brooke und Chip den Tisch abräumten, stürmten Ethan und Heather in die Küche. Ethan hatte die Hände in die Hüften gestemmt, und Heather wedelte hinter ihm hektisch mit den Händen.

„Nein, bitte, erzähle es ihr nicht jetzt", flehte Heather.

„Was ist los?" Marina drehte sich alarmiert um.

Ethan ergriff das Wort. „Ich wollte mit dir über diesen Typen sprechen, Mom."

„Über was?", fragte Marina, überrascht über seinen Tonfall. Ihr Brustkorb zog sich vor Besorgnis zusammen. Am Abend vor ihrer Hochzeit konnte das hier nur Probleme bedeuten.

Während er mit dem Finger auf Jack zeigte, fuhr Ethan fort: „Du sollst wissen, dass ich diesem Typen von Anfang an nicht getraut habe."

„Warte mal", sagte Jack, dem das Spülwasser von den Händen tropfte. „Ich dachte, wir hätten darüber geredet?"

Marina warf beiden einen Blick zu. „Offensichtlich nicht genug. Was ist hier los?"

In dem Moment brachen Heather und Ethan in lautes Lachen aus. „Reingelegt", sagte Heather.

Ethan grinste. „Sie hat mich dazu angestiftet."

„Oh, ihr zwei ... Ihr seid genauso schlimm wie er", sagte Marina und zeigte mit dem Daumen auf Jack.

„Wir wollten dir nur sagen, dass wir uns aufrichtig für dich freuen", sagte Heather.

Marina war erleichtert. Denn ein paar Tage zuvor hatten ihre Kinder der Hochzeit enthusiastisch zugestimmt und gesagt, dass sie Jack liebten und nicht wollten, dass ihre Mutter allein bliebe.

Jack warf den beiden ein paar Geschirrhandtücher zu. „Alleine dafür habt ihr jetzt Küchendienst."

Die Zwillinge grummelten gutmütig und machten sich daran, das Geschirr abzutrocknen.

„Euch alle zusammen zu sehen ist das beste Hochzeitsgeschenk, das ich mir hätte wünschen können", stieß Marina glücklich aus. Sie hoffte, dass der Morgen mit Glück und einem klaren Himmel herandämmern würde.

20

*J*etzt darfst du gucken", sagte Brooke und nahm die Hände von Marinas Augen.

„Wow, das ist wunderschön." Marina schaute sich in dem kleinen, privaten Innenhof hinter Gingers Cottage um. Der gesamte Platz war von zarten, pinkfarbenen Bougainvilleas und gelben Hibiskusbüschen bewachsen, doch ihre Schwester hatte ihn mit Lichtern, Blumen und korallenfarbenen Tischdecken komplett transformiert.

„Die Lichterketten waren meine Idee", sagte Kai, die sich unter dem Dach der mit kleinen Lichtern geschmückten Palmwedel drehte. „Ethan und Ryder haben die Tische und Stühle vom Café herübergebracht."

„Ja, sie haben toll mit angepackt", bestätigte Brooke und hakte die Daumen in die Gürtelschlaufen ihres Overalls. „Ich hatte Angst, dass wir nicht rechtzeitig fertig werden. Vor allem, weil wir ausreichend Zeit zum Umziehen brauchen. Gerade die Braut."

„Was ihr hier gemacht habt, bedeutet mir so viel.

Manchmal ist es wirklich schwer, die Kontrolle über all die kleinen Einzelheiten loszulassen." Marinas Herz beschleunigte sich vor Vorfreude. Heute war der Tag, an dem sich ihr Leben ändern würde. Sie hatte kaum davon zu träumen gewagt, eines Tages wieder einen Partner zu haben. Und doch war sie nun hier – und überglücklich.

„Heute ist dein Tag", sagte Brooke lächelnd. „Du tust immer so viel für alle. Lass jetzt mal die anderen arbeiten, während du dich entspannst und einfach alles genießt. An diesen Tag wirst du dich für den Rest deines Lebens erinnern."

„Ehrlich, es ist mehr, als ich zu träumen gewagt habe."

Marina hatte überlegt, am Strand zu heiraten, die Idee aber verworfen, weil sie nicht wollte, dass Ginger das Gefühl bekäme, sich um alles kümmern zu müssen. Denn Marina war immer noch ein wenig besorgt, was ihre Großmutter anging. Doch mit dem Café, dem Footruck und Jacks Familie zu Besuch hatte sie auch gewusst, dass sie nicht viel Zeit hätte, um etwas Großes auf die Beine zu stellen. Und dann hatten Kai und Brooke angeboten, ihr zu helfen.

„Das ist noch nicht alles", sagte Kai lächelnd. „Schau dich mal weiter um."

Ein Foto ihrer Eltern hatte einen Ehrenplatz in der gemauerten Feuerstelle, die sich an einem Ende des Innenhofs befand. Marina ging darauf zu. „Jetzt sehe ich Mom und Dad." Sie fühlte noch deren Liebe und küsste ihre Fingerspitzen, um damit das Foto ihrer Eltern zu berühren.

Alles in diesem Cottage hielt Erinnerungen. Marina strich über die glatten Steine der Feuerstelle.

Ginger und Bertrand hatten das alles als junges Paar selbst gebaut. Korallenfarbene Mosaikfliesen, die auf

Hochglanz poliert waren, umrahmten die Feuerstelle. Hier konnten sie im Sommer, wenn eine ungewöhnliche Kaltfront heranzog, ein Feuer gegen die Kälte entzünden.

Ihre Schwestern hatten sich um alle Details gekümmert, doch sich zu beschäftigen beruhigte Marinas Geist. Nicht, dass sie nervös wäre – nun ja, vielleicht ein bisschen. *Was ist, wenn plötzlich eine Regenfront aufzieht?* Doch mehr als alles andere freute sie sich auf das Leben, das vor ihr lag.

Sie und Jack hatten bereits den Großteil von Marinas Sachen in sein Haus gebracht. Sobald seine Familie abgereist wäre, würde sie den Rest ihrer Habseligkeiten, die sie eingelagert hatte, herschicken lassen.

Kai sah auf die Uhr. „Ginger will, dass wir uns in ihrer Suite umziehen."

Marina warf noch einen letzten Blick auf den Innenhof, bevor sie ihren Schwestern in Gingers Zimmer folgte. Es waren nur noch wenige Stunden bis zur Trauung.

Ginger trug bereits einen fließenden, korallenfarbenen Kaftan und dazu eine Korallenkette mit passendem Armband. Sie begrüßte Marina mit einer Umarmung. „Kai und Brooke werden dir beim Anziehen helfen, und Brandy vom *Beach Waves* kommt später vorbei, um dafür zu sorgen, dass deine Frisur perfekt ist."

„Das kommt mir wie ein ziemlich großer Aufwand vor." Marina biss sich auf die Unterlippe. Sie war es nicht gewohnt, verwöhnt zu werden. „Jack hat mich schon zu meinen schlimmsten Zeiten gesehen und er liebt mich trotzdem, wie ich bin." Nach langen Arbeitstagen im Café nahmen Marinas Haare und Kleidung oft die Gerüche der Küche an. Sie hatte herausgefunden, dass ein langes Vollbad am Ende des Tages nicht nur schön, sondern eine Notwendigkeit war.

„Ehrlich gesagt hat Jack das arrangiert, meine Liebe. Er möchte, dass du dich heute verwöhnt fühlst." Ginger umarmte sie noch einmal. „Vertrau mir, wenn du erst in meinem Alter bist, wirst du froh sein, Fotos von diesem Tag zu haben. Und du wirst staunen, wie zauberhaft und jung du ausgesehen hast. Denn das bist du, meine Liebe. Und nun geh und nimm ein Bad. Wir erwarten, dass Venus daraus hervorsteigt."

Marina lächelte. „Ich gucke mal, ob ich sie in der Wanne finde."

Als sie das Badezimmer betrat, blickte Marina dankbar auf die Szenerie, die ihre Großmutter für sie vorbereitet hatte: Flauschige weiße Handtücher lagen auf dem Rand der Badewanne. Daneben stand eine Auswahl an wohlduftenden Badeschäumen sowie Marinas liebste Peelings und Gesichtsmasken. Auf dem Frisiertisch und dem Badewannenrand flackerten Kerzen. Es gab ein silbernes Tablett mit einem Glas eisgekühltem Champagner darauf, und im Hintergrund spielten leise Liebeslieder.

Marina konnte sich nicht erinnern, wann sie das letzte Mal so verwöhnt worden war.

Nach einem entspannenden Bad fühlte sie sich wirklich wie eine Göttin. Sie zog den seidenen Morgenmantel über, den Ginger für sie rausgelegt hatte, und wickelte ein Handtuch um ihre Haare. Sie fragte sich, was Jack wohl gerade machte.

Zurück in Gingers Zimmer sah sie, dass Heather sich zu Kai, Brooke und Ginger gesellt hatte. Sie unterhielt sich gerade mit Brandy über die neusten Frisurentrends. Marina begrüßte die Stylistin, deren glänzende, cognacfarbene Locken zu einem hohen Pferdeschwanz zusammengebunden waren, der ihr dramatisch über die Schulter fiel.

„Da ist unser Star." Kai tätschelte den kleinen Sessel vor Gingers Frisiertisch, und Marina setzte sich.

Brandy legte ihr einen Frisierumhang um. „Wonach ist dir heute? Hochgesteckt oder sanft auf die Schultern fallend?"

„Ich hätte sie gerne aus dem Gesicht gekämmt und so gesichert, dass der Wind ihnen nichts anhaben kann, aber ich würde auch gerne die tolle Farbe zeigen, die du mir verpasst hast."

„Das kriegen wir hin." Brandy löste das Handtuch um Marinas Haare und griff nach Föhn und Bürste.

Während Brandy arbeitete, plauderte sie mit Kai und Brooke. Heather und Ginger verschwanden im begehbaren Kleiderschrank, wo sich der Safe befand, in dem Ginger ihren Schmuck aufbewahrte. Sie hatte Marina erklärt, dass sie sich das genau richtige Stück für ihr Kleid aussuchen dürfe.

„Ich habe meinen Zauberkoffer dabei", sagte Kai und öffnete ihre Make-up-Tasche.

Marina beäugte die Auswahl an bunten Farben skeptisch. „Bitte lass mich nicht aussehen, als sollte ich auf der Bühne stehen."

„Vertrau mir", sagte Kai. „Ich bin Profi."

„Genau davor fürchte ich mich. Ich hätte gerne, dass Jack mich noch wiedererkennt."

Kai zog einen Pinsel heraus und lachte nur.

Als Brandy und Kai mit ihrer Kunst fertig waren, öffnete Marina die Augen. Brandy hatte einen Teil ihrer Haare am Gesicht locker geflochten und mit einer von Gingers antiken Haarklammern festgesteckt. Der Rest fiel in sanften Wellen über Marinas Schultern. Und Kais Make-up war einfach fabelhaft.

Als Marina in den großen, ovalen Spiegel schaute, erkannte sie sich kaum wieder. Sie sah wie sie selbst aus, nur besser, als sie es ohne dicke Make-up-Schichten für möglich gehalten hätte.

Sie wirkte, als hätte sie hervorragend geschlafen, wäre gerade aus einem fabelhaften Urlaub zurück und hätte die Uhr zurückgedreht.

„Wow, Mom." Heather stieß einen Pfiff aus. „Du siehst umwerfend aus. Tante Kai, kannst du mir auch mit meinem Make-up helfen?"

„Natürlich, meine Süße. Setz dich."

Brooke half Marina mit Gingers Kleid, das Kai hatte reinigen und ändern lassen, damit es Marina passte. Was es überraschenderweise tat. Und der lange Spitzenmantel verlieh ihm den genau richtigen Anflug von femininer Eleganz.

Marina wandte sich an ihre Großmutter. „Was meinst du?"

Ginger presste sich die Hände aufs Herz. „Ausgezeichnet. Das bringt so viele wunderschöne Erinnerungen zurück."

„Das hier ist erst der vierte Gang zum Altar – oder über die Bühne." Marina schaute zu Heather. „Vielleicht wird Heather das Kleid als Nächste tragen."

Die Augen ihrer Tochter leuchteten auf. „Das könnte aber noch eine Weile dauern, Mom."

„Man weiß nie, was der nächste Tag bringt." Marina dachte an den Tag, an dem sie Jack kennengelernt hatte. Was sie als den schlimmsten Tag in ihrem Leben empfunden hatte, hatte sich als der beste Tag herausgestellt. Doch das hatte sie erst viel später erkannt.

Wieder schlug ihr Herz schneller, und Marina presste

sich eine Hand auf die Brust. Es konnte nicht mehr lange dauern.

Sie hatte Heather, Kai und Brooke gebeten, sich korallenfarbene Sommerkleider in dem Stil auszusuchen, der ihnen am besten stand. Während sie sich umzogen, rollte Ginger eine Schmuckrolle aus Filz auf dem Frisiertisch aus.

„Perlen und Diamanten sind immer richtig, meine Liebe. Vielleicht ziehst du aber auch Korallen vor?" Sie nahm eine zierliche Kette mit einer geschnitzten, rosafarbenen Korallenrose hoch. „Die hat Sandi gehört."

Marina bewunderte den zarten Anhänger. „Ich erinnere mich daran, dass Mom die getragen hat."

Sie legte die Kette um und berührte die Rose ehrfürchtig. Dabei wünschte sie, ihre Eltern wären jetzt hier. Dann wählte sie eine von Gingers feinen Perlenketten als Rahmen für den Anhänger und dazu schlichte, mit Diamanten besetzte Perlenohrringe.

„Perfekt", sagte Ginger und berührte Marinas Schulter. „Was für eine zauberhafte Braut. Schau dich im Spiegel an."Marina musterte sich in dem großen Spiegel und tupfte sich die Augen ab, als die Gefühle sie überwältigten. Das hier war der Tag, von dem sie einst gedacht hatte, sie würde ihn nie wieder erleben.

Ginger hielt ihr die Hand hin. „Es ist an der Zeit, meine Liebe."

Marina ergriff die Hand ihrer Großmutter. Sie konnte es kaum erwarten, Jack zu sehen.

Das Coral Cottage im Rücken fasste Marina ihren Strauß aus Rosen, Pfingstrosen und Ranunkeln in verschiedenen Korallentönen fester. Ihre Freundin Imani vom *Blossoms* hatte den Brautstrauß und die anderen Blumendekorationen zusammengestellt.

Nun betrat Marina den Strand und näherte sich der Stelle, an der ihre Mutter vor vielen Jahren geheiratet hatte und wo sie, Kai und Brooke als Kinder gespielt hatten. Ein großer, mit korallenfarbenen Rosen geschmückter Bogen erhob sich über dem flachen Felsen, der ins Meer hineinragte.

Sie alle hatten ihre Sandalen und Schuhe an der Hintertür des Cottages gelassen und waren in die mit Strasssteinen verzierten Flipflops geschlüpft, die Kai für sie besorgt hatte.

Ethan eskortierte Ginger. Ihre Familie und Freunde hatten sich bereits an dem Felsen versammelt, und nun drehten sich alle um und lächelten Marina an.

„Du bist heute die unangefochtene Königin der Meerjungfrauen", sagte Kai.

Marina bewunderte die Frauen, die an ihrer Seite gingen und die sie glücklicherweise ihre Schwestern nennen konnte. Trotz ihrer manchmal kindischen Streitereien war sie stolz und fühlte sich geehrt, sie heute bei sich zu haben.

Jacks Familie und viele Freunde aus Summer Beach waren ebenfalls da. Ivy, Shelly und Mitch sowie Leilani und Roy standen auf der einen Seite. Jen und George standen bei Vanessa und Dr. Noah, die gerade aus den Flitterwochen zurückgekommen waren.

Und auf dem Felsen selbst stand Jack und schaute strahlend zu ihr. Er trug ein fein besticktes weißes *Guayabera* aus Leinen – ein traditionelles Hemd, das über einer weiten Hose getragen wurde. Der Wind zerzauste seine dichten Haare, und er wirkte selbstbewusst und sicher in dem Schritt, den sie heute zusammen gehen würden.

Neben Jack stand Bruder Rip. Er schaute aufs Meer hinaus, als würde er all dessen Energie heraufbeschwören, um diese Ehe zu segnen. Bennett saß neben ihm auf einem Hocker und spielte auf seiner Gitarre.

Marina fand, dass das alles perfekt war.

Nachdem sie ihre Hochzeits-Flipflops ausgezogen hatte, hob sie den Saum des Brautkleides ihrer Großmutter an und betrat den langen, flachen Felsen am Strand, auf dem schon ihre Eltern sich vor so vielen Jahren ewige Liebe geschworen hatten. Als sie ihren Platz auf dem von der Sonne erwärmten Stein einnahm, fiel der reiche Satinstoff des Kleides um ihre Füße. Sie spürte den Sand, genau wie ihre Mutter damals.

Die Brise blies ihr das Haar, das ihr über die Schultern fiel, aus dem Gesicht und ließ das Kleid und den langen Spitzenmantel flattern.

Ihre Familien versammelten sich um Marina und Jack. Neben Ginger standen Chip, seine drei Söhne und Axe, Gingers neuer Schwiegerenkel. Ryder hielt die Leine von Scout, der ein korallenfarbenes Tuch um den Hals trug und die Wichtigkeit dieser Zeremonie zu verstehen schien. Liz stand mit ihren Kindern zusammen.

Bruder Rip wandte sich ihnen mit friedvoller Miene zu. Seine tiefe Stimme vermischte sich mit dem hypnotisierenden Rhythmus des Meeres. „Ich spüre eure Engel heute bei uns. Sie haben auf diesen Moment gewartet."

Bei seinen Worten fühlte Marina die tröstende Präsenz ihrer Eltern, als wäre die Zeit, die sie voneinander trennte, geschmolzen und sie wären alle wieder hier am Meer vereint. Wärme strahlte durch die Sohlen ihrer Füße.

Sie schaute zu Ginger, die die Augen geschlossen hatte. Ihre Großmutter lächelte friedvoll, als würde sie irgendwie mit ihrer geliebten Tochter kommunizieren. Als sie die Augen öffnete, waren sie so klar, wie Marina sie noch nie gesehen hatte.

„Wir lieben dich", flüsterte Ginger und legte sich eine Hand aufs Herz.

„Und ich liebe dich und Mom und Dad für immer." Marina umarmte Ginger und hielt sie einen Moment ganz fest, spürte ihre Liebe.

Kai und Brooke, die neben ihr standen, hatten Tränen in den Augen, als hätten sie es ebenfalls gespürt.

Nach einem Moment räusperte Jack sich und bot Marina seine Hand an. Vielleicht hatte auch er die Anwesenheit seiner Engel gefühlt.

Sie schob ihre Hand in seine, und in diesem Moment wusste sie, dass es ihr und Jack vorherbestimmt war, gemeinsam hier zu stehen.

Auf der anderen Seite von Marina standen Heather und Ethan, und neben Jack war Leo, der sie anstrahlte. Ohne ihn würden sie heute vielleicht nicht hier stehen. Marina zwinkerte und warf ihm einen Luftkuss zu.

Dann fasste sie Jacks Hand fester und wandte sich mit ihm zusammen dem Horizont zu, wobei sie das Gefühl hatte, dass ihre Zukunft sich für sie beide öffnete. Sie mussten nur gemeinsam hineintreten.

Ginger stand bei ihnen, ein Lächeln im Gesicht und Freude in den Augen. Die Zustimmung ihrer Großmutter zu dieser Ehe bedeutete Marina alles, denn sie vertraute ihrem Urteilsvermögen. Wobei Ginger immer sagte: *Ihr seid diejenigen, die zusammenleben und dafür sorgen müsst, dass es funktioniert.*

Die Wärme, die von Jacks Hand ausging, war anders als alles, was Marina je zuvor erlebt hatte. Es war nicht nur die

Hitze seiner Handfläche; sie spürte die intensive Energie, die sich zwischen ihnen aufbaute.

In diesem Moment schaute Jack sie an, und in seinen Augen lagen Erstaunen und Bewunderung. „Fühlst du das auch?"

Sie nickte. „Es ist unglaublich." Gefühle wallten in Marina auf, und sie übergab ihren Strauß an Kai, um auch Jacks andere Hand zu ergreifen.

Das hier war ihr Augenblick. Nachdem sie ihre Gelübde ausgetauscht hatten, trafen sich ihre Lippen in einem magischen Kuss, bei dem die Zeit stehen zu bleiben schien.

Einen Moment später brachen ihre Familien und Freunde in Jubelrufe aus. Marina und Jack machten Fotos mit allen. Sie wusste, wenn sie sich die Fotos später anschauen würde, würde sie all die Freude und das Glück dieses Moments noch einmal empfinden.

Ginger hatte recht gehabt.

Jack schnippte mit den Fingern. „Komm, mein Junge, jetzt bist du dran", sagte er zu Scout.

Während Marina und Jack mit dem Hund posierten, kam eine Möwe herbeigeflogen und landete auf dem Rosenbogen. Scout beäugte den Vogel misstrauisch. Wie um ihn herauszufordern, begann die Möwe, an den Blumen zu zupfen.

Jack hielt Scout am Halsband fest. „Ist schon gut, mein Junge. Lächle einfach fürs Foto."

Aber Scout hatte andere Ideen. Mit einem Satz riss er sich los und sprang auf den Eindringling zu, wobei er Jack aus dem Gleichgewicht brachte.

Die Möwe breitete schnell ihre Flügel aus und erhob sich in die Lüfte.

„Scout, komm zurück!", rief Marina.

Doch Scout konnte nicht anhalten. Er schlitterte im Sand direkt auf den Rosenbogen zu, und dann fiel der auch schon wie in Zeitlupe nach hinten um. Das hätte niemand verhindern können.

„Achtung!", rief Jack, und alle drehten sich um.

Der Bogen fiel auf den Sand und schickte einen spektakulären Schauer aus Rosenblättern in die Luft, die wie Konfetti auf der Meeresbrise tanzten.

Leo schlang die Arme um Scout, während Marina und Jack sich lachend und küssend von den Rosenblüten umtanzen ließen.

„Das ist perfekt", sagte die Fotografin glücklich.

„Mit dir in meinem Leben ist alles perfekt", sagte Jack und schaute Marina in die Augen. „Selbst wenn es das nicht ist."

„Das sehe ich genauso." Marina hatte das Gefühl, die glücklichste Frau der Welt zu sein.

Kai klatschte in die Hände, um die Aufmerksamkeit aller zu erregen. „Lasst uns auf diese glückliche Vereinigung anstoßen."

Leo und die anderen Jungs hoben die zerbrochenen Stücke des Rosenbogens auf und gingen damit zum Cottage zurück.

Die Party, die nun folgte, war alles, was Marina sich je gewünscht hatte: eine Feier mit ihrer Familie und ihren Freunden aus Summer Beach.

„Das war genauso bezaubernd wie die Hochzeit deiner Mutter", sagte Ginger und berührte sanft den Ausschnitt des Kleides, das sie vor Jahrzehnten selbst getragen hatte. „Wir sind jetzt alle Teil dieses Kleides."

Marina strich mit den Fingern über die Hand ihrer

Großmutter. „Ich empfinde unsere Familie als einen Wandteppich, der aus besonders starkem Garn gewebt wurde."

„Was für ein zauberhafter Gedanke." Gingers Augen wurden ein wenig glasig. „Und jede Generation schmückt die Geschichte weiter aus." Sie nickte zu Heather. „Deine Tochter könnte die Nächste sein. Du wirst für sie gut auf dieses Kleid aufpassen?"

Auch wenn Marina kaum wagte, so weit vorauszudenken, nickte sie. „Das werden wir."

Sie und Jack verbrachten den Abend damit, mit ihren Freunden und Familien zu lachen und immer wieder mit Gingers antiken Kristallgläsern anzustoßen. Marina hatte nicht gekocht, genauso wenig wie Ginger oder Brooke. Stattdessen hatte Mitch mit Hilfe von einigen von Gingers Rezepten ein Meeresfrüchte-Buffet mit fangfrischem Fisch und frischem Gemüse vom Markt zubereitet. Gingers langjährige Freundin vom Markt, Cookie O'Toole, hatte eine köstliche Mango-Zitronen-Torte dazugesteuert.

Als der Abend fortschritt, kühlte ein leichter Nebel die Luft, und Geschichten flossen um die offene Feuerstelle. Marina konnte sich kaum ein besseres Ende für diesen Tag vorstellen.

Nur eine Sache noch.

Sie ergriff Jacks Hand. „Bist du bereit, dahin zurückzukehren, wo wir uns das erste Mal getroffen haben?"

Er schloss seine Finger um ihre Hand und küsste sie. „Aber natürlich."

Nachdem sie sich verabschiedet hatten, gingen Marina und Jack zu ihrem Auto und fuhren die kurze Strecke zum Seabreeze Inn.

Ivy hatte ihnen einen Schlüssel gegeben und ihnen gesagt, dass sie ihren Wagen auf dem hinteren Parkplatz abstellen könnten. Sie hatte das beste Zimmer der alten Strandvilla für sie reserviert. Es war früher die Suite der Besitzerin gewesen und bot einen unglaublichen Blick über das Meer bis zum Horizont.

Marina und Jack parkten den Wagen und schlenderten dann Arm in Arm über die große Terrasse und an dem von Neptun inspirierten Pool vorbei, der im Mondlicht glitzerte. Hinter dem Pool lag ein von tropischen Blumen gesäumter Pfad, der zu den zu Gästezimmern umgebauten Nebengebäuden führte.

Vor einer der Türen blieben sie beide stehen.

„Hier", sagte Jack und nickte zu einer Stelle auf dem Pfad. „Da haben wir uns das erste Mal gesehen."

Marina erinnerte sich. „Und ich dachte, die Augen dieses Mannes sind zu Blau, als dass man ihnen trauen könnte."

„Ich bin froh, dass du darüber hinwegsehen und in mein Herz hast schauen können." Jack küsste sie auf die Stirn und half ihr dann die Rampe zum hinteren Bereich des Hauses hinauf.

Als er den Schlüssel im Schloss drehte, lächelte Marina unter einer weiteren Erinnerung. An dem Tag, an dem sie einander das erste Mal getroffen hatten, war sie auf Krücken herumgehumpelt, weil sie sich den Knöchel verstaucht hatte. Ginger war nicht zu Hause gewesen, und Marina war so schnell vor der Katastrophe ihres Lebens in San Francisco geflohen, dass sie vergessen hatte, den Schlüssel zum Cottage mitzunehmen. Damals hatte sie keine Ahnung gehabt, dass das zu dieser wunderschönen Nacht führen würde, in der sich ihr neues Leben vor ihr ausstreckte.

„Ich erinnere mich, dich gebeten zu haben, mir die Tür

zu öffnen", sagte sie und strich mit der Hand über die Brust ihres frisch gebackenen Ehemanns.

Jacks Augen funkelten heller als die Sterne. „Endlich kann ich das tun, was ich an jenem Tag schon habe tun wollen."

„Und das wäre?", zog sie ihn auf.

Er strich mit den Lippen über ihre und hob Marina dann auf die Arme, um sie über die Schwelle zu tragen. Ein Lächeln erhellte sein Gesicht. „Überleg nur, wie viel Zeit wir hätten sparen können, wenn ich das damals schon gemacht hätte."

Marina warf den Kopf zurück und lachte. „Aber was für eine wundervolle Reise hätten wir dann verpasst."

- ENDE -

ANMERKUNG DER AUTORIN

Vielen Dank, dass ihr *Hochzeit im Coral Cottage* gelesen habt. Ich hoffe, dass ihr die romantischen Familienhochzeiten genossen habt. Wenn ihr wissen wollt, was als Nächstes in Summer Beach passiert, kommt für mehr herzerwärmenden Spaß mit zum *Sommerfest im Coral Cottage.* Marina meldet sich freiwillig, um die Jahrhundertfeier des kleinen Strandorts zu organisieren, wobei alte Rivalitäten aufbrechen und faszinierende historische Fakten ans Licht kommen.

Neue Charaktere könnt ihr in *Summer Beach at the Seabreeze Inn* kennenlernen, dem ersten Buch der Sommer-Beach-Serie.

Auf meiner Webseite JanMoran.com/Deutsch bleibt ihr über alle Neuerscheinungen auf dem Laufenden. Tretet auch gerne meinem VIP-Leseclub bei, um über besondere Angebote oder andere tolle Sachen informiert zu bleiben. Mehr Spaß und andere Leserinnen und Leser, die euren Geschmack teilen, findet ihr in meiner Facebook-Gruppe.

Noch mehr zum Genießen

Wenn das hier euer erstes Buch in der Coral-Cottage-Serie ist, solltet ihr nachlesen, wie Marina überhaupt nach Summer Beach gekommen ist. Die Geschichte findet ihr in *Rückkehr ins Coral Cottage*. Wenn ihr die *Seabreeze Inn at Summer Beach*-Serie noch nicht kennt, möchte ich euch einladen, Kunstlehrerin Ivy Bay und ihre Schwester Shelly kennenzulernen, während sie ein historisches Strandhaus, das *Seabreeze Inn*, renovieren. Es ist das erste Buch in der originalen *Summer Beach*-Reihe.

Noch mehr Sonnenschein und internationale Reisen mit einer Gruppe von Freunden gibt es in der *Love California*-Serie, die mit dem Titel *Flawless* und einem aufregenden Trip nach Paris beginnt.

Und schließlich möchte ich euch noch einladen, meine historischen Romane zu lesen, darunter *Sterne über dem Comer See, Die Zeit der Traubenblüte*, und *Die Chocolatière*, alles Sagas aus den 1950er-Jahren, die im wunderschönen Italien spielen.

Die meisten meiner Bücher sind als E-Book, Taschenbuch oder Hardcover, als Hörbuch und in großer Schrift erhältlich. Wie immer wünsche ich euch frohes Lesen!

HOCHZEITSREZEPTE AUS DEM CORAL COTTAGE

Sunshine Coolers
Eine Köstlichkeit aus Ananassaft, Limetten und Ingwer

Dies ist der erfrischende Drink, den Marina Moore für ihre Gäste zubereitet – und den ich an einem warmen Tag am Strand genieße. Für die kalorienarme Version benutzt zuckerfreies Ginger Ale oder Mineralwasser.

Wenn ich den Drink für mich zubereite, gebe ich einfach die gleiche Menge Ananassaft und Ginger Ale in ein Glas und füge den Saft und ein paar Zesten einer Limette dazu. Ganz einfach!

Um aus dem Cooler einen leichten Sommercocktail zu machen, nehmt Prosecco oder Sekt anstelle des Ginger Ales. Und wenn ihr Tequila oder Rum mögt, gebt einen Schuss (30 ml) hinzu und füllt das Glas mit Ginger Ale oder Mineralwasser auf.

Für vier Gläser

1 EL Limettenschale (15 g)
2 EL Limettensaft (30 ml)
700 ml Ananassaft
700 ml Ginger Ale (oder Zitronenlimonade oder Mineralwasser)
Garnitur: Limettenschnitze, frische Minze, Ananasstückchen
Optional: Sekt oder Prosecco (anstelle des Ginger Ales); Tequila oder Rum (30 ml).

Zubereitung:

1. Limettenschale und Limettensaft in einem Krug mixen.

2. Ananassaft hinzugeben und für eine Stunde kaltstellen.

3. 4 Gläser zu je 1/3 mit Eis und 1/3 mit der Ananasmischung füllen.

4. Gläser mit Ginger Ale, Mineralwasser, Sekt oder Prosecco auffüllen.

5. Mit Minze, Limettenschnitzen und Ananasstücken garnieren.

Genießt es − und trinkt verantwortungsbewusst.

Optionen:

Für einen süßeren Geschmack könnt ihr ein wenig Zucker-
sirup, ein paar Tropfen Stevia oder einen anderen Süßstoff
in den Krug geben.

Zuckersirup:

1. ½ Tasse Zucker oder Honig mit ½ Tasse Wasser in einen
Topf geben.

2. Bei mittlerer Hitze unter ständigem Rühren erwärmen,
bis sich der Zucker aufgelöst hat.

3. Auf Raumtemperatur abkühlen lassen.

Kalte Avovado-Gazpacho

Das hier ist Marina Moores Rezept aus dem Coral Café für
eine gekühlte Sommersuppe. Die Zugabe von Avocados
sorgt für eine cremigere Konsistenz, als sie die klassische
spanische Gazpacho hat. In Südkalifornien gibt es viele
Avocadosorten, die zu unterschiedlichen Zeiten reif sind.
Mit einheimischen Avocados, Tomaten, Basilikum,
Zitronen und Zwiebeln aus meinem Garten ist das hier ein
leichtes und schnelles Rezept, das die Küche nicht aufheizt.
Nehmt die cremigsten Avocados, die ihr bekommen könnt,
wie zum Beispiel die von Hass.

Für zusätzliches Protein könnt ihr kleine Shrimps als
Garnitur verwenden. Wenn euch der Knoblauch- und
Zwiebelgeschmack zu kräftig ist, schwitzt beides kurz in
Olivenöl an, bevor ihr es in den Mixer gebt.

Einen leichten südamerikanischen Einschlag bekommt die Gazpacho, wenn ihr sie mit Koriander, Tortilla Chips, Kürbiskernen und Salsa serviert. Aber auch Basilikum und Kräutercroûtons sind eine schöne Ergänzung. Solltet ihr die Vorlieben eurer Gäste kennen, garniert die Gazpacho vor dem Servieren. Ansonsten serviert die Extrazutaten in kleinen Schüsseln, sodass eure Gäste hinzugeben können, was immer ihnen schmeckt.

Für vier Portionen

3 mittelgroße, reife Avocados (oder 2 große), ca. 175-225 g
450 – 650 g reife Tomaten, gehäutet und entkernt (oder Dosentomaten)
2 bis 5 Knoblauchzehen, je nach Geschmack
2 EL gelbe Zwiebeln, fein gehackt (30 g)
2 EL gelbe und grüne Zwiebeln (30 g)
2 EL Extra Virgin Olivenöl (60 ml)
1 EL Zitronensaft (30 ml)
1 EL Sherry- oder Weißweinessig (30 ml)
100-225 ml eiskaltes Wasser
½ bis 1 TL Paprika Edelsüß
½ TL Meersalz
½ TL frisch gemahlenen Pfeffer

Optionale Garnituren

100–225 g fein gehackte Tomaten
100–225 g fein gehackte Gurken
100-225 g fein gehackte Mango
3 EL frisches Basilikum, gehackt
3 EL Koriander, gehackt

100 g Tortilla-Chips oder Croûtons
225 g kleine Shrimps oder Krabben
Geröstete Kürbiskerne

Zubereitung:

1. Kleingeschnittene Avocados, Tomaten, Knoblauch, Zwiebeln, Paprika, Olivenöl, Zitronensaft und Essig in einen Mixer geben. Pürieren, bis eine glatte, geschmeidige Konsistenz erreicht ist. Nach Geschmack würzen. Das gekühlte Wasser langsam dazugeben, bis die gewünschte Konsistenz erreicht ist. Die Gazpacho sollte seidig-weich sein – nicht zu dick und nicht zu dünn. Wenn ihr eure Gazpacho lieber ein wenig stückig mögt, gebt die Hälfte der Avocados und Tomaten erst am Ende dazu und pürier alles noch einmal kurz.

2. 2 bis 3 Stunden kühl stellen und in eine große Suppenterrine umfüllen.

3. Die Suppe kalt in Suppenschüsseln mit der Garnitur darauf oder daneben servieren.

4. Die Suppe hält sich im Kühlschrank 1 bis 2 Tage. Eine Anmerkung: Das grüne Fleisch der Avocado verfärbt sich dunkel, wenn es mit Sauerstoff in Berührung kommt, auch wenn der Zitronensaft hilft, die Farbe zu bewahren. Wenn eure Suppe am nächsten Tag einen leicht bräunlichen Stich aufweist, ist sie immer noch essbar. Rührt sie einfach vor dem Servieren noch einmal gut um.

ÜBER DIE AUTORIN

JANICE HOLLENBECK MORAN ist Autorin von romantischen Liebesromanen, die regelmäßig auf den Bestsellerlisten von *USA Today* und dem *Wall Street Journal* zu finden sind. Zu ihren Lieblingsdingen gehören eine gute Tasse Kaffee, dunkle Schokolade, frische Blumen, Gelächter und Musik, die ihre Seele berührt. Sie liebt es, zu reisen, und ihre Lieblingsorte, um sich inspirieren zu lassen, sind die mit reicher Geschichte und Geheimnissen - ob vor verschneiten Bergen, palmengesäumten Stränden oder funkelnden Großstadtlichtern. Jan stammt aus Austin, Texas, und einen Hauch von ihrem Akzent hat sie sich bis heute bewahrt, auch wenn sie seit Jahren in Südkalifornien am Strand wohnt.

Die meisten ihrer Bücher sind auch als Hörbuch erschienen, und ihre historischen Romane werden auf Deutsch, Italienisch, Polnisch, Niederländisch, Türkisch, Russisch, Bulgarisch, Portugiesisch, Litauisch und in andere Sprachen übersetzt.

Wenn euch das Buch gefallen hat, hinterlasst doch gerne dort, wo ihr das Buch gekauft habt, oder bei Goodreads eine kurze Bewertung für andere Leser.

Um Jans andere historische und zeitgenössische Romane zu lesen, besucht sie auf JanMoran.com/Deutsch, tretet ihrem VIP-Leseclub bei und kommt in ihre Facebook-Gruppe, um stets über Neuveröffentlichungen, Sonderverkäufe und Wettbewerbe auf dem Laufenden zu bleiben.